GOLDMANN

D1671094

Buch

Chris Offutt ist gerade 19 Jahre alt, als er seine Heimat, die Appalachen Kentuckys, verläßt. Mit nichts als einem Rucksack, einer Sand-
wichbox und zweihundert Dollar in der Tasche bricht er auf in
Richtung New York. Er träumt davon, Schauspieler, Schriftsteller
oder Künstler zu werden.
Doch die Wirklichkeit sieht anders aus. Zwölf Jahre lang trampt
Offutt kreuz und quer durch die USA und schlägt sich mehr schlecht
als recht als Tellerwäscher, Bonbonverkäufer oder Walroß in einem
Wanderzirkus durch. Er verkehrt unter zwielichtigen Gestalten und
in düsteren Bars und landet schließlich in einem Obdachlosenasyl.
Gerade dreißig und völlig mittellos, muß er erkennen, daß er viel zu
lange einer Fata Morgana nachgejagt ist. Daß die große Freiheit
nichts weiter ist als eine Illusion. Und daß er, hinter dem eigentlich
reiche, erfüllte Wanderjahre liegen sollten, auf einmal mit ganz leeren Händen dasteht.
Erst als er eine Frau kennenlernt und mit ihr zusammen ein Kind
erwartet, kommt Offutt wieder zu sich. Und mit einemmal beginnt er
sich und die Welt neu zu begreifen.

Autor

Chris Offutt wurde 1958 geboren und wuchs in den Appalachen im
Osten Kentuckys auf. 1992 erschien sein Debüt »Kentucky
Straight«, eine Sammlung von Kurzgeschichten. Für seine Arbeiten
erhielt er u. a. ein James-Michener-Stipendium. Chris Offutt lebt mit
seiner Frau und zwei Söhnen in Iowa.

Chris Offutt

Wo der Fluß mein Herz berührt

Deutsch von Ulrich Hoffmann

Goldmann Verlag

Deutsche Erstveröffentlichung

Die amerikanische Originalausgabe erschien unter dem Titel
»The Same River Twice. A Memoir«
bei Simon & Schuster Inc., New York

Umwelthinweis:
Alle bedruckten Materialien dieses Taschenbuches
sind chlorfrei und umweltschonend.

Der Goldmann Verlag
ist ein Unternehmen der Verlagsgruppe Bertelsmann

Für Rita und Sam

Die Namen von Städten ohne Flüsse
habe ich vergessen.
Eine Stadt braucht einen Fluß,
damit ihr vergeben wird, eine Stadt zu sein.
Welcher Fluß, welche Stadt –
das ist egal.
Was ich Schlimmes tat, nahm ich mit zum Fluß.
Und bat den Strom: Mach mich zu einem Besseren.

Richard Hugo, »*The Towns We Know And Leave Behind,
The Rivers We Carry With Us*«

Prolog

Das Land im Westen ist leicht gewellt wie die konzentrischen Kreise, die entstehen, wenn man einen Stein in den kleinen Teich einer Farm wirft. Bevor die Eisberge kamen, war hier alles mit Wasser bedeckt. Oft sehe ich den Grund eines urzeitlichen Ozeans ganz deutlich vor mir – die kleinen Pfützen vergessener Gezeiten, die sanften Anhöhen der Riffe –, und ich stelle mir vor, daß das Land immer noch unter Wasser liegt. Im Wald besitze ich Kiemen und stemme mich gegen den Widerstand; streife durch ein verlassenes Meer.

Die Wolken gleiten wie große Fische über mich her. Die Prärie verschwindet im zerfaserten Sonnenlicht, das in dieser Tiefe nur noch schwach zu erahnen ist; sie wird zum belebten Boden eines Ozeans. Kondensstreifen der Flugzeuge am Himmel werden zum Kielwasser von Schiffen, die weit entfernt die Meeresoberfläche durchpflügen. Luftblasen um meinen Kopf, die Bewegungen werden langsamer. Stille macht sich breit. Ich bin aus meinem Jahrhundert in eine Unterwasservergangenheit gewechselt, allein mit einer sorglosen Macht.

Ich bin hier genauso fremd wie in der Stadt. Ich gehöre hier nicht her, niemand von uns. Daumen und Hirnschale haben uns zu dem gemacht, was wir sind, und wir haben Neugier gegen Erosion getauscht. Die Dinosaurier haben sich weiterentwickelt, bis ihre Körper zu groß für ihre Hirne waren und sie ihren Lenden keine Befehle mehr geben konnten. Der menschliche Geist hat seinen Körper überholt – wir sind unbeweglich wie die letzte Riesenechse.

Die Flüsse unseres Landes sind nur mehr Wasser, keine wirklichen Flüsse mehr, meist Bäche und voller Gift. In zehn Millionen Jahren wird ein Fremder dieses ehemalige Meer, diesen ehemaligen Eisberg, diese ehemalige Prärie erforschen und unsere Hinterlassenschaften ordnen. Statt Speerspitzen und Mastodonknochen wird er kleine Plastikteile finden. Ich sollte Bildhauer sein und ein großes Pantheon schaffen, um den Schrott, den wir auf dem Mond hinterlassen haben, vergessen zu machen. Die Asche von Alexanders Bibliothek zeigt die Vergänglichkeit der Bücher.

Meine Ankunft in Iowa fiel mit einer zweijährigen Trokkenzeit zusammen, die den Jungmais auf den Feldern zu Tode dörrte. Das braune Gras brach unter den Füßen. Das schattenlose Land erinnerte mich an billiges Sperrholz, das zu lange draußen gelegen hatte. Selbst nachts war es über 38 Grad warm. Nach Jahren in den Städten und Bergen hatte ich in der Prärie zum erstenmal die Möglichkeit, Ärger schon lange im voraus kommen zu sehen.

Rita und ich mieteten uns ein kleines Haus am Iowa River. Wegen des Risikos einer Überflutung besaßen die Leute hier zwar ihre Häuser, aber nicht das Land, auf dem sie standen. Viele Häuser waren auf Kufen errichtet, damit sie im Notfall von einem Bulldozer weggezogen werden konnten. Unser Feldweg verlief parallel zum Fluß, an einem Maschendrahtzaun entlang, der mit abgehackten Köpfen von Katzenfischen verziert war. Zwölf Hektar Wald umgaben uns. Ich ging dort jeden Tag lange spazieren.

Die Eingeborenen akzeptierten uns; der Staat ist berühmt für seine Toleranz. Man darf pokern, solange es nicht um hohe Einsätze geht, und muß beim Motorradfahren keine Helme tragen. In Iowa leben die Amish und die Mennoniten, eine Menge Maharaschis, und auch die Hauptfarm der Amanakolonien ist dort zu finden. Alle haben Trockenheit, Tornados, Hagel, Blizzards und unglaubliche Stürme, die über Hunderte von Meilen durch die Prärie rasten, überlebt. Es gibt zwei Jahreszeiten – heiß und kalt. Bei etwas Glück dauert der Herbst eine Woche; der Frühling einen Nachmittag.

In Iowa gibt es keinen Nationalpark, und alle State Parks zusammen nehmen weniger als fünfundzwanzig Quadratkilometer ein. 95 Prozent der Fläche werden landwirtschaftlich genutzt, mehr als in jedem anderen Staat. Die Einwohner Iowas ringen, lesen, spielen Minigolf und lassen Modellflugzeuge fliegen – Hobbies, die wenig Platz brauchen. Jeden Sommer ist der Himmel voller Heißluftballons. Die Farmer haben das Land so lange ausgebeutet, daß nur noch alter Dreck zu bekommen ist, auf den man einen Haufen Chemikalien schmeißt. Brunnenwasser sollte man meiden.

Ich wurde in den Bergen im Osten von Kentucky geboren und aufgezogen, mitten in Daniel Boone National Forest. Dort wachsen die Bäume nah beieinander, das Unterholz ist dicht. Flora und Fauna sind komplexer als irgendwo sonst im Land. Ich habe den größten Teil meiner Kindheit in diesen Wäldern verbracht. Die Hälfte dessen, was ich weiß, habe ich dort gelernt, allein. Mit 19 wanderte ich aus und schwor, immer Herr meiner Zeit zu sein. Was als Hingabe an die Freiheit begann, wurde zur Unfähigkeit, einen Job zu behalten.

Vor fünf Jahren, in der Nacht, als die Red Socks die Meisterschaft gewannen, fragte ich Rita, ob sie mich heiraten wollte. Wir tranken in einer knallvollen Bar in Boston. Sie lehnte ab, und ich war ihr dankbar, weil ich Zeit brauchte, über meine schockierend spontane Frage nachzudenken. Das zweite Mal fragte ich sie auf einem Wochenendausflug in einer Hütte in Upstate New York. Wir besuchten einen See, an dem ihre Familie immer Urlaub gemacht hatte, als sie ein kleines Mädchen war. Unter dem Rauschen des Wasserfalls sagte sie wieder nein. Das ärgerte mich, denn ich hatte darüber nachgedacht, und ich war nüchtern.

»Nein, bist du nicht«, sagte sie. »Du bist trunken von der Natur.«

Da sie mich zweimal abgelehnt hatte, überlegte ich mir eine

raffinierte Strategie, um sie zu erwischen, wenn sie schwach war. Am Morgen ihres Geburtstages eilte ich vor ihr ins Badezimmer. Ein paar Minuten später taumelte sie in meine Falle. Wir waren beide nackt. Ich kniete mich auf die kalten Kacheln. »Happy birthday«, sagte ich. »Willst du mich heiraten?« Dickäugig und halb im Schlaf sagte sie Ja und ging an mir vorbei zur Toilette.

Wir heirateten in Manhattan, wo Rita herkam, im Municipal Building in der Chambers Street. Dort wurde gerade renoviert, und die Kapelle war geschlossen. Wir benutzten einen Nebenraum, in dem ein Gerüst und eine Menge Werkzeuge aufbewahrt wurden. Vor uns war ein asiatisches Paar dran, nach uns Puertoricaner. Wir machten füreinander gegenseitig die Trauzeugen, obwohl niemand von uns die Sprache der anderen sprach. Unsere Zeremonie dauerte zwei Minuten; lange genug, daß der Friedensrichter einen der nicht zueinander passenden Ringe, die ich in einem Pfandhaus in Hell's Kitchen gekauft hatte, fallen lassen konnte. Seine Verunsicherung kam nicht von ungefähr, denn ich hatte eine Handvoll Erde auf den Boden geworfen. Sie stammte aus meiner Heimat, und ich wollte darauf während der Zeremonie stehen.

Wenig später zogen wir um nach Kentucky, ein Jahr darauf nach Iowa. Immer wieder redeten wir darüber, Kinder zu haben. Rita arbeitete als Psychologin, sie half den Obdachlosen und psychisch Kranken. Ich versuchte mich als Schriftsteller – und lebte von ihrem Geld. Das bedeutete vor allem, daß ich zwölf Jahre eifrigen Tagebuchführens eintauschte gegen etwas, das ich »richtiges Schreiben« nannte. Ein Kind, dachte ich, würde all meine Hoffnungen ruinieren, weil es mich in einen richtigen Job zwängte. Ich sagte Rita, es wäre die falsche Zeit. Sie sagte, daß es keine richtige Zeit gäbe.

»Außerdem«, sagte sie, »bin ich 34.«

Ich hatte immer Kinder haben wollen, aber ich dachte, es

wäre nicht fair, wo ich doch nicht einmal mich selbst ernähren konnte. Andererseits war ich 33 Jahre alt; mit 33 war Jesus schon tot, Alexander hatte die ganze Welt erobert. Meine Jugend lag hinter mir, nicht unbedingt verschwendet, aber auch nicht gerade sinnvoll genutzt. Während der Rest meiner Generation sich eine Karriere aufgebaut hatte, war ich Amok gelaufen.

Rita war klug genug, mich mit dem Kind nicht zu nerven. Trotzdem war das Thema ständig präsent zwischen uns, manchmal beiseite geschoben, aber immer da. Ich sah, wie sie einer Frau mit einem Kinderwagen hinterherschaute, und fühlte mich schuldig, als würde ich sie ablehnen. Ich beobachtete in der Stadt Väter mit ihren Kindern und versuchte mir vorzustellen, wie ich mich an ihrer Stelle verhalten würde. Die Männer schienen fehl am Platze, wie Touristen, stolz auf ihre fremden Kleider. Zwischen Vater und Kind gab es etwas, auf das ich neidisch war.

Ich erzählte ein paar Vätern, daß meine Frau ein Baby wollte und ich Angst hätte. Ihre Antworten waren immer gleich: »Viel Arbeit, aber das ist es wert«, und: »Danach ist alles anders.« Ich nickte, ohne zu verstehen. Sie hätten über die Konstruktion eines hydroelektrischen Dammes sprechen können, der einer kleinen Stadt unglaubliche Energiemengen zur Verfügung stellen würde. Alles was ich sah, war, was es mich kosten würde.

Ich fing an, Rita als zukünftige Mutter zu sehen, suchte nach Schwachstellen, nach verborgenen Fehlern, die gegen eine Zeugung sprächen. Dummerweise bestand sie mit Bravour. Das einzige Problem war, daß sie mich der Vaterschaft für gewachsen hielt – ein schwerer Fehler. Sie liebte mich und wollte eine Familie. Ich fürchte mich nur selten, und es ärgerte mich, daß ich Angst vor etwas so einfachem wie einem Kind hatte. Das Thema blieb, trieb umher wie ein Ei, das auf Sperma wartet.

Im Herbst kroch ein schrecklicher Gedanke durch mein Hirn, raffiniert wie ein Saboteur. Rita konnte nicht ewig lange Kinder kriegen. Wenn ich sie wirklich liebte, müßte ich sie verlassen. Schlimmer noch, ich müßte sie bald verlassen. Sie brauchte genug Zeit, einen Mann zu finden, der eine Familie gründen wollte. So gesehen gab es nur zwei Möglichkeiten – ein Leben ohne sie, oder ein Leben mit Rita und Kind. Die Entscheidung war verblüffend einfach. Ich fuhr in die Stadt und betrank mich.

Der nächste Tag wurde von einem bösen Kater überschattet, ein Nebel hing zwischen der Welt und mir. Als Rita von der Arbeit kam, bat ich sie, sich zu mir an den Küchentisch zu setzen, auf den ich ihr Diaphragma, das passende Gel und meine Kondome für den Notfall gelegt hatte. Eins nach dem anderen warf ich die Sachen in den Abfall. Ritas Augen wurden feucht. Sie lächelte. In diesem Augenblick begann, nach jahrelangem Training, meine wahre Erziehung im Bett. Sex mit dem Ziel von Befruchtung war wirklich: Liebe machen. Das Schwierigste war nun, meine Angst abzulegen, ich könnte ihr wehtun.

Nach einem Winter voll wunderbarem Sex ohne jede Konsequenz wurden wir nervös, daß etwas nicht stimmte. Im Frühling beobachtete ich die Natur, auf der Suche nach Anregungen. Wenn die Enten sich auf dem Fluß paarten, stürzten sich drei Männchen auf ein Weibchen und ersäuften es beinahe. Es blieb völlig benommen zurück. Die Erpel flogen lässig weg, ihre Schwingen stippten bei jedem Schlag ins Wasser. Mir gefiel das Verhalten der großen Blaureiher besser, die sich zu Paaren zusammenschlossen und Jahr um Jahr zum selben Nest zurückkehrten.

Monat für Monat wartete Rita ängstlich auf ihre Periode, und wenn sie kam, weinte sie. Sie rief die Ärztin an, die sagte, wir sollten einfach weitermachen, selbst zur fruchtbarsten Zeit mißlingt in drei von vier Fällen die Befruchtung. Eine

Frau hat weniger als vierhundert Eisprünge in ihrem Leben. Der durchschnittliche Mann produziert tausend Spermien pro Sekunde. Drei oder vier gute Ejakulationen reichen, um die ganze Welt zu bevölkern, aber ich konnte meine eigene Frau nicht schwängern.

Um nicht an meiner Männlichkeit zu zweifeln, las ich etliche Bücher übers Kinderkriegen. Eine Abbildung der Eileiter sah aus wie der gehörnte Stierschädel, der an der Scheune unseres Nachbarn hing. Die Empfängnis wurde als »außerordentliches Unterleibsereignis« bezeichnet. Die Ejakulation erfolgt mit einer Geschwindigkeit von 5 Metern pro Sekunde, im Körper der Frau baden die Spermien dann auch noch in Glukose – eine Extraportion Energie. Sie speien Enzyme, um das nächstbeste Ei zu knacken. Hat eines das endlich geschafft, knallt das Ei die Falltür zu. Ich stellte mir das alles riesengroß vor, mit den passenden Sound-Effekten und Beifall wie bei einer Olympiade.

Eine etwas weniger technische Anleitung informierte mich darüber, daß der männliche Orgasmus eine Armada von dreihundert Millionen Soldaten losjagt, um den Gebärmuttermund einzunehmen. Nur ein Prozent schafft es hinein in die Gebärmutter. Die Hälfte von diesen wird überwältigt und in der *zona pellucida* gefangengehalten. Den Gefangenen bleiben acht Stunden zu befruchten oder zu sterben. Das Ei hat genug Nahrung, sich selbst zu unterhalten, aber die Spermien reisen aus Tempogründen mit leichtem Gepäck.

Ich verbrachte ein ganzes Wochenende damit, stumm in den Fluß zu starren, und machte mir Sorgen, daß meine Armee aus Faulpelzen bestand. Jahre des Drogenmißbrauchs hatten meine Spermien so durcheinandergebracht, daß sie nicht mehr geradeaus schwimmen konnten. Rita schlug vor, daß ich unsere Ärztin konsultieren sollte, die mir versicherte, daß ich alle neunzig Tage ordentlich Nachschub produzierte.

Sie gab Rita ein Thermometer und eine Tabelle, um ihren

Zyklus auszuforschen. Ich fing an, Boxershorts zu tragen. Ich hatte gelesen, daß die Männer in primitiven Kulturen zur Verhütung ihre Hoden in kochendes Wasser tauchten; möglicherweise würde das Gegenteil uns weiterhelfen. Ich füllte eine Kaffeetasse mit Eiswasser und starrte sie eine Stunde lang an, traute mich dann aber doch nicht.

Als nächstes lieh ich mir in der Bücherei ein Pop-Up-Buch über Befruchtung. Ein Riesenschwanz sprang mir entgegen, gefolgt von einer scheunentorgroßen Möse. In der Mitte gab es ein riesiges, vielschichtiges Ei. Die Spermien waren im Vergleich dazu winzig, abgesehen von einem Monster, das in einen Schacht tauchte, wenn man das Buch auf- und zuklappte. Der Text sagte, es sei bei der Arbeit.

Ich bin nicht unbedingt zimperlich, aber das Pop-Up-Buch gab mir das Gefühl, ich hätte Gott ins Gesicht gesehen – ich war verblüfft, reuevoll, Besitzer verbotenen Wissens. Ich brach auf zu einem langen Spaziergang im Wald. Eine Schildkröte kroch am sandigen Ufer des Flusses entlang, sie suchte nach einem Ort, um ihre Eier zu legen. Ich war neidisch, bis ich begriff, daß wir im Grunde im selben Boot saßen – Sex ist schließlich nur anderthalb Milliarden Jahre alt. Ich ging nach Hause und warf die Tabelle und das Thermometer in den Müll. Schildkröten brauchen auch keine Karten. Sie sind einfach nur langsam.

In der ersten warmen Nacht im April fuhren Rita und ich in die Stadt und kletterten über den Maschendrahtzaun, der die Badeanstalt umschloß. Ich stand Schmiere, während Rita vom Sprungbrett sprang. Ihre Unterwäsche leuchtete weiß vor dem schwarzen Himmel, ein schöner Anblick, als wäre Virgo lebendig geworden und würde gerade zur Erde springen. Später verzogen wir uns unter ein paar schattige Eichen im Park. Das Gras streichelte unsere Hüften. Ich kam mir vor wie Zeus, der seinen Schwanenanzug testete, bevor er Leda verführt. Gamete trifft Zygote. DNA drängt sich in den Korkenzieher, der die Spirale der Milchstraße nachbildet, Hermesgelände, die schwungvolle Helix der Geburt eines Kindes.

Zwei Wochen später rief Rita von der Ärztin aus an. Sie sprach schnell, in ihrer Stimme schwangen Tränen und Stolz. Der Test war positiv. Ich ging raus und legte mich neben den Fluß. Blaue Libellen paarten sich und raschelten dabei im trockenen Flußgras. Das Land schien unter mir zu verschwinden, ließ mich schweben in der Luft zwischen Himmel und Erde. Wolken surften über mich hin. Ich blieb, während alles andere sich wandelte.

Ich hatte nie gedacht, daß ich heiraten würde, ganz zu schweigen von der Mutation zu einem Vater. Solche ganz normalen Dinge hatten bisher keinen Platz in meinem Leben. Zur Feier des Tages kaufte ich ein Aluminiumboot mit Sechs-PS-Motor und taufte es Lilly, nach Ritas zweitem Vornamen. Ich ließ es zwanzig Meter vom Haus entfernt zu Wasser und fühlte mich etwas besser auf die Vaterschaft vorbereitet.

Den April über schwoll der Fluß an und wurde dann wieder schmaler, so kontrolliert durch einen Damm, daß er kaum mehr ein Fluß war, außer für den Fuchs, der am Ufer entlangstrich. Als eines Nachts der Schrei einer sterbenden Ente über das Wasser hallte, dachte ich an den alten Baum, der stürzte, wenn niemand da war, und begriff, daß der Fuchs eine Ente töten würde, ob jemand zuhörte oder nicht. Und ich begriff, daß das Baby wirklich geboren werden würde.

Plötzlich sahen wir auch andere schwangere Frauen in der Stadt. Das warme Wetter trieb sie wie die Heuschrecken nach draußen. Rita fühlte sich unter Schwestern, ich war auf eine merkwürdige Weise stolz, als wäre ich für alle diese Schwangerschaften verantwortlich. Eine potente Sensation, die anhielt bis zu unseren monatlichen Besuchen bei der Ärztin. Ich wollte unbedingt dabeisein, fühlte mich jedoch bald überflüssig, wie ein Spezialist, der seine Pflicht getan hatte. Ich war neidisch auf die Aufmerksamkeit, die Rita zuteil wurde. Am

Ende jeder Untersuchung erfand ich irgendwelche Sorgen, über die ich die Ärztin befragte. Sie rollte immer mit den Augen, zwinkerte Rita und mir zu, ich solle mir keine Sorgen machen.

Rita aß immer mehr, und ich reagierte darauf, indem ich für zwei trank. Wenn sie zu Bett gegangen war, fuhr ich zur nächsten Bar und spielte begeistert Pool, genau wie damals in Kentucky, ich legte mein ganzes Ich in jedes Spiel. Junge Frauen umschwärmten Rita wie Akolyten, die auf Einsicht hofften. Sie flirteten mit mir, als nähme die werdende Vaterschaft mir jeden sexuellen Schrecken. In Ritas Gebärmutter waren vierundzwanzigtausend Gene, die ein Kind bildeten, das halb ich, ein Viertel meine Eltern und so weiter war. Wenn man nur zweiunddreißig Generationen zurückrechnet, hat jeder Mensch über vier Milliarden Vorfahren, mehr Menschen, als derzeit auf der Erde leben. Die Verantwortung, es zu erzeugen, war vorbei. Jetzt mußte ich es nur noch durch die nächsten achtzehn Jahre begleiten – eine Lebensaufgabe.

Eines Nachts leuchtete ein abnehmender Mond hell über dem Fluß. Eine Eule rief nach Gesellschaft, und ich ging hinaus, um ihren hochfrequenten Schrei, der in einem Gurgeln endete, nachzuahmen. Die Eule antwortete mir aus der Nähe. Wir unterhielten uns eine Weile, bis die Eule meinen ausländischen Akzent bemerkte und in der Dunkelheit vorwurfsvoll schwieg. Am nächsten Morgen berichtete ich Rita von meiner Sorge, daß unser Kind mich genauso behandeln würde. Sie klopfte auf ihren Bauch.

»Ihr werdet dieselbe Sprache sprechen«, sagte sie. »Es ist ein Baby, kein Vogel.«

Ich nickte und ging in den Wald, dachte nach über die Weisheit meiner Frau. Vater werden zähmt automatisch. Man muß Geld verdienen, man trägt Verantwortung. Ich hatte mit Ängsten gerechnet, aber diese rauschende Panik überraschte mich. Ich zweifelte daran, daß ich ein Kind aufziehen konnte, ohne es hinzurichten. Obwohl ich Rita absolut vertraute, fürchtete ich in den schlimmsten Momenten, das Baby sei nicht meines. Oder ich war überzeugt, ein längst verschwunden geglaubtes Offutt-Gen würde auftauchen und unser Baby zu einem abstrusen Freak machen. Vor allem hatte ich Angst, Ritas Liebe zu verlieren.

Die meisten unserer Freunde waren Singles, niemand hatte ein Kind. Manche neideten uns die Schwangerschaft, andere hielten uns für tapfer oder möglicherweise blöd. Wir hatten niemanden, mit dem wir reden konnten, keine Vorbilder für unsere Rolle als Eltern. Ich äußerte das einmal beim Pokern, und ein Mitspieler fragte genervt, ob ich glaubte, ich sei der erste Mann, der ein Kind bekäme. Ich sagte nichts, denn die Antwort war Ja, genauso fühlte ich mich. Ich wußte, alles würde anders werden, aber ich hatte keine Möglichkeit, mich darauf vorzubereiten.

Mein Leben war eine mörderische Reise in die Geborgenheit des Flachlandes gewesen, wo ich jeden Tag mit einem Waldspaziergang begann. Ich kann Tiere verfolgen, ihre Spuren lesen. Viele Menschen haben Angst vor den Wäldern, ich trage meine Ängste dorthin. Ich gehe jeden Tag in den Wald. Die Bäume kennen mich, das Flußufer akzeptiert meinen Schritt. Allein im Wald bin ich es, der schwanger geht, ich bereite mich auf das neue Leben vor.

Wo ich herkomme, sehen die Berge von Süd-Appalachia aus wie ein faltiger Teppich, voller tiefer Furchen. In den Nischen leben hier und dort ein paar Familien auf einem Haufen, das einzige offizielle Zeichen ihrer Existenz ist die Post. Meine Heimatstadt ist eine Postleitzahl mit einem Bach. Wir hatten mal einen Laden, aber der Besitzer ist gestorben. Lange bevor ich geboren wurde, entwertete die Gewerkschaft die Anteilscheine und schloß die Minen; ein paar Männer starben. Zweihundert Menschen leben noch dort.

Unsere Berge sind die einsamste Gegend Amerikas, Thema zahlloser Doktorarbeiten. Es ist einigermaßen komisch, über sich selbst als Gegenstück zu den Aborigines oder Eskimos zu lesen. Wenn VISTA uns nicht nervte, rannte irgendein Clown mit einem Recorder herum. Fremde erzählten uns, wir sprächen elizabethanisches Englisch. Sie sagten uns, wie man »Appalachia« richtig aussprach, als wüßten wir nicht, wo wir die letzten dreihundert Jahre gelebt hätten.

Ein Sozialwissenschaftler behauptete, wir seien kriminelle Schotten und Iren, die man aus Großbritannien verbannt hätte – unsere Berge als Vorläufer der australischen Gefangenenkolonien. In einem anderen Buch tauchten wir als Nachfahren phönizischer Schiffbrüchiger auf, die gestrandet waren, lange bevor Kolumbus bei Isabella um Fahrgeld gebettelt hatte. Meine Lieblingslegende machte uns zu Melungeons – ein mysteriöser Stamm mit wundersamen Fähigkeiten. Wir können Flöhe auf hundert Meter von Hund zu Hund hüpfen sehen; wir können eine wochenalte Schlangenspur über blanken Stein verfolgen. Wenn Sie es nicht glauben, fragen Sie nur den Soziologen, der einen Sommer bei uns verbrachte wie ein Pilz in den Bergen.

Im allgemeinen gilt Appalachia als eine Gegend, in der jedermann bereit ist, alles, was laufen kann, zu erschießen, zu bekämpfen oder zu vögeln. Wir sind Männer, die Halbliterflaschen schwarz gebrannten Schnaps kaufen und die Flaschendeckel wegwerfen, weil wir den Whisky ohnehin in einer lachenden, trunkenen Nacht aussaufen und uns nicht darum kümmern, wie weit von zu Hause wir aufwachen. Männer, die Spinnen vom Fußboden essen, um ihre Stärke zu beweisen; eine sture, ekelhafte Bande.

Das ist nicht ganz die Wahrheit. Die Männer meiner Generation leben in den Überresten einer Welt, die an der Grenze zur Natur lag. Frauen empfangen und ertragen, sie halten die Familien zusammen. Bergkulturen erwarten von ihren Männern, daß sie sich allerlei Männlichkeitsritualen unterwerfen, aber die echten Feuerproben gab es nicht mehr. Wir mußten uns unsere eigenen ausdenken.

Einmal in der Woche fuhr Mum fünfzehn Meilen in die Stadt, um Gemüse zu kaufen, uns Kinder nahm sie mit. Wir beobachteten den Interstate, der langsam näher kroch, Berge und Grundstücke durchschnitt, Flüsse aus ihren Betten vertrieb. Wir nannten ihn den Vierspurer. Er schob sich in unsere Richtung wie eine riesige Schlange. Mum sagte, I-64 führe direkt nach Kalifornien, eine unvorstellbare Entfernung, denn keiner von uns hatte jemals den Staat verlassen. Die Straße verband zwar die Welt mit den Bergen, uns aber nicht mit der Welt.

Ich hatte es nie darauf angelegt, die High School zu schmeißen, aber wie bei vielen meiner Mitschüler ließen meine Leistungen einfach immer mehr nach. Schule war für Idioten. Mädchen gingen auf der Suche nach einem Mann aufs College; Jungs gingen arbeiten. Der schmierige Boden, die fettigen Wände und die ständige leichte Anspannung im Billardsalon gefielen mir gut genug. Das einzige, was man können mußte, war, sich an eine Reihe unausgesprochener Regeln zu halten, ein komplexes Paradigma, das mir immer noch eigen ist. Ein Spiel kostete einen Dime, Cheeseburger einen Quarter. Einmal gewann ich drei Spiele nacheinander, und daraufhin wollte keiner mehr gegen mich antreten. Unbeabsichtigt hatte ich mich von der einzigen Gesellschaft, der ich je zugehörig gewesen war, abgesetzt, ein Muster, das ich die nächsten Jahre wiederholen würde.

Nachdem ich eine Woche lang alleine Pool gespielt hatte, war ich reif für einen Army-Aufreißer, der die Billardhalle abgraste wie ein Lude den Busbahnhof. Ich war zu jung, aber meine Eltern unterschrieben freudig alle nötigen Erlaubnisse.

Der Aufreißer ließ mich hundert Meilen nach Lexington reisen, wo ich durch die Musterung fiel.

»Albumin im Urin«, sagte der Doktor. »Damit kriegen Sie keinen Job.«

Ich fühlte mich schwach, Tränen liefen über mein Gesicht. Mein eigener Körper hatte mich in den Bergen gefangen, das Fleisch stutzte dem Geist die Flügel. Ich wußte nicht, was schlimmer war, der physische Verrat oder die Demütigung, vor hundert eifrigen Möchtegernsoldaten geweint zu haben. Sie entfernten sich von mir, um zu verbergen, wie unangenehm berührt sie waren. Ich würde weder ins Friedenscorps noch zu den Parkaufsehern, der Feuerwehr oder der Polizei gehen können. Ich habe niemals Kameradschaft kennengelernt oder mich in sanktionierter Weise mit anderen Männern gemessen.

In jenem Sommer begann ich zu stehlen und Dope zu rauchen, und im Herbst blieb mir keine andere Wahl, als zum College zu gehen. Nach zwei Jahren gab ich auf und verkündete, ich würde nach New York gehen und Schauspieler werden. Jennipher, das einzige Mädchen, das sich je getraut hatte, mich zu lieben, hatte einen Quarterback geheiratet und war weit weg gezogen. Meine Schwestern hielten mich für einen hoffnungslosen Redneck. Mein Bruder lehnte es ab, mit mir zusammenzuleben, und mein Vater hatte seit über achtunddreißig Monaten kein vernünftiges Wort mehr mit mir gewechselt.

Am Morgen, an dem ich ging, packte Mum mir einen Proviantrucksack. Wir saßen stumm an dem fertiggestellten Highway und starrten auf den frischen schwarzen Asphalt. Mum versuchte, nicht zu weinen. Ich fühlte mich schlecht, weil ich der erste war, der die Familie verließ, obwohl ich ja eigentlich schon seit einer Weile dabei war. Der Interstate führte wie ein breiter Fluß bis zum Horizont, und ich dachte an Daniel Boone und seinen Freiheitsdrang. Die Straße hierher war zu einem Weg nach draußen geworden.

Mum drückte mir zehn Dollar in die Hand und ließ den Kopf sinken.

»Schreib, wenn du Arbeit hast«, murmelte sie.

Vogelgezwitscher hallte aus den bewaldeten Bergen. Ich ging los, mein Rucksack fühlte sich an wie ein schiefer Schild-krötenpanzer. Ein Pick-Up-Truck hielt an und nahm mich mit über die Grenze von Kentucky. Die Berge schienen sich zu entspannen, sie fielen in sich zusammen, bis sie aussahen wie unordentliche Bettlaken. Ich hatte frisch geschnittene Haare, zweihundert Dollar und ein Foto vom Abschlußball mit Jen-nipher. Ich hatte jetzt schon Heimweh.

Wenn ich den Fahrern erzählte, daß ich nach New York unterwegs war, um Schauspieler zu werden, grinsten sie und schüttelten den Kopf. Ein Trucker zeigte aufs Radio und sagte, ich sollte mal spielen, daß ich es anschalte. In Ohio schlief ich unter einem Baum, und in der nächsten Nacht pennte ich hinter einem Truck Stop in Pennsylvania. Am dritten Tag erreichte ich den Holland Tunnel.

Die Welt auf der anderen Seite war mir so fremd, daß mir nur die Fähigkeiten, englisch zu sprechen und lesen zu kön-nen, etwas nützten. Mein rauh schwingender Akzent verriet mich. Ich versuchte, die gutturalen Untertöne, die ver-schluckten Enden und die langgezogenen einsilbigen Wörter zu eliminieren. Meistens aber schwieg ich. Manhattan war dreckig und laut, aber den Bergen nicht unähnlich: voller eingebildeter Männer, unerreichbarer Frauen und Ungerech-tigkeit. Ich betrachtete Avenues als Gebirgskämme und Kreu-zungen als Hohlwege. Alleys waren kleine Bäche, die in den Fluß des Broadway strömten. New York war nicht groß, nur hoch.

Wie die meisten Immigranten formieren sich auch die Ken-tuckianer in der Fremde zu kleinen Gruppen, die Neuan-kömmlingen helfen. Wir haben Familie und Land hinter uns gelassen, aber nicht das Klan-Denken, das uns seit der Zeit der Kelten eigen ist. Wir kämpfen immer noch gegen die zivilisierte Welt, bloß malen wir uns dazu nicht mehr blau an. Ich zog in ein Appartement in der Upper West Side, zusammen mit drei anderen aus Kentucky. Sie waren Absolventen des Colleges, auf dem ich gewesen war, ältere Studenten, die ich vom Sehen kannte; Möchtegern-Schauspieler. Sie ließen mich auf ihrer Couch schlafen. Die Flure zwischen den Appartements waren so schmal, daß zwei Leute sich beide seitlich drehen mußten, um aneinander vorbeizugehen. In meinem Gebäude lebten mehr Menschen als auf meinem Heimatberg.

In der Stadt schien es wichtig zu sein, warten zu können, eine angelernte Fähigkeit, eine Routine wie Schuhezubinden. Man mußte auf den Türsummer warten, um ein Haus betreten zu können, mußte auf die Subway und auf den Fahrstuhl warten. Ich wartete zwei Stunden vor einem Kino, nur um mir sagen zu lassen, daß es ausverkauft war und ich für die nächste Vorführung anstand, die erst in zwei Stunden stattfinden würde. Menschenmassen hasteten hinunter zur Subway, dann standen sie still. Sie hasteten in den Zug und wieder standen sie still bis zu ihrer Haltestelle, wo sie hinaushasteten. Das Warten war anstrengender als die Bewegung. Die Menschen hatten es so eilig, entschied ich, nicht, weil sie zu spät waren, sondern weil sie es leid waren, stillzustehen.

Das ganz einfache Gehen wurde für mich zu einem Problem. Immer wieder rempelte ich Menschen an. Dieses Problem hatte ich noch nie zuvor gehabt; wenn ich mich schon nicht sonderlich graziös bewegte, so doch mindestens durchaus geschickt. Aber hier liefen mir immer wieder Leute in die Quere. Eines Sonnabends setzte ich mich mitten in der Stadt auf eine Bank und beobachtete die Fußgänger. Mein Fehler war das lange, stetige Ausschreiten, eine Notwendigkeit bei den Entfernungen in meiner Heimat. Ich setzte mich einfach in Bewegung und ließ meine Beine arbeiten. New Yorker machen kurze, schnelle Schritte. Sie huschen und tanzen, stoppen schnell und treten zur Seite, verdrehen die Körper und wenden die Schultern, um anderen Menschen auszuweichen. Da alle es ihnen gleichtun, funktioniert dieses wahnwitzige Straßentanztheater. Ich fuhr mit dem Bus nach Hause und übte auf meinem Zimmer. Solange ich mich konzentrierte, ging es gut, aber sobald ich an etwas anderes dachte, wurden meine Schritte länger, und ich stieß wieder jemanden um.

Ich verbrachte weitere zwei Stunden damit, die Fußgänger zu beobachten, und mir fiel auf, daß die meisten New Yorker eine panische Furcht vor Autos hatten. Sie vermieden es unter allen Umständen, an der Straße zu gehen, wodurch ein schmaler Spalt am Rande des Gehwegs freiblieb. Ich fing an, so dicht am Rinnstein wie möglich zu gehen.

Meine Mitbewohner waren selten daheim. Um meine Dankbarkeit zu zeigen, daß sie mich aufgenommen hatten, entschied ich mich, die Wäsche zu waschen. Der Waschraum war ein kleines Zimmerchen und sehr heiß. Ich war der einzige Weiße und der einzige Mann. Die Gespräche um mich herum waren völlig unverständlich. Ich hatte über die schwarzen Dialekte in der Innenstadt gelesen und war irgendwie befriedigt, daß ich nicht verstehen konnte, was sie sagten. Sie hatten das Englisch aufgesogen und mit ihrer eigenen Sprache vermischt. Es erinnerte mich an meine Heimat. Ich wollte den Frauen sagen, daß meine eigene Sprache Fremden ebenfalls rätselhaft blieb.

Wäsche zusammenlegen war etwas, was ich nie gelernt hatte. Ich fing mit den Laken an, weil ich glaubte, daß das einfacher sei. Meine Arme waren nicht lang genug, um das Laken straff zu ziehen, und so hing es auf den Boden. Ich versuchte, es wie eine Flagge zu falten, indem ich ein Ende auf den Tisch legte und mich voranarbeitete. Doch das Laken rutschte vom Tisch herunter. Ich rollte ein paar Socken zusammen und dachte nach.

Alle vier Ecken des Lakens unter Kontrolle zu haben, war das Geheimnis, und ich kam auf eine theoretisch sehr elegante Idee. Ich packte zwei Ecken des Lakens, spreizte die Beine, zählte im Geist bis drei und warf das Laken nach oben in die Luft. Ich erwischte eine dritte Ecke, aber nicht die vierte. Ermutigt atmete ich tief durch und konzentrierte mich, ich wußte, daß ich es nur noch einmal versuchen mußte. Als ich das Laken wieder in die Luft warf, betrat jemand den Raum und ein Windstoß fegte herein. Das Laken bedeckte meinen Kopf und meine Schultern. Ich konnte nichts sehen, machte einen Schritt vorwärts, trat auf das Laken und fiel nicht einfach nur um, sondern riß mich sozusagen selbst zu Boden. Ich zerrte mir das Laken vom Kopf. Über die Kakophonie von Waschmaschinen und Trocknern hallte perlendes Frauenlachen.

Sie gingen an mir vorbei und fingen an, meine Wäsche zusammenzulegen. Perfekte Stapel von T-Shirts wuchsen auf dem Tisch. Mit einem sicheren Sinn für Größen sortierten die Frauen die Unterhosen in Stapeln für meine Mitbewohner und mich. Sie lehnten meine Hilfe ab und unterhielten sich untereinander. Ich hörte aufmerksam zu und versuchte, ein Wort oder eine Wendung zu verstehen, aber sie sprachen viel zu schnell, als daß ich ihnen hätte folgen können. Dann wandten sie sich wieder ihrer eigenen Wäsche zu ohne mich anzusehen, als wäre ihre Gutmütigkeit ihnen peinlich. Ich ging zu der nächststehenden Frau und bedankte mich bei ihr. Sie nickte.

»Ich bin aus Kentucky«, sagte ich. »Das ist ganz anders als New York.«

»Überall ist es anders.«

»Wo haben Sie gelernt, Wäsche so gut zusammenzulegen?«

»Meine Mutter hat es mir beigebracht.«

»In Harlem?«

Sie riß die Augen auf, und ihr Mund wurde schmal. Mir wurde klar, wie dumm die Annahme war, daß alle Schwarzen in Harlem aufwuchsen, als würden alle Kentuckianer aus Lexington oder Louisville kommen. Sie beugte sich über ihre Wäsche; sie sah wütend aus.

»Entschuldigen Sie«, sagte ich. »Vielleicht nicht Harlem.«

»Nein! Nicht Harlem.«

»Wo dann?«

»Puerto Rico. Ich aus Puerto Rico!« Sie hob die Arme, um alle Frauen im Waschraum einzuschließen. »Puerto Rico!«

»Puerto Rico«, sagte ich.

»*Si*.«

Ich mußte mich auf dem Tisch abstützen, so verblüffte mich die Erkenntnis, daß sie spanisch gesprochen hatten. In den nächsten Tagen strolchte ich durch die Straßen in der Nähe unseres Hauses. Es war keine schwarze Wohngegend, wie ich bislang gedacht hatte. Ich lebte inmitten spanischstämmiger Einwanderer, aber ich fühlte mich hier wohler als unter Weißen. Meine Kultur hatte viel mit lateinamerikanischen Traditionen gemein – Loyalität zu oftmals großen Familien, Respekt für Alte und für Kinder, strikte Trennung zwischen den Geschlechtern. Die Männer litten an Machismo, genau wie bei uns in den Bergen. Es gab nur einen recht offensichtlichen Unterschied – für sie war ich einfach nur ein Weißer.

Mit der Nase am Boden wie ein Hund fand ich zufällig einen Job in der Lower East Side von Manhattan. Jeden Morgen ging ich von der Subway durch die Bowery Street an ein paar Dutzend Männern vorbei, dreckig wie Minenarbeiter. Viele konnten nicht sprechen. An jedem Zahltag verschenkte ich zwei Päckchen Zigaretten, eine nach der anderen.

Sechs Monate lang arbeitete ich in einem Warenhaus in der Nachbarschaft, der erste Vollzeitjob meines Lebens. Ich stellte Kleidungsstapel für einen professionellen Verpacker zusammen, der vierzig Jahre Erfahrung vorzuweisen hatte. Seine passive Dumpfheit ängstigte mich. Ich war der Sammler von Hemden und Hosen; er war ein Jäger von Nummern. Das Highlight des Tages war ein Blick auf das Polaroidfoto einer nackten Frau, das ich auf der Straße gefunden hatte. Die antiken Priester in Südamerika hatten falsche Messer mit Tierblut benutzt, um die heiligen Jungfrauen für sich selbst aufzusparen. Hoch im Norden wollte ich nurmehr eine Göttin zum Anbeten.

Nach der Arbeit sah ich einmal, wie eine große Frau mit breiten Backenknochen von einem Junkie belästigt wurde. Ich jagte den Junkie davon. Die Frau lächelte und nahm mich mit zu einer verlassenen Subwaystation mit einem vernagelten Eingang. Ein pinkfarbenes Kleid hing lose an ihr herunter. Sie schob drei Bretter zur Seite, schlüpfte hinein und deutete die Treppe hinunter auf eine nackte Matratze. Sie war nicht attraktiv, aber niemand sonst hatte mich überhaupt beachtet. Ich folgte ihr. Eine warme Brise aus den Tiefen der Erde wehte Müll über den Boden. Ich fühlte mich geborgen in diesem dunklen Tempel der Großstadt. Ich würde ein Albino werden, eine blinde weiße Hure im Dienste Ishtars.

Sie bat mich um ein Streichholz. Als ich ihre Zigarette anzündete, packte sie gleichzeitig mein Kinn und meinen Schwanz und peitschte mit ihrer Zunge nach meiner. Ich ließ meine Hand an ihrem Bauch hinunterwandern, zwischen ihre Beine. Meine Finger ertasteten etwas Festes. Ich wußte, daß viele Leute Waffen trugen, und es schien mir logisch, daß eine Frau allein in dieser Stadt bewaffnet war. Jetzt aber mußte die Pistole weichen.

Ich ließ meine Hand unter ihr Kleid wandern, packte den Griff und zog daran. Sie grunzte leise und tief. Ich zog wieder und begriff plötzlich, daß die Waffe aus Fleisch war. Mein Körper begann verstört zu zittern. Ich stand einfach da, konnte nichts sagen. Sie warf ihre Handtasche nach mir und lachte ein heiseres Lachen, das im Tunnel widerhallte. Ich rannte die Treppe hinauf, brach durch die Öffnung und fiel auf den Gehsteig. Zwei händchenhaltende Männer traten auf die Straße, um mir auszuweichen.

Am nächsten Tag meldete ich mich krank und blieb den ganzen Tag in der Badewanne. Wenn das Wasser kalt wurde, ließ ich nachlaufen, immer noch hallte das Lachen durch meinen Kopf. Ich war überzeugt, an einen Zirkus-Freak geraten zu sein, einen Hermaphroditen, den einzigen in der Stadt, vielleicht im ganzen Land. Mit neunzehn lag es jenseits meiner Vorstellungskraft, daß ein erwachsener Mann eine Frau spielen würde. Nicht alle Transvestiten sind schwul, lernte ich später, aber meiner war es. Das schien ein drastischer Unterschied zwischen der Stadt und den Bergen zu sein – Appalachians können sich mit Töchtern, Schwestern und dem Weidevieh paaren, aber eine Leidenschaft für Männer ist undenkbar.

Jeden Mittag aß ich in der Great Jones Street. Der Schuppen war eine Art Panoptikum – Kröpfe ließen Kehlen schwellen, Tumore dehnten Haut. Haar wuchs dort, wo es nicht hingehörte. Der Barkeeper hatte stets eine abgesägte Flinte in Reichweite. Eines Tages tauchte dort eine Frau auf; vielleicht hatte sie sich verirrt. Sie war klein und dunkel und trug eine enge Hose, die ich genau betrachtete, auf der Suche nach einer versteckten Deformation. Sie erwischte mich dabei. Ich sah weg. Sie kam näher.

»Bist du Mechaniker?« fragte sie. »Mein Wagen ist kaputt.«

»Nein. Ich bin Schauspieler. Bist du ein Mädchen?«

»Jeder, den ich kenne, ist jetzt bisexuell.«

»Ich nicht«, sagte ich. »Kommst du Samstag mit ins Museum?«

»Kann nicht.«

»Warum nicht?«

»Ich kann einfach nicht. Warum besuchst du mich nicht Sonntag in Brooklyn.«

»Wo ist Brooklyn?«

Sie lachte und sagte laut, so daß es alle hören konnten: »Er will wissen, wo Brooklyn ist!«

Die schlichte Klarheit von Jahis Wegbeschreibung begeisterte mich: Fahr mit dem Flatbushtrain bis zur Endstation und steig aus. Geh die Straße entlang und dann nach links. Zweite Klingel. Wegbeschreibungen daheim beinhalteten Orientierungspunkte wie »der Bach«, »der große Baum«, »das dritte Loch hinter der großen Lichtung«. Nach der Quantenmechanik Manhattans klang Brooklyn wie schlichte Geometrie. Ich kaufte mir für das Rendezvous ein neues Hemd. Daß sie schwarz war, machte nichts – sie war weiblich, und ich war allein. Wir waren beide am Boden des Mischtiegels unseres Landes.

Die Leute auf der Flatbush Avenue redeten laut. Die Männer waren von Tattoos bedeckt, wie Subways von Graffitis. Die Frauen trugen so enge Neonröcke, daß der Stoff auf ihren Hüften bei jedem Schritt raschelte. Gitter sicherten die Geschäfte wie Burgwehren ein Schloß.

In Jahis Appartement gab es nichts außer einer Couch, einem Tisch, zwei Stühlen und einem Bett. Wir tranken Wein und rauchten einen Joint. Nach vier Stunden verführte sie mich, weil, wie sie mir später erzählte, ich sie den ganzen Nachmittag in Ruhe gelassen hatte. Sie hielt mich für einen Südstaaten-Gentleman. Ich verriet ihr niemals die schmutzige weiße Wahrheit – jeder Landjunge weiß, daß die Frauen in der Stadt es schneller tun, als eine Schlange angreift. Da ich fest mit Sex rechnete, hatte ich keine Eile. Außerdem wußte ich ohnehin nicht viel darüber.

Als es soweit war, fuhr ich in sie hinein, spritzte und rollte mich beiseite. Sie zog die Augenbrauen hoch und zwinkerte mehrmals.

»Bist du Jungfrau?« fragte sie.

»Wie kommst du darauf?«

»Du mußt nicht deinen ganzen Körper benutzen. Nur die Hüften.«

»Ich weiß«, sagte ich schnell.

»Sieh mal, niemand weiß es, bis man es lernt.«

»Ich habe viel darüber gelesen.«

»Ich sage gar nichts gegen dich, Chris. Jeder ist anders, und du kannst genausogut etwas über mich lernen.« Sie stellte sich aufs Bett und sagte, ich sollte ihren Körper sehr genau betrachten. Ich hatte noch nie eine nackte Frau gesehen. Jahi hatte einen erstaunlichen Körper – muskulöse Tänzerinnen-beine, einen wunderhübschen Po, den dunklen Oberkörper einer jungen Frau. Auf ihren kleinen Brüsten wuchsen enorme Nippel, drei Zentimeter lange, ebenholzfarbene Zapfen, hart wie Stein. Ein paar schwarze Haare krümmten sich; sie erinnerten mich an verkrüppelte Spinnen.

Sie legte sich neben mich und lud mich ein, sie überall zu berühren, methodisch wie ein Forscher, Quadratzentimeter für Quadratzentimeter. Als nächstes erklärte sie mir das komplexe Labyrinth ihrer Geschlechtsorgane. Sie zog ihre Klitoris hervor und demonstrierte den richtigen Umgang für maximalen Genuß. Sie klärte mich über das stetig steigende Barometer des Orgasmus auf und leitete mich an zu sanften, stetigen Bewegungen, bis der Damm brach. Ich erhielt eine kurze Lektion über die empfindliche Stelle, wo sich Bein und Hintern trafen, über die Innenseite der Schenkel und schließlich den Anus. Ich wehrte ab, fand, das ginge zu weit. Mit der Zeit, versicherte sie mir, würde selbst diese Gegend ein alter Hut sein.

Zwei Stunden später war der verschwitzte Schüler begierig, das Gelernte anzuwenden. Jahi legte sich auf den Rücken und reckte die Hacken zur Decke, während ich mich in sie hineinschob. Ich hielt mein Gewicht auf Knien und Ellenbogen und gab ihr etwas Spielraum. Die kreisenden Bewegungen erinnerten mich an das Schärfen eines Messers auf einem öligen Wetzstein: Fest pressen, nachlassen und langsam ziehen, gleichmäßig auf beiden Seiten.

Um die Ejakulation hinauszuzögern, hatte sie vorgeschlagen, daß ich mich auf Baseball konzentrierte. Ich dachte an Cincinnatis Big Red Machine, rotierte korrekt mit den Hüften, erinnerte mich, wie der Manager immer über die weiße Baselinie hopste, um Pech abzuwenden. In dem Sommer, als ich zwölf geworden war, fuhr VISTA ein paar Bergjungs mit dem Bus zu einem Spiel nach Crosley Field. Auf dem Parkplatz blieb ich wie versteinert stehen, ich hatte ein schwarzes Kind gesehen, das erste in meinem ganzen Leben. Es war so groß wie ich und trug dieselben Klamotten wie ich – Jeans und T-Shirt. Ich starrte den Jungen so fasziniert an, daß ich gegen eine Laterne rannte; sowas gab es in den Bergen auch nicht. Der VISTA-Mann ließ mich das ganze Spiel über neben ihm sitzen.

Plötzlich wand Jahi sich wie eine Epileptikerin, zappelte mit den Beinen und kratzte über meinen Rücken. Ich war überzeugt, daß ich einen Fehler gemacht hatte, also wurde ich lieber langsamer. Die Handzeichen des Managers verschwammen vor meinen Augen, und sie fing an zu stöhnen.

»Fick mich, du weißes Arschloch!«

Ich stieß fester zu, bis die Matratze über den Boden rutschte. Summ, Baby, summ. Ich machte und tat, stieß und stach.

»Gib's mir«, grunzte sie.

»Tu ich, tu ich!«

»Sag Schweinereien.«

»Was?«

»Sag Schweinereien!«

»Ach, zum Teufel«, sagte ich. »Du bist ein Pferdearsch.«

Sie schaltete auf Autopilot, quietschte und jammerte, wand

und bog sich. »Du magst das!« bellte sie. »Du fickst mich gern!«

Ich versuchte es mit Umkleideraumsprüchen: »Schlag drauf, schlag drüber, dann bist du der Sieger.«

»Ich komme!«

»Sie kommt am dritten. Jetzt der Wurf. Er ist im Dreck, sicher daheim!«

Mein Körper krümmte sich zusammen, Hitze raste aus meinen Füßen und meinem Schädel in meinen Schwanz und explodierte. Die Fans skandierten meinen Namen. Sie waren von ihren Sitzen aufgesprungen, berührten den Rasen, rissen Stücke aus dem Boden. Schweiß lief auf meiner Haut herunter wie Champagner, als ich mich zur Seite rollte.

»Das war toll, Jahi!«

»Yeah, du bist ein Naturtalent.«

Sie gab mir noch eine kurze Einführung in dirty talk im Bett. Ich nickte und bedankte mich, und sie schickte mich eine Pizza holen. Ihr Duft bedeckte mich wie Staub vom Spielfeld. Ich ließ das Spiel vor meinem geistigen Auge nochmal ablaufen, mit sofortigen Wiederholungen der besten Teile.

In den nächsten paar Wochen leitete Jahi meine Safari durch die Stadt nach Coney Island, Radio City, zum Times Square und in ein paar hundert Bars dazwischen. Auf der Staten Island Ferry kletterte sie über die Reling und ließ sich an den Armen herunterhängen. Das Dreckwasser quirlte unter ihr, voller Plastikverpackungen für Tampons und vergifteter Fische. Jahi grinste mich an und trat gegen die Seite des Bootes.

»Spring nicht«, schrie sie. »Halt dich fest, Chris. Halt dich fest!«

Nachdem die Crew sie an Bord gezogen hatte, warf sie Rettungsringe über Bord. »Ich kann nicht schwimmen«, erklärte sie. »Ich muß mich selbst retten.«

Der verärgerte Captain teilte uns einen Wachmann zu, den

Jahi durch subtile Präsentation ihrer Brust becircte. Er beugte sich vor, um weiter in ihr Shirt zu sehen. Das Boot schaukelte, er taumelte zur Seite, rot im Gesicht, und verbannte sie von der Fähre.

»Ab wann?« fragte sie.

»Jetzt.«

»Haltet das Boot an!« schrie sie. »Bringt mich zurück.« Sie gab ihm eine Ohrfeige. »Er hat mich am Arsch gepackt. Hilfe, Hilfe!«

Die meisten Passagiere wandten sich ab, wie das eben in Städten so ist, aber zwei Muskelmänner eilten zu Hilfe. Jahi packte sie an ihren Gürtelschnallen, eine in jeder ihrer winzigen Hände.

»Er war's«, sagte sie, mit jammernder Stimme wie ein Kind. »Er hat mich da unten berührt.«

Einer ihrer Retter hatte sich zwei Tränen unter sein rechtes Auge tätowieren lassen. An seinem Haaransatz standen die Buchstaben H. A. N. Y. C. Der größere hatte einen Subway-Token durchs Ohrläppchen gedreht, das Fleisch war darum herumgewachsen wie ein Baum um eine Hinweistafel.

»Welcher?« fragte der Größere.

»Ich weiß nicht«, sagte Jahi. »Weiß nicht mehr.«

»Machen wir beide platt«, sagte der andere.

»Der war's.« Der Matrose deutete auf mich. »Er ist der Freak.«

»Die Ratte kennt ihr Loch«, sagte der Größere.

»Yeah«, sagte ich. »Der stinkt nach Schlägen.«

Die Bullenbeißer starrten mich an, und mir wurde klar, daß ich sie gerade von der Uniform abgelenkt hatte.

»Ihr seid vielleicht dämlich«, sagte Jahi.

Sie spreizte die Beine und bog den Rücken durch. Dann hob sie den Kopf, um sie ansehen zu können. Ihre Stimme hatte einen hinterhältigen Unterton bekommen.

»Ganz schön nervös. Ich würd's euch ja gleich hier machen, wenn ihr vorher duscht. Laßt mich bloß nich' auf diesem Scheißkahn alleine. Hier is' was los. Der Junge gehört zu mir, aber er lernt noch. Die Hitze vom Boot macht mich auch ganz heiß. Eure Kumpels haben letzte Nacht in der Alphabeth Street schon mal probiert.«

Die Augen der Schlägertypen begannen zu glänzen. Der größere ging rückwärts und wurde von der Menschenmenge verschluckt. Sein Freund hinterher. Der Wachmann des Captain folgte ihnen. Jahi wischte sich Schweiß von den Händen.

»Was war das denn?« fragte ich. »Ich hab kein Wort verstanden.«

»Die schon.« Sie fuhr mit ihren Knöcheln über die Beule in meiner Hose. »Das verstehst du aber, oder?«

Ich nickte, und während die Fähre weitertuckerte, verschwanden wir in einem der Rettungsboote.

Am nächsten Samstag nahm sie mich mit an den FKK-Strand von Rockaway Beach, auf dem fette Voyeure häßliche Frauen anstarrten. Männer mit perfekten Frisuren spazierten paarweise umher. Mir fiel der Kommentar meiner Großmutter zu einem *Playgirl* ein, das meine Schwester ihr einmal gezeigt hatte. »Wie auf der Farm«, hatte Großmutter gesagt. »Lauter alte Pumpen mit hängenden Schwengeln.«

Jahi suchte ein paar Quadratzentimeter dreckigen Sand ohne Kondome und Zigarettenkippen für uns. Ich hatte den Strand schon immer gehaßt, außer im Winter. Die Sonne ist zu heiß, das Wasser zu kalt, und die ganzen Menschen vertreiben jegliche verbliebene Schönheit der Natur. Jahi lehnte es ab, sich auszuziehen, sie sagte, sie sei braun genug. Wir hatten nie über ihre Herkunft gesprochen, und ich wollte nicht dumm auffallen, indem ich fragte, ob sie überhaupt brauner werden konnte. Sie bestand darauf, daß ich mich auszog. Da ich nicht vorhatte, auf dem Bauch zu liegen und die Schwulen zu begeistern, legte ich mich auf den Rücken. Die Sonne briet meine Eier in fünf Minuten.

Jahi ärgerte mich tagelang damit. In der Subway legte sie den Kopf schräg, mit lauter Stimme verschaffte sie sich Aufmerksamkeit.

»Hast du immer noch Sonnenbrand an den Eiern, Chris? Sie müssen höllisch weh tun.« Sie wandte sich an den nächstbesten Fremden. »Am Strand zu Briketts verkohlt. Wenn er nicht angibt, jammert er.«

Unsere öffentlichen Auftritte waren ein dauerndes Duell, das mich wütend machen sollte, neidisch oder empört. Da sie gegen meine Nonchalance kaum eine Chance hatte, wurden ihre Improvisationen immer irrwitziger. Während wir auf den Zug warteten, fragte sie einen Fremden nach seiner Meinung zu meinen Augen. Sie holte ihn heran und ließ ihn mein Gesicht betrachten. Er stimmte ihr zu, daß ich leicht schielte, vor allem auf dem linken Auge. »Ja«, sagte sie. »Das muß weg. Haben Sie ein Messer? Machen Sie es weg. Sie, Sie, Sie!«

Wir fuhren stundenlang Subway, das war Jahis Methode, sich auf ihre Bühnenkarriere vorzubereiten, Myriaden Fremde waren ihr Publikum. Sie hielt ihre Kaspereien für einen wichtigen Gegenpol zu meinem bisherigen Leben. Mitten zwischen ihren Beleidigungen grinste sie mich an, begierig auf Applaus. Einmal stahl sie einen Packen Papier und öffnete das Bündel in einem windigen Gäßchen. »Oh, mein Gott!« schrie sie. »Mein Manuskript!« Wir konnten zwölf Samariter nach leeren Seiten durch die Straße jagen sehen. In einer Oben-ohne-Bar schob sie ihr T-Shirt hoch und stapelte Betrunkenen, die die Tänzerinnen angegrabbelt hatten, leere Gläser in den Schoß. Ein Aufpasser mit Schultern wie ein Picknicktisch kam zu uns herüber. Ich blieb sitzen, denn mir war klar, daß ich, wenn ich aufstünde, einen Kopf kürzer werden würde. Ich vertraute Jahi, daß sie die Situation unter Kontrolle behielt.

»Hey, Sugar«, sagte der Aufpasser zu ihr. »Willst du 'nen Job? Wir können welche wie dich gebrauchen.«

»Ich habe einen Job«, sagte sie und zeigte auf mich. »Ich paß auf ihn auf. Er ist ein berühmter Schauspieler.«

Der Barwächter half Jahi in ihren Mantel und wandte sich dann an mich. »Sie können sich glücklich schätzen, mein Freund.«

An diesem Abend blieben wir in ihrem Appartement. Der Smog leuchtete orange am Himmel. Baulärm hallte vom Nachbarhaus herüber, wo die Mieter extra für die giftigen Dämpfe vom Fluß bezahlten. Jahi hatte den Tag erfolglos damit verbracht, mich eifersüchtig zu machen. Sie ärgerte sich über sich selbst und sagte, meine Schauspielkarriere sei ein Witz. Ich würde zuviel zugucken, zuviel Tagebuch schreiben.

Ich hatte ihr nie von meinem einzigen Termin zum Vorsprechen erzählt, eingepfercht in einem heißen Zimmerchen mit sechzig anderen Typen, von denen jeder einen Stapel Empfehlungsschreiben hatte. Sie schienen sich alle zu kennen wie Clubmitglieder. Der Gewinner strahlte und wünschte den Verlierern Glück.

Als mein Name aufgerufen wurde, ging ich durch eine Tür und über eine dunkle Bühne zu einem ovalen Lichtflecken. Jemand drückte mir eine getippte Seite in die Hand. Eine nasale Stimme wimmerte aus der Dunkelheit: »Fangen Sie beim roten Pfeil an.«

Zwanzig Sekunden später unterbrach mich dieselbe Stimme und bedankte sich. Verwirrt nickte ich und las einfach weiter.

»Ich sagte, danke schön«, sagte die Stimme. »Kann mal jemand...«

Eine Hand packte meinen Arm, eine andere nahm mir das Script weg. Sie führten mich ab. Ich entschied, Filmstar zu werden und mich nicht mehr mit dem Theater zu plagen.

Jahi hatte ihre Unterwäsche ausgezogen, ihr Kleid aber anbehalten. Der dünne Slip baumelte von ihrem Fuß. Mit einer kleinen Bewegung schleuderte sie ihr Höschen auf meinen Kopf.

»Schreibst du über mich?« fragte sie.

»Vielleicht.«

»Solltest du.«

»Warum?«

»Weil ich lebe.«

»Das tue ich auch, Jahi.«

»Aber nicht ohne mich. Du wärst jung, dumm und bis zu den Ohren voller Sperma. Jetzt bist du nur noch jung.«

»Ich bin froh, daß du mich nicht für dumm hältst.«

»Oh, das bist du, Chris. Ich habe dich nur smart genug gemacht, zu wissen, daß du es bist, das ist alles. Schreib das in dein kleines Notizbuch.«

Das Tagebuch war mein Kampfgebiet, die letzte Flucht ins Private in einer Acht-Millionen-Stadt. Jeden Tag sah ich bestimmt zweitausend verschiedene Gesichter; eine nette Sache, bis ich begriff, daß mein Gesicht nur eins von den zweitausend war, das jeder von ihnen sah. An der entsprechenden Exponentialrechnung scheiterten meine Mathematikkenntnisse. Jahi kam in meinem Tagebuch nicht vor. Auf diesen Seiten fand *ich* statt. Auf einigen Seiten stand in jeder Zeile mein voller Name und mein Geburtsort, damit ich mich daran erinnerte, daß ich lebte.

»Schreib alles auf, was ich sage«, sagte sie.

»Komm schon, Jahi, ich schreibe nicht mal gute Briefe.«

»Du weißt es noch nicht, aber du wirst. Du wirst an einen Punkt kommen, wo du keine Wahl hast.«

»Yeah, und dann werde ich Präsident.«

»Du kannst alles tun, was du willst. Du bist ein weißer amerikanischer Mann.«

»Ja.«

»Und ich bin eine Niggerhure, die mit einem Weißen bumst.«

»Verdammt nochmal, Jahi!«

»Siehst du«, murmelte sie lächelnd. »Ich wußte, daß ich dich kriege.«

Ich stampfte auf den Boden. »Es ist mir egal, was du auf der Straße aufführst. Zieh dich aus! Mach Ärger! Du bist der einzige Freund, den ich habe, erinnerst du dich? Es gibt vielleicht fünfzig Leute, die mich kennen, in meiner Heimat. Dich kennt in Brooklyn jeder, und halb Manhattan dazu. Ich bin ein Niemand, du nicht!«

»Nicht mehr lange.« Ihre Stimme wurde monoton und einlullend: »Ich kenne deine Träume.«

Ihr Körper wurde steif, die Augen matt, die Finger rangen in ihrem Schoß miteinander. Sie biß die Zähne aufeinander, damit sie nicht klapperten.

»Du wirst Gold aus Blei machen, Blumen aus Asche. Wirst Wunden aufbrechen. Wunden auf...«

»Hör auf damit, Jahi.«

Ich dachte daran, ihr eine zu kleben, aber ich hatte noch nie eine Frau geschlagen und war nicht sicher, ob es anders war, als einen Mann zu schlagen. Es ging vorbei, bevor ich mir darüber klar wurde. Jahi rutschte von der Couch auf den Boden, schlaff wie ein Handtuch. Ich fühlte ihren Puls am Hals, er raste. Sie öffnete die Augen und rieb ihr Gesicht mit den Handrücken, sie sah verloren aus.

»Ist das schon mal passiert?« fragte ich.

»Oft«, sagte sie. »Du hast nie nach meiner Familie gefragt.«

»Na und. Du hast auch nicht nach meiner gefragt.«

Sie kroch über den Boden zu meinen Füßen, streichelte sanft mein Bein. Ihre Augen waren sehr alt. Ich bemerkte das Grau in ihrem Haar.

»Ich kannte meinen Vater nicht«, sagte sie. »Meine Mutter war eine Obeah-Frau aus den Bergen. Sie starb, bevor ich lernte zu kontrollieren, was sie mir beigebracht hatte. Ich ging nach Kingston und verdiente mein Geld. Ich kam nach Brooklyn, als ich sechzehn war, zu alt, um dort unten zu arbeiten. Ich kann nichts für das, was ich bin.«

»Was?«

»In Jamaika sagten sie, ich wäre eine verdammte Hexenhure. Hier sagen sie einfach, ich sei verrückt.«

Sie seufzte und legte ihr Gesicht an meines.

»Ich fühle das neue graue Haar«, sagte sie. »Reiß es raus.«

Ich weigerte mich. Sie riß es mit ihren Fingern heraus, und ihr Haar wippte, straff wie Draht.

»Stark«, murmelte sie. »Heute nacht sehe ich stark.«

Sie lehnte sich gegen mein Bein und schloß die Augen. Der Vollmond schien über die Dächer durch das Fenster, er leuchtete wie ein Totenschädel. Zweifellos war sie ein bißchen verrückt, aber ich hatte niemanden in dieser Stadt getroffen, der das nicht war. New York schien das freiwillige Asyl aller Verrückten und Soziopathen zu sein, die aus ihren Kleinstädten geflohen waren; niemand, den ich kannte, war hier geboren und aufgewachsen. Die halbe Bevölkerung war verrückt, und die andere Hälfte bestand aus Therapeuten.

Der Mond verschwand im Neonlicht. Jahi schlief endlich ein. Ich setzte mich auf die Couch und schlug mein Tagebuch auf. Es hatte als Beweis meiner Identität begonnen, aber unter Jahis Obhut veränderte es sich, während ich langsam begriff, daß ich ein echter Autor werden wollte. Die Grundregel ist, zu schreiben, was man weiß, aber ich glaubte nicht, etwas Mitteilenswertes zu wissen. Das einzige, was ich ohne Gewissensbisse aufschreiben konnte, war eine Auswahl meiner täglichen Erlebnisse. Jahi fand mich auf der Couch, voll angezogen. Sie war begierig, am nächsten Sonnabend Reiten zu gehen. Wenn das Einhorn zu ihr käme, wollte sie bereit sein. Ich gab schamlos damit an, wie gut ich reiten konnte. Nachdem ich zwei Monate lang hinter ihr durch die Stadt gezockelt war, freute ich mich, ihr etwas zeigen zu können.

Wir fuhren mit dem Zug zum Prospect Park. Jahi trug eine brandneue Reithose, die ihr Sugar-Daddy ihr geschenkt hatte; eine Bezeichnung, die ich nicht verstand. Wir entdeckten ein paar Kinder auf antiken Mähren mit uralten Sätteln. Der Pferdeverleiher war ein Gewichtheber namens Tony, er trug Stiefel, einen Stetson und ein Fransenhemd. Als ich ihn fragte, wo er herkäme, sagte er: »Umme Egge.«

Tony führte seine armseligen Viecher über einen Dreckpfad durch den Park. Die Pferde trotteten vor sich hin. Eine halbe Stunde später ließen sie immer noch die Köpfe hängen, sie erledigten ihre Arbeit wie Maschinen. Ich war empört, die Tiere waren zur Unwürdigkeit verzivilisiert.

Tony verließ den Pfad und wechselte auf eine breite Asphaltstraße, die um einen Teich führte. Die Pferde zockelten etwas schneller. Meinem Instinkt gehorchend, knallte ich die Zügel über den Pferdehals und beugte mich vor. Galopp war viel leichter zu reiten. Die alte Mähre hob den Kopf und bemühte sich zum erstenmal, seit sie sich in Brooklyn zur Ruhe gesetzt hatte, um Tempo. Ihre Hufe klapperten komisch auf dem Teer. Ich dirigierte sie an den anderen vorbei. Jahi jauchzte neben mir.

Tony schrie, ich sollte anhalten, sein Gesicht war rot, jetzt sah er tatsächlich so aus, als wäre er von hier und nicht aus Montana. Ich flog über die Straße dahin, saß bestens und bewegte mich im Rhythmus des Tieres. Ich sah mich nach Jahi um und erkannte, daß mir ein anderes Pferd in vollem Galopp folgte. Jemand schrie. Ein Pferd raste an mir vorbei, der Reiter kippte langsam zur Seite wie ein Zentaur, der sich bei zu hohem Tempo spaltete. Dann rutschte er endgültig aus dem Sattel. Sein Kopf donnerte gegen den Laternenpfahl, sein Körper wurde zu Boden geschleudert, Blut spritzte auf die Straße. Ein paar hundert Leute formten sogleich einen dichten Kreis um das Kind. Teenager versuchten, einander in das Blut zu schubsen. Ein Krankenwagen kam. Tony war wütend und wollte mich schlagen, aber Jahi zog mich weg, schrie, daß sie ihn verklagen würde. Sie hielt meinen Arm ganz fest und drückte ihr Geschlecht gegen mein Bein. Ihre Handflächen waren heiß.

Wir fuhren mit dem Taxi zu ihrem Appartement. Sie eilte hinauf, und als ich nachkam, wartete sie auf der Couch kniend auf mich, die Reithose zu den Knöcheln heruntergezogen.

»Bitte, Chris«, bettelte ihre körperlose Stimme.

Mechanisch knöpfte ich meine Hose auf. Als ich sie herunterzog, hörte ich wieder das Geräusch, wie der Kopf des Jungen den Stahlpfahl traf, wie ein Stiefel, der in ein Wasserfaß fiel. Mein Speichel schmeckte bitter, ich drehte mich um und rannte die Treppe herunter. Das Opfer war zu groß gewesen und zu überraschend dargeboten worden. Ich konnte mich nicht mit der Priesterin des Todes einlassen, um Leben zu finden.

Benommen wanderte ich die Flatbush entlang. Die Ereignisse des Tages wiederholten sich in meinem Kopf aus unterschiedlichen Perspektiven. Ich sah die Szene aus der Luft in Zeitlupe, mich selbst auf einem winzigen Pferd. Ich wurde zum Kind, das aus dem Sattel rutscht und wartete auf den Schlag. Wurde Tony, verblüfft und wütend, bereit zum Kampf. Ich war das Pferd; ich war Jahi; ich war die gelangweilte Masse. Ich war jeder außer mir selbst.

Ich ging eine Woche lang nicht zur Arbeit, blieb im Bett wie ein Mastschwein im warmen, feuchten Matsch des Elends. Als ich schließlich wieder in das Kaufhaus ging, rief Jahi an, aufgedreht und voller Vergebung. Ich legte mitten in ihr Lachen hinein auf und sah sie niemals wieder.

Eine Woche später, an meinem zwanzigsten Geburtstag, spielte ich mit ein paar Jungs Football im Riverside Park. Schnell, schlank und geschickt gelang mir ein toller Fang bei einem 30-Meter-Paß. Der Ball flog hoch, ich sprang und drehte mich in der Luft, um den Ball aus dem Himmel zu reißen. Als ich ganz oben war, konnte ich die Rauchwolken aus New Jersey sich im Fluß spiegeln sehen. Mein linker Fuß landete in der einen Richtung, während mein Drehmoment mich in die andere trug. Ein Mitspieler stieß mich in eine dritte.

Am nächsten Tag hinkte ich ins Krankenhaus und kam mit meinem linken Bein in Gips wieder heraus. Die Kniebänder waren kaputt, aber ich war glücklich. Der Unfall gab mir einen guten Grund, nach Hause zurückzukehren. Zum ersten Mal in meinem Leben flog ich im Flugzeug, meine Mutter holte mich in Lexington ab. Sie fuhr mich zwei Stunden weit in die östlichen Berge, wo die Menschen mich als einen verwundeten Helden akzeptierten. Meine Familie schien das Gefühl zu haben, daß der Gerechtigkeit Genüge getan worden war; der Kosmos hatte seinen Preis gefordert für den Größenwahn, das Land zu verlassen. Dad und ich tranken zusammen ein Bier, was wir noch niemals getan hatten. Wieder und wieder sagte er: »Pferde in deinem Zustand erschießen sie.«

Der Gips mußte acht Wochen draufbleiben, hielt aber zehn, weil der Dorfdoktor eine spezielle Säge anfordern mußte. Er war so beeindruckt von dem New Yorker Gips, daß er mich fragte, ob er ihn behalten könne. Mein Bein war blaß, dünn und haarlos. Jeden Abend füllte ich einen Sack mit Steinen, band ihn an meinen Knöchel und hob ihn im Sitzen an. Zwischen den Übungen zerquetschte ich die Zecken des Hundes und sah zu, wie es Nacht wurde. Die schwarze Luft kam von den Bergen herunter und tauchte Land und Himmel in eine Dunkelheit, wie es sie in der Stadt nicht gab.

Meine Schauspielkarriere war gescheitert, aber ich war in allen Museen gewesen und in vielen Galerien. Die Bilder begeisterten mich. Oft hatte ich eine Stunde vor einer einzigen Leinwand gesessen, Pinselstrich für Pinselstrich studiert und versucht, nicht das Bild, sondern den Maler zu verstehen. Galerien hatten die Wirkung einer eiskalten Dusche. Museen erschöpften mich. In meiner Bergheimat entschied ich mich, Maler zu werden, ohne auch nur ein einziges Mal Farbe auf Leinwand gebracht zu haben. Erstens brauchte ich nun einen Job, um mir Pinsel und Farbe zu kaufen. Zweitens brauchte ich ungewöhnliche Klamotten. Drittens und wichtigstens brauchte ich Inspiration.

Ich dachte an Jahi, die sich selbst als Belohnung für Grausamkeit opferte. Mich hatte dieses Ritual versteinert. Erwachsen zu werden, mußte mehr als Sex bedeuten, mußte die Unabhängigkeit von Frauen bedeuten. Die Sportarena hatte mich wegen eines Beines, das nicht die nötige Kraft hatte, ausgestoßen. Ich konnte zu Hause bleiben und Bäume fällen, graben, Tiere jagen, aber mich in der Natur zu beweisen, nützte nichts. Die Wälder waren voll von geschlagenen Männern. Die Natur gewann immer.

Die Weiden blühen am Fluß, die Jungvögel singen in ihren Nestern, Ritas erste Monate waren einfach. Sie schläft lange, mittags auch, hat sich nur einmal übergeben. Bis dahin waren wir besorgt, da ihr morgens nicht schlecht war, es wäre etwas nicht in Ordnung. Ich war stolz auf ihre Schweinerei.

Kürzlich hat sie angefangen, im Schlafzimmer vor dem Spiegel herumzustolzieren.

»Sehe ich schwanger aus?« fragte sie.

»Nein«, sagte ich, denn ich glaube, daß sie ihr Gewicht verstecken will. Sie rollt sich auf dem Bett zusammen und weint. Ich lege mich neben sie, streiche ihr Haar, begreife langsam, daß sie Kleider ausgewählt hat, die ihren Bauch betonen, nicht verbergen. Rita möchte, daß es jeder sieht. Seit sie schwanger ist, nimmt sie die Schultern zurück und reibt ihren Bauch wie nach einem guten Essen, nicht wie eine Frau mit einem Baby. Sie zeigt es.

Mal abgesehen von körperlicher Gewalt ist das schlimmste, was ein Mann tun kann, eine schwangere Frau zu verlassen. Trotzdem ist dies nicht ungewöhnlich. Ich weiß jetzt, daß der Grund dafür meist unkontrollierbare Angst ist, nicht der Wunsch nach Freiheit oder eine andere Frau. Die Panik des Mannes wächst parallel zum Bauch der Frau. Sie verwandelt sich, er nicht. Ihr Körper und Geist verändern sich drastisch Tag für Tag, während er die Dumpfbacke bleibt, die er immer war.

Die Aussicht, ein Leben mit Rita zu verbringen, läßt mich an all ihre Unzulänglichkeiten denken, die an mir scheuern wie ein Ledersattel. Im Wald überlege ich, was mich wahnsinnig machen wird, wenn ich sechzig bin – daß sie die Ketchupflasche nicht richtig zuschraubt, oder daß sie ihre Klamotten wie Pollen im Haus verteilt. Ihr wäre es lieber, ich würde mich am Telefon ordentlich melden und öfter die Kleider wechseln. Die Kompromisse des Paarlebens bestehen im Akzeptieren bislang unduldbarer persönlicher Angewohnheiten.

In Kentucky gibt es zwei Freizeitclubs für Jungen – 4-H und Future Farmers of America. Ich habe mit beiden Ausflüge gemacht. Einmal wurden wir zweihundert Meilen mit dem Bus in einen Vergnügungspark gefahren – ein unglaubliches Spektakel, größer als die nächste Stadt in den Bergen. Ein Ausstellungsstück war eine lebende Kuh mit einem Plexiglasfenster in der Seite. Fell und Fleisch waren entfernt worden, und ich konnte das Verdauungssystem bei der Arbeit beobachten; wie das Essen von einem Magen in den nächsten rutschte. Ich habe ein Jahr lang keine Milch getrunken.

Könnte ich irgendwie in Rita hineinsehen, würde ich mich nicht so unsicher mit dem Baby fühlen. Das Buch in der

Bücherhalle sagt, es ist ein Embryo bis zur achten Woche, wenn alle Organe gewachsen sind. Dann ist es ein daumengroßer Fötus. Fotos lassen mich an einen kleinen Wal denken, das Herz direkt hinter dem Mund, eine Freßmaschine. Es gibt kein Fenster zu Ritas Bauch, aber ich muß trotzdem akzeptieren, daß ein Baby dort drin ist. Wie mit Gott oder schwarzen Löchern muß man sich eben einfach damit zufriedengeben.

Gestern warnte uns das Wetteramt vor steigender Flut. Sie boten kostenlos Sand an, aber wir müßten die Säcke selbst füllen. Ich trank die ganze Nacht Kaffee und ging alle halbe Stunde mit einer Taschenlampe über unser Grundstück. Der Wasserpegel wuchs schneller als Ritas Bauch. Ich hielt mich an einem Pfosten fest, als könnte der Fluß mich in seine Tiefen hinabsaugen. Ich stellte mir Rita und mich in einem Boot vor, Schreibmaschine und Kind zwischen uns, unterwegs zu einer noch sichtbaren Anhöhe. Bäume stürzten ins Wasser, der Boden unter ihren Wurzeln war vom stetig steigenden Wasser weggeschwemmt worden. Der Sturm hielt die ganze Nacht über an.

In der Dämmerung heute morgen sah die dunkle Oberfläche des Flusses so dick aus wie Milch. Es fehlen nur ein paar Zentimeter zu einer Überschwemmung. Eine einzige Gans sitzt fünfzig Meter weit weg. Ein weißer Fleck an ihrem Hals sieht aus wie der Kinnriemen eines verlorenen Helmes. In den letzten zwei Stunden hat sie sich nicht gerührt. Der Blitz hat einen Zweig vom Baum abgerissen, der Stumpf ist verbrannt. Sibirische Medizinmänner machen heilige Trommeln aus solchen Bäumen, aber dieser ist nicht frisch genug. Nach zwölf Stunden ist die Kraft der Elektrizität verschwunden. Ein großer Blaureiher erhebt sich vom Ufer, den langen Hals verborgen, die Schwingen bewegt er langsam wie ein prähistorischer Vogel. Eine tote Kuh schwimmt vorbei, die Raben haben die Augenhöhlen leergepickt.

Der Anker meines Bootes ist eine Kaffeekanne, gefüllt mit

Zement. Die Leine ist zu kurz für den plötzlichen Wasseranstieg. Sie hält das Boot unter der Oberfläche. Der Motor am Heck ragt aus dem Wasser, der Benzintank treibt zwischen den Sitzen. Das Boot ist voll mit Fluß. Alle Rettungswesten sind davongeschwommen. Ein Schwarm Gänse fliegt flußabwärts, wechselt nach unsichtbaren Befehlen die Richtung, folgt der Telepathie des Fliegens. Man kann Raben beibringen, Menschen nachzuplappern, und ich schätze, wenn meine Zunge gespalten wäre, könnte ich mit den Vögeln sprechen. Sie würden mir die Geheimnisse ihrer hohlen Knochen mitteilen, und ich könnte ihnen sagen, wie froh sie sein könnten, daß ihre Reproduktion im Eierlegen besteht. Ein Gartenhäuschen treibt vorbei, eine kleine Holzhütte, die zu nah am Flußufer gebaut worden war. Ein Eichhörnchen hockt auf dem Dachfirst. Eine Drahtschlinge hängt noch immer an einem Nagel.

Rita ist bei der Arbeit. Sie hat mich nach unserer allmonatlichen Untersuchung zu Hause abgesetzt. Wir sind froh über unsere Ärztin; sie ist ehrlich und geradeheraus, als besuchte man seine Lieblingsschwester. Ich darf sogar über ihre Schulter sehen, wenn sie mit einer Taschenlampe tief in Ritas Innereien leuchtet. Da drinnen ist alles rot. Ich weiß nicht, was ich sehe, und mag nicht fragen. Nach der Untersuchung sagt die Ärztin, Rita habe einen »einfachen Uterus«. Wenn ein Mann das gesagt hätte, wäre ich vielleicht beleidigt gewesen.

Sie schmiert Fett auf Ritas Bauch und drückt ein Mikrofon links neben ihren Nabel. Ein Kabel führt zu einem kleinen Lautsprecher. Wir hören den fötalen Herzschlag. Der schnelle Rhythmus des Babys harmoniert mit Ritas langsamem Puls. Ich frage, ob wir das Licht ausmachen und zuhören können. Rita nickt der Ärztin zu; sie erlauben mir meine kleinen Augenblicke. Der Zwillingsherzschlag erinnert mich an die Sturmnacht. Das Baby ist Regen. Rita ist das gleichmäßige Rauschen des Flusses. Ich sitze allein im Dunkeln auf der Bank.

Nach der Flut schmerzt der Fluß wie das Blut eines Mannes, dessen Bruder stirbt. Plastikmüll in den Bäumen markiert die Höhe der Flut. Die Biber nagen dort oben an den Bäumen, und wenn das Wasser abgeflossen ist, sehen wir den Beweis für Riesenbiber – ihre Zahnabdrücke weit oberhalb meiner Kopfhöhe. Ich muß an Riesen glauben, weil die wirklichen Riesen verschwunden sind: dreizehige Ungeheuer, der Büffel, bald auch die Elefanten. Während einer Flut können die jungen Biber in ihrem Bau ertrinken, gefangen vom Wasser. Ritas Körper ist schwer vom Wasser. Gegen ein Kind helfen keine Sandsäcke, es gibt keine Evakuierung, keine Warnung vor einer Fehlgeburt.

Ein Picknicktisch aus der Stadt treibt verkehrt herum an mir vorbei. Ich binde einen Ziegel an ein Seil und verfolge den Tisch eine halbe Meile lang, bevor ich ihn mit viel Glück erwische. Ich binde das Seil um einen Baum. Wenn das Wasser abgeflossen ist, werde ich den Tisch auf unser Grundstück schleppen. Wir können Picknicks machen und unsere Namen in das Holz schnitzen. Ich übe für die Rolle des Versorgers. Meine Stiefel sind angestoßen und voller Matsch.

Das Wasser fließt nach einer Biegung langsamer, und ich beobachte einen tapferen Kormoran, der versucht, dort zu fischen. Sein dürrer Hals stößt wie eine Schlange durch die Oberfläche. Sie ziehen zweimal jährlich nach Süden, also muß dieser im Sturm verlorengegangen sein, muß seinen Schwarm aus den Augen verloren haben. Kormoranen fehlt das wasserfeste Öl der Enten, so können sie unter Wasser schwimmen und Fische jagen. Tausend Jahre tauchen haben ihnen große Schwimmfüße gegeben, die weit hinten am Körper wachsen und als Flossen taugen. Das macht sie vorderlastig. Wenn ein Kormoran versucht, an Land zu gehen, kippt er auf die Brust wie ein Hund auf dem Eis.

Ich fühle mich ähnlich ungeschickt, unsicher über das, was ich getan habe, was ich später tun muß. Ich habe keine Angst vor dem Alter, nur davor, wie Alte sich benehmen sollten. Wissenschaftler behaupten, die Überlegenheit der Menschheit sei das Resultat verlängerter Kindheit; mir scheint es eher Glück zu sein. Der Kormoran kann schwimmen und fliegen wie das Baby in Ritas Bauch. Ich muß mich mit Laufen begnügen. Diese Flut ist nichts im Vergleich zu den anstehenden Aufgaben.

Das kaputte Boot steckt im Flußufer fest, es sieht aus wie ein Grabstein, der die Zukunft der Vergangenheit markiert. Sein dunkler, glänzender Korpus erinnert mich an die Delphine, die vor Äonen an Land gingen. Sie glitten auf die sonnenwarmen Steine und blieben lange genug, um ihre Flossen zu verlieren und das Meer zu vermissen. Viele Delphine flohen, aber ein paar blieben zurück. Aus ihnen wurden langsam ohrlose Seehunde, für immer gestrandet im Bereich zwischen Dreck und Wasser. Ich frage mich, ob die Vaterschaft genauso sein wird.

Ich verließ Kentucky, kaum daß der Doktor sagte, ich sei gesund, was ich rein körperlich auch war. Ich erforschte das Land zu Fuß, fand tageweise Arbeit und billige Zimmer. Ich war ein ewig neues Gesicht, der Truck-Stop-Bettler, der Schläfer auf der Bank; ein müder, angeschlagener Penner, noch nicht ganz 21. Jedesmal, wenn mein Leben einfach wurde, bot mir ein Boß eine Beförderung an, oder eine Frau wollte Liebe. Ich fürchtete eine Falle, packte meine Sachen und ließ wieder ein Leben hinter mir, auf der Suche nach Ellenbogenfreiheit wie Daniel Boone.

So reiste ich durch Amerika und arbeitete hier und da – Umzugshelfer, Erntehelfer, Dachdecker, Truckfahrer –

nichts davon gefiel mir. Die Mühen der Arbeit erinnerten mich an einen Kater. Wenn man bloß die nächsten paar Stunden übersteht, sind beide vorbei. Das Schwierige daran ist, zu akzeptieren, daß man warten muß, bis man wieder essen und trinken kann. Im Herbst brachte ein Trucker mich nach Minneapolis, eine Stadt so kalt wie ein Kuhfuß. Auf dem Arbeitsamt bot mir ein junger Chippewa eine Schlafgelegenheit an. Marduk führte mich durch Glasröhren, die die Straßen überspannten, in einen Stadtteil voller wackeliger Häuser. Immerhin: Ich hatte Tipis erwartet. Die Fabrik in St. Paul auf der anderen Flußseite stieß Rauchzeichen aus.

Daniel Boone hatte die Zivilisation für ein einfacheres Leben hinter sich gelassen, seinen ersten Büffel in Kentucky erlegt, und war von den Shawnee gefangengenommen worden. Er nahm den Namen Sheltowee an, was »große Schildkröte« heißt. Der Ritus zu Boones Adoption schloß sorgfältiges Ausreißen der Haare ein, bis nur eine Skalplocke übrigblieb. Dann wurde er ausgezogen und im Fluß blutig geschrubbt, um sein weißes Blut auszuspülen. Meine Freundschaft mit Marduk begann auf einfachere Weise.

Er war so alt wie ich, gefangen zwischen der Rebellion gegen die Traditionen seines Volkes und dem Haß auf die Weißen. Er sagte mir, es gäbe mehr in Museen ausgestellte Indianer als lebende in diesem Staat. Seine Urgroßmutter war in Chicago zu besichtigen. Marduks Vater gehörte eine Autowaschanlage, und er wollte ihn als Partner; seine Mutter war PowWow-Tänzerin und Aktivistin für Stammesrechte. Marduk interessierte sich für keinen von beiden. Er wollte eines Tages in den Dschungel Südamerikas auswandern und ein »echter Indianer« werden. Von seiner Kultur in die Enge getrieben, lebte er unter der neuesten Immigrantengruppe der Stadt, den Hispaniern.

Unsere Mitbewohner waren Zwillingsbrüder aus Ecuador, die Kentucky für ein eigenes Land hielten. Wir waren alle

Fremde im Land der unbegrenzten Möglichkeiten. Wenn wir Rum tranken, schloß Marduk sich in seinem Zimmer ein und rauchte Dope, dabei brüllte er durch die geschlossene Tür: »Ich will kein betrunkener Indianer sein!«

Luis und Javier gehörten zu den wenigen Männern, die ihren Kindheitstraum wahrgemacht hatten – sie arbeiteten als Teilzeit-Gangster. Sie lebten besser als daheim. Nach nordamerikanischen Standards waren wir alle arme Schweine, aber die Brüder verlangten nicht mehr als das Leben stiller Desperados – darum beneidete ich sie. Meine Wünsche waberten im Nebel. Den größten Teil meiner Tage verbrachte ich im Museum, betrachtete die Gemälde und freute mich, wenn ich irgendwo am Rand eine Unachtsamkeit in der Ausführung entdeckte. Ich füllte mein Tagebuch mit Kommentaren zur Kunst. Mein späteres Werk würde der Welt zeigen, was mit der gegenwärtigen Malerei faul war.

Nachts stürzten wir drei uns in die eiskalten Straßen, der Wind peitschte unsere Beine und ließ unsere Augen tränen. Wir hasteten von Bar zu Bar, lieferten illegale Lotteriebretter aus, und manchmal auch das Preisgeld. Meine Anwesenheit half, wenn die Barkeeper weiß waren. Luis und Javier erzählten mir extravagante Lügen über unser Tun, aber ihr angespanntes Schweigen verriet mir, wenn wir große Summen bei uns hatten. Wenn sie ein Hinterzimmer betraten, stand ich nahe der Eingangstür Schmiere. Sie sagen mir allerdings nie, was ich im Notfall tun sollte.

Einmal wurden wir in eine leere Bar mit wenigen Tischen geschickt, eher ein Privatclub als ein öffentlicher Ausschank. Die Jungs lieferten die Zahlung für die manipulierten Lotteriebretter ab, eine feste Summe, die Belohnung für jemanden, dem gesagt worden war, auf welche Nummer er setzen sollte, in welcher Bar, an welchem Tag. Eine Zahlung für einen Gefallen. Wir waren Teil eines komplizierten Geldweges, der eine Rückverfolgung unmöglich machte.

Ein Cop kam herein und fragte mich, wo der Barkeeper sei. Ich zuckte mit den Achseln und hoffte, daß er im Dämmerlicht den ausbrechenden Schweiß auf meiner Stirn nicht bemerken würde. Ich fragte mich, wie Luis und Javier sich rächen würden, wenn es mir nicht gelang, sie zu warnen.

»Ich hab Heimweh nach Kentucky, Mann«, sagte ich. »Singen Sie mit mir, ja.«

Ich fing an, »My Old Kentucky Home« zu singen, laut und völlig falsch. Der Barkeeper eilte aus dem Hinterzimmer herbei. Der Cop starrte mich an und zog die Augenbrauen hoch, der Barkeeper tippte sich gegen die Stirn und rollte mit den Augen. Der Cop nickte. Ich sang einfach weiter. Der Barkeeper gab dem Cop einen dicken Umschlag, er ging.

Luis und Javier waren sehr stolz auf meinen Einfall und versprachen, mich ihrem Boß zu empfehlen. Der Barkeeper spendierte uns Runde um Runde, und am Ende der Nacht hatten wir »My Old Kentucky Home« so oft gesungen, daß die Stammgäste entweder eingestimmt hatten oder verschwunden waren.

Wir taumelten nach Hause, wo die Brüder Marduk schlafend in der vollen Badewanne lagen, die Wasserpfeife auf dem Boden. Sie rannten in mein Zimmer und flüsterten, daß ich mir das ansehen müßte. Ich wollte nicht, aber sie bestanden darauf und zerrten mich ins Bad. Marduks Arme hingen seitlich aus der Wanne. Sein Kopf lag hinten auf dem Wannenrand. Zwischen seinen Beinen schwamm der größte Schwanz, den ich je gesehen hatte. Ich starrte entgeistert darauf und dachte, daß nur ein Zehntel eines Eisberges aus dem Wasser ragt. Javier warf den Pappkern einer leeren Rolle Toilettenpapier in die Wanne. Marduks Schwanz schob die Papprolle langsam wie ein Wal beiseite.

Luis flüsterte, daß Marduk noch nie mit einer Frau zusammen gewesen war. Zweimal hatte er es versucht, mit dem furchtbaren Ergebnis, daß die Frauen ängstlich weggerannt waren. Die Zwillinge schüttelten ihre Köpfe, enttäuscht über die Verschwendung des Monsters, wie sie es nannten.

»Die Frauen haben Glück«, sagte Luis. »Der Indianer hat das Monster und nicht ich. Sie wären nicht sicher, wenn es meins wäre.«

»Du wärst schon tot«, antwortete Javier. »Ein Ehemann würde dich erschießen und dir das Monster abhacken.«

»Die Frau würde eine Woche weinen.«

»Zwei Wochen.«

»Einen Monat!«

Ein paar Nächte später sammelten sie 55 Dollar von ihren Gaunerfreunden ein, die gegen die Größe von Marduks Genital gewettet hatten. Ich nahm das Geld, nicht weil sie mir vertrauten, sondern weil ich es als weißes Maskottchen nicht wagen würde, abzuhauen. Daniel Boone, der ehrbare Quäker. Zu acht marschierten wir durch den Schnee in unsere Behausung im dritten Stock, wo die Wettenden das Wohnzimmer wie ein Guerillatrupp einnahmen.

Ich klopfte an Marduks Tür und ging hinein. Er schlief auf dem Bauch.

»Aufwachen«, sagte ich. »Du mußt jemanden treffen.«

»Mmmh-ummh.«

Ich schüttelte ihn an der Schulter, aber seine Nachtration Marihuana gab ihn nicht frei. Ich verkündete, daß Marduk seinen Drogenrausch ausschlief und nichts ihn wecken könne. Luis und Javier warfen einander ängstliche Blicke zu. Die anderen Jungs runzelten ihre Stirnen, und ein kleiner Kräftiger stampfte zur Wohnungstür. Er kreuzte dicke Arme über seiner Brust und grunzte mich an. In der Gruppe kriegt immer der Einzelvertreter einer Rasse den Ärger.

»Wir müssen was tun«, sagte ich.

»Was?« fragte Luis schnell.

»Es muß schnell gehen«, sagte Javier. »Was läßt einen Mann aus dem Bett springen?«

»Ein Alptraum.«

»Ein Rattenbiß.«

»Ein Feuer.«

Luis holte die Sachen aus der Küche, während sein Bruder die Jungs verscheuchte. Die Zwillinge steckten in einem Metallmülleimer ein Feuer an und bliesen den Rauch durch die Tür in Marduks Zimmer. Ein Eierkarton aus Styropor erzeugte besonders ekelhaften Geruch. Wir hörten nackte Füße auf dem Boden.

Immer noch schlafend, kam Marduk mit einer enormen Pinkellatte aus seinem Zimmer. Mit dem Knie stieß er gegen den Mülleimer, Asche flog auf den Boden. Das Monster steuerte Marduk, als hätte es einen eigenen Willen, ins Badezimmer, und alle seufzten, als sie seinen schweren Strahl auf der Keramik hörten. Er kehrte zurück, das Monster auf Halbmast. Marduk trat auf ein heißes Stück Kohle und sprang heulend durch den Rauch. Langes schwarzes Haar fiel über sein Gesicht. Sein Schwanz pendelte wie eine Palme im Taifun, platschte gegen seinen Bauch und die Hüften, ließ alle fliehen. Als der Schmerz nachließ, beendete Marduk seinen wilden Tanz und taumelte ins Bett.

Die nächste halbe Stunde füllte die Diskussion, was jeder der Anwesenden tun würde, um so ein Monster zu bekommen. Sie überboten einander, bis ein Typ, der aussah wie ein Klohäuschen, sagte, er würde sein Leben geben, um mit so einer Ausrüstung begraben zu werden. Das brachte die anderen zum Schweigen: Den Tod konnten sie nicht ohne weiteres toppen.

Der Winter in Minnesota reichte bis weit ins Frühjahr hinein und überzog den Himmel mit sonnenlosem Grau. Männer standen stramm, wenn Marduk kam, als wäre er ein dekorierter Colonel vor einer frischen Truppe. Frauen wedelten mit den Wimpern oder wandten sich schnell ab. Marduk sah nichts. Er jobbte in der Autowaschanlage und machte nachmittags Aufnahmen von den Unterrichtsstunden seiner Mutter in traditionellem Leben. Langsam wurde es wärmer. Der Schnee schmolz und floß die Rinnsteine hinunter.

Luis und Javier waren zu Geldboten für einen Buchmacher befördert worden und teilten sich eine Pistole. Es war eine achtschüssige 22er H + R. Die Seriennummer war vor so langer Zeit abgefeilt worden, daß die Stelle blau angelaufen war. Sie wechselten sich mit der Kanone ab, ließen mich bei dieser Rotation aber aus, weil sie sagten, als Schmieresteher müsse ich clean sein.

Der Buchmacher war ein großer Mann, der Wetten auf Pferderennen in Omaha und Chicago annahm. Jeder nannte ihn Mister Turf. Er arbeitete im Hinterzimmer einer Bar. Den Vormittag über klingelten vier Telefone. Ich hatte noch nie zuvor ein Toupé gesehen, und seines war so offensichtlich, daß ich unweigerlich lachte, als ich es zum erstenmal sah. Mister Turf wurde ärgerlich, bis er erfuhr, wo ich herkam. Er nahm an, ich wäre ein Experte und bezeichnete mich fürderhin nur noch als seinen Kentuckianer, was die Zwillinge beeindruckte.

Mister Turf war wütend auf die Stadt Minneapolis, die ihn betrogen hätte, indem sie mit den Bauarbeiten an einer Rennstrecke in einem nahegelegenen Vorort begonnen hatte. Legale Wetten würden ihn ruinieren. Bevor es soweit kam, hatte er vor, genug anzusparen, um einen Schlammringerinnen-Club zu eröffnen.

Ich latschte hinter Luis und Javier her wie ein lästiger kleiner Bruder und tat, was sie sagten, was meistens bedeutete, vor einer Telefonzelle herumzulungern, damit niemand sie benutzte. Nach dem zweiten Klingeln nahm ich ab, sagte »Red Dog« in den Hörer und legte wieder auf. Wenn das Telefon wieder klingelte, ging ich ran und schrieb die gemurmelte Nachricht auf – eine Reihe Code-Nummern. Einer der Brüder holte meine Notiz ab und brachte sie zu Mister Turf.

Da Papier und Stift nötig waren, konnte ich dabei in meinem Tagebuch fortfahren, das langsam jeden Aspekt meines Lebens erfaßte. Solange ich alle Ereignisse aufschreiben konnte, kümmerten mich die Umstände nicht, unter denen das geschah. Ich fing an, Passanten zu provozieren, nur um eine Reaktion zu ernten, die es wert war, aufgeschrieben zu werden.

Die Brüder und ich tranken jede Nacht, und wir bekamen in etlichen Bars kostenlos was zu essen. Ich aß Zunge, Hund, Pferd und Millionen schwarzer Bohnen. Wir planten eine weitere *Fiesta del monstruo*, aber unser angenehmes Leben wurde unterbrochen durch die urplötzliche Ankunft von Luis und Javiers Cousine María.

Sie war achtzehn, hatte keine legalen Papiere und lebte bei ihrer Tante auf der anderen Seite der Stadt. Tante Tiamat hatte als erfolgreiche Prostituierte in der ecuadorianischen Hauptstadt Quito gearbeitet, war aber klug genug gewesen, sich früh zurückzuziehen. Seit sie nach Amerika ausgewandert war, hatte sie vielen Familienmitgliedern dabei geholfen, ihr zu folgen. Die Zwillinge verdankten ihr ihren gegenwärtigen Banditenstatus. Sie gaben ihr, wie alle anderen, die sie nach Amerika gebracht hatte, einen Anteil ihres Einkommens.

Die Brüder waren der Meinung, daß ich María heiraten sollte. Meine schockierende Ablehnung bedeutete nichts. Sie versicherten mir, sie sei Jungfrau. Nachts flößten sie mir hochprozentigen Schnaps ein. Hatten sie mich nicht wie einen Bruder aufgenommen? Trank ich nicht gerade jetzt ihren Rum?

Ich erklärte ihnen meine Verpflichtungen Jennipher in Kentucky gegenüber. Sie glaubten mir nicht und stießen wilde Anschuldigungen gegen meinen wortlosen Rassismus aus. Ich kramte ein zerknittertes Foto von Jennipher als Beweis hervor. Es stammte aus der sechsten Klasse, als wir uns

Zettel zugeschoben hatten: »Magst du mich? Kreuz ›ja‹ oder ›nein‹ an.« Ihre offensichtliche Jugend stellte meine Männlichkeit in Frage. Sie verstummten, bis Luis grinste und seinen Bruder vom Stuhl schubste. Sie sprachen schnell auf spanisch miteinander, dann wieder englisch.

»Das ist nicht hier, Kentucky! Du kannst in diesem Land verheiratet sein, das ist das eine. Du kannst eine Frau in einem anderen Land haben, und das ist etwas anderes!«

»Nein, Luis«, sagte ich, »Kentucky liegt in den USA.«

»Jetzt lügst du aber, Chrissie. Du hast uns von deinem Land erzählt. Es ist warm und liegt in den Bergen. Es ist weit weg. Die Leute graben in der Erde und machen Kohlen.«

»Wir verstehen, daß du nervös bist«, sagte Javier. »Ein Mann ist immer nervös vor seiner Hochzeit.«

»Morgen wird Chrissie María treffen«, sagte Luis zu seinem Bruder und half ihm auf die Beine. »Heute nacht trinken wir!«

Am nächsten Morgen hatte ich einen Kater und fühlte mich beschissen. Die Jungs unterrichteten mich über die ecuadorianische Etikette, die ich bewußt mißachten wollte, um den Ehestand durch reine Grobheit zu umgehen. Am Nachmittag gingen wir die paar Blocks zu Tante Tiamats Haus. Luis und Javier waren ganz aufgeregt von der Aussicht, ihre berüchtigte Tante zu sehen. Ich war ganz ruhig, denn ich wußte, daß meine Zeit in Minneapolis beinahe vorbei war.

Tante Tiamat war groß und elegant und bewegte sich mit kraftvoller Würde. Sie war schwer, aber gut proportioniert, und trug ihr Gewicht mit dem Selbstbewußtsein eines medaillenbehangenen Veterans. Sie war sinnlich, aber nicht offenherzig gekleidet. Ihr Dekolleté war eine Erinnerung, keine Einladung. Alle plapperten auf spanisch, ich nickte wie ein Hampelmann. Tante Tiamat senkte vor mir den Kopf und verließ dann das Zimmer.

»Jetzt triffst du María«, flüsterte Luis.

»Sie ist unsere Cousine.«

»Tante Tiamat ist unsere Tante.«

»Du bist dumm!« sagte Javier. »Chrissi ist nicht dumm, er weiß, wer er ist.«

Draußen fuhr ein Güterzug vorbei, sein Pfeifen hallte klagend über die Stadt. Ich war ohne Hoffnung auf Entkommen gefangen wie Boone mit seiner Eingeborenen.

Tante Tiamat glitt stolz zurück ins Zimmer und präsentierte María wie eine wertvolle Flinte in roten Pumps. Sie war niedlich und braun, und ihre Brüste straften die Schwerkraft Lügen. Jeder ihrer Knöchel war dünn wie ein Fragezeichen. María war in der Blüte ihrer Jahre, und ich wußte jetzt, wie Daniel sich gefühlt hatte, als er die Reinheit unberührten Landes sah.

Luis und Javier standen steif wie Südstaaten-Gentlemen, bis Tante Tiamat sie mit einer kleinen Handbewegung entließ. Sie quetschten sich zur Tür hinaus und zwinkerten mir zu. Tante Tiamat führte María hinaus und kam mit zwei Brandies zurück. Nach einem Schluck sagte sie:

»María sagt, sie liebt Sie.«

»Was?«

»Weil Sie sie heiraten werden.«

»Werde ich nicht.«

»Müssen Sie.«

»Warum?«

»Weil sie Sie liebt.«

Ein paar Minuten lang dachte ich darüber nach, dachte an diese roten Pumps. In Kentucky könnte ich sie als Shawnee ausgeben, und wir würden von Reis und Bohnen leben. Meine Familie würde das verstehen. Wir in den Bergen sind flexibel. Eines von Rebecca Boones Babies wurde von Daniels Bruder gezeugt, der Preis für die Reisen ihres Mannes.

Tante Tiamat goß nach. Trotz Marías Schönheit wollte ich keine Ehe vorgeschrieben bekommen. Als Geschäftsleute würden Luis und Javier meine Ablehnung verstehen, aber sie würden sie auch als Mißachtung des Entschlusses ihrer Tante sehen, ein Wert, höher als ihre eigene Ehre. Es war an der Zeit, das Wissen, das sie mir beigebracht hatten, anzuwenden.

»Marduk ist besser«, sagte ich. »Er lernt spanisch.«

»Wer?«

»Der Indianer. Sie wissen schon.«

Ich hielt meine Hände ein Stück auseinander, um die Größe anzugeben. Sie kniff die Augen zusammen, und das Glas zitterte ein wenig in ihrer Hand.

»*El Monstruo*«, sagte sie.

»Jupp.«

»Ist das wahr?«

»Jupp.«

»Er wäre zuviel für María.«

»Aber nicht für Sie. Er könnte María heiraten und hier leben. Sie würde eingebürgert werden.« Ich trat nah an sie heran, mir wurde schwummrig von ihrem Parfum, und langsam spielte ich meine Trumpfkarte.

»Marduk war noch nie mit einer Frau zusammen.«

Tante Tiamat hielt sich an einer Stuhllehne fest, die Augen groß wie Kastagnetten. Ein leichter Schweißfilm bildete sich auf ihrer Oberlippe.

»Bring mich zu ihm«, sagte sie. »Du mußt meine Neffen diese Nacht fernhalten.«

Sie rief uns ein Taxi und sprach während der Fahrt kein Wort. Ich führte sie in unsere Behausung. Sie drückte mir ein paar Geldscheine in die Hand und scheuchte mich weg. In einer nahegelegenen Bar tranken Luis und Javier mit zwei Nutten aus der Gegend. Die Brüder begrüßten mich an der Tür.

»Alles in Ordnung«, sagte ich. »Tante Tiamat hat mir Geld gegeben, um zu feiern. Wieviel wollen sie?«

Durch den dämmrigen Raum sahen wir hinüber zu den Huren.

»Zwanzig«, sagte Luis.

»Meine ist dreißig wert.«

»Dann«, sagte Luis, »ist meine bestimmt vierzig wert.«

»Meine will fünfundvierzig.«

»Ihr beide bleibt hier«, sagte ich.

Für hundert Eier und eine Flasche Rum versprachen die beiden Frauen, sie bis morgen mittag zu halten. Luis umarmte mich. Javier umarmte mich und küßte mich auf die Wange. Luis stieß seinen Bruder zur Seite, hob mich vom Boden und küßte mich auf beide Wangen. Javier griff nach mir. Ich rannte zur Tür und wischte mir Bierspucke aus dem Gesicht. Boone hatte vielleicht seinen Lieblingsjagdhund geküßt, aber niemals einen anderen Mann.

Draußen auf der Straße wurde mir klar, daß ich keinen Platz für die Nacht hatte und daß ich die Stadt verlassen mußte. Ich schlich in unser Appartement und holte meine Sachen. Marduks Bett quietschte im Rhythmus eines klagenden Chippewa-Songs. Ich packte meinen Rucksack und ging durch die Stadt, über der ein Vollmond, flach wie eine Tortilla, am wolkenlosen Himmel hing. María öffnete.

»*Mi novia*«, murmelte sie.

Ich umarmte sie, und wir sanken auf die Couch. Entweder hatte María die Zwillinge angelogen, oder diese hatten mich belogen; jedenfalls war sie keine Jungfrau. Wir paßten perfekt zueinander. Als die Hitze abgeflaut war und María an mich gekuschelt dalag, dachte ich an Wasser und Bewegung. Morgen würden Minnesota und seine tausend Seen ein weiterer Platz sein, an den ich nie mehr zurückkehren konnte.

Daniel Boone kam einmal im Jahr nach Hause, das Ergebnis waren sechzehn Kinder. In dem Jahr, als Kentucky ihn ehrte, indem es einem County seinen Namen gab, stahlen ihm zwei Sheriffs viertausend Hektar von seinem Land. Er verließ den Staat 1799, weil er sich von einem neuen Nachbarn zwanzig Meilen entfernt bedrängt fühlte. Mit 58 starb er den Heldentod – er erstickte an einer süßen Kartoffel.

Bei Sonnenaufgang stand ich auf, zog mich an und kochte Kaffee. María fand mich in der Küche, als ich meine Stiefel schnürte. Das Sonnenlicht glänzte auf ihrer Mahagonihaut und erhellte die Locken unter ihrem flachen Bauch. Die kühle Luft ließ ihre Nippel hart werden. Sie trat vorwärts, schlug mir ins Gesicht, küßte mich schnell und rannte aus dem Zimmer. Der Geist von Daniel flüsterte, ich solle verschwinden. Da sie keine Quäker wie Boone waren, könnte Luis' und Javiers Rache durchaus in den acht Kugeln aus der kleinen 22er bestehen. Ich trat auf die dämmrige Straße hinaus und ging zum Markt, von dem aus ein Trucker mich nach Westen mitnahm.

D er Sommer war für mich stets die Zeit der Überwinterung, eine halluzinatorische Saison, die man einfach durchstehen mußte. Dieser Sommer vergeht in einem Wirbel aus Photosynthese und Intimität. Rita hat ihren Job aus Versicherungsgründen behalten, während ihr Bauch wächst. Ein kleines Magazin hat eine Kurzgeschichte von mir angenommen und mir einen Scheck über 54 Dollar geschickt. Es ist meine dritte Veröffentlichung, die erste bezahlte. Rita ist froh. Der Scheck bestätigt ihre Entscheidung, mit mir ein Kind zu haben, er beweist, daß meine Tage als Taugenichts vorbei sind. Ich lade sie in der Stadt zum Essen ein. Es kostet wenig, denn Rita ißt fünf kleine Mahlzeiten am Tag, statt drei große.

Vom restlichen Geld kaufe ich Stoff, um Vorhänge für das Babyzimmer zu nähen. Mit einer geliehenen Nähmaschine produziere ich zwei gesäumte Fetzen, die an kein Fenster im

Haus passen. Sie sind völlig schief. Das Sonnenlicht dringt an den Seiten vorbei; die Unterkante hängt fünfzehn Zentimeter unter die Fensterbank. Ich bin viel stolzer auf diese Vorhänge, als auf meine gedruckten Geschichten.

Jeden Morgen nehme ich eine Tasse Kaffee mit an den Fluß und sitze in demselben Stuhl, in dem ich den vergangenen Abend mit einem Bier beendet habe. Ich lege meine Füße auf einen Sandsack, der von der Flut übriggeblieben ist. Jetzt, spät im Juli, verdörrt die Hitze den Mais, und der Fluß ist nur noch ein Rinnsal. Die Stille am Morgen wird nur von der Symphonie unterbrochen, mit der die Vögel ihr Revier abstecken, und von dem Boot meines Nachbarn, wenn er seine Fallen für Katzenfische prüft. Für ihn ist der Fluß ein Werkzeug. Seit zwanzig Jahren fischt er darin.

Vor zweitausendfünfhundert Jahren hat ein Grieche namens Heraklit gesagt: »Du kannst nicht zweimal in denselben Fluß steigen.« Ich gehe ans Ufer und ziehe meine Schuhe und Strümpfe aus. Das Wasser ist warm auf meiner Haut, es fließt und fühlt sich doch nicht so an. Das Wasser am einen Bein ist nicht gleich dem am anderen Bein. Sedimente driften davon, und ich denke, daß man auch nicht zweimal auf dasselbe Ufer steigen kann. Jeder Schritt verändert die Erde.

Heraklit ist bekannt als »der Rätselhafte«, denn keine seiner Schriften ist überliefert. Mein Nachbar kann mit solchen Ideen nichts anfangen. Für ihn ist der Fluß immer derselbe Fluß, er fließt hinter seinem Haus entlang, man kann darin fischen. Er steigt jeden Tag hinein. Die Stellen, wo er die Pfosten für seine Fallen einrammen kann, erkennt er an der Festigkeit des Flußbettes unter seinen Sohlen. Ich spreize die Beine soweit ich kann. Der eine Fuß ist Heraklit, der andere mein Nachbar. Ich treibe irgendwo mittendrin. Ein Windhauch läßt die Blätter wie Wasser rauschen, ein fernes Wispern. Fischeier kleben an den Ufersteinen.

Ritas Eier sind 34 Jahre alt. Sie wollte eine Fruchtwasseruntersuchung, um ihre Sorge, das Baby würde nicht gesund zur Welt kommen, zu zerstreuen. Ihre Onkel, Tanten, Cousinen und Großeltern waren alle im Zweiten Weltkrieg gestorben – einige in Schlachten, andere in Todescamps. Rita kann nicht wissen, was für genetische Abartigkeiten in ihrer Familie vorherrschen. Sie hat Plattfüße und Lesestörungen. Ich bin auf einem Auge weitsichtig, auf dem anderen kurzsichtig. Als Kind hatte ich große Zähne, die so verquer wuchsen, daß vier Backenzähne gezogen werden mußten, um Platz zu schaffen.

Während ich im Fluß stehe, stelle ich mir die DNA als etwas Großes, Sichtbares vor, das vom Hals zum Nabel reicht, voller verschrobener Winkel, die verantwortlich sind für Wolfsrachen, Wasserköpfe und Basedowaugen. Ich war gegen den Test. Sollte sich dabei herausstellen, daß unser Kind krank ist, könnte das bedeuten, daß ich es auch wäre. Davor hatte ich Angst. Und sollte es ein mißgebildetes Baby sein, würde ich es vielleicht trotzdem behalten wollen. Der Test dient dazu, es wegzuwerfen.

Rita setzte sich durch, und vor zwei Wochen fuhren wir ins Krankenhaus. Sie mußte einen halben Liter Saft trinken. Dreißig Minuten später schnallte die Krankenschwester sie auf einen Tisch. Über Ritas Kopf hing ein Sonogramm-Bildschirm, der die Untersuchung ihres Bauches zeigen würde. Die Krankenschwester schob Ritas Hemd hoch, zog ihre Hose runter, und rieb ihren Bauch mit einem klaren Gel ein. Sie nickte der Ärztin zu, die ein Ultraschallgerät auf Ritas Bauch drückte. Auf dem Bildschirm erschien ein schwammiges, bewegliches Gebilde, das überhaupt nicht wie ein Kind aussah. Die weißen Bereiche waren fest, die schwarzen flüssig. Das Rückgrat sah aus wie ein Reißverschluß. Die Ärztin maß den Schädel und das Becken. Sie überprüfte den Herzschlag; er war in Ordnung. Oben am Bildschirmrand trieben horizontale Lagen der Gebärmutterwand und Plazenta, sie erinnerten mich an einen Sonnenuntergang im Sommer, im Licht des Herzens.

Die Ärztin veränderte das Sonogramm, bis zwei vertikale Bilder zu sehen waren. Sie ließ das eine stehen, vergrößerte das andere und machte Fotos. »Da ist eine Hand«, sagte sie und zeigte auf einen blassen Fleck. »Wir gucken auf das Baby, als säße es auf einem Stuhl und wir wären darunter. Vielleicht träumt es. Es hält die Beine über Kreuz, deswegen können wir die Genitalien nicht sehen. Es geniert sich.«

Ich starrte auf den Bildschirm und versuchte zu sehen, was die Ärztin sah, erkannte aber nur eine sich verändernde Landschaft aus Schwarz und Weiß, einen blubbernden Teertopf mit Lichtreflexen und Knochen. »Es sieht gut aus«, sagte sie. »Fünfzehn Wochen groß.«

Sie drückte ein paar Knöpfe und machte aus dem Bild einen stumpfen Kegel, der einen Bereich von Ritas Bauch dreidimensional wiedergab. Wenn die Ärztin das Ultraschallgerät verschob, veränderte sich das Bild im Kegelausschnitt. Sie suchte nach einem großen freien Raum, entfernt vom Fötus, nah an der Fruchtblasenwand. »Da ist einer«, sagte sie. »Perfekt.«

Auf dem Bild war ein schwarzer Fleck zu sehen, umrahmt von Grau und Weiß; ein astronomisches Foto. Die Krankenschwester gab ihr eine Spritze. Die Nadel war lang wie ein überdimensionaler Stechrüssel. Sie brauchte beide Hände, um sie in ein Führungsrohr zu schieben, das fest auf Ritas Bauch gedrückt wurde. Rita schloß die Augen. Die Ärztin sah auf den Monitor, bewegte routiniert die Hände und schob die Nadel in die Dunkelheit.

»*Tenting*«, sagte sie, und die Krankenschwester wiederholte das Wort. Ich fragte, was es bedeutete.

Die Krankenschwester sagte, daß die Fruchtblase fest genug war, der Nadel zu widerstehen; als drücke man einen Stock gegen eine Zeltwand, gegen ein *tent*. Nach mehreren

Versuchen durchstach die Ärztin die Fruchtblase. Die Spritze saugte blasse Flüssigkeit heraus, und mir war plötzlich danach, sie zu trinken. Meine Knie zitterten. Grauer Nebel legte sich über meine Augen. Die Krankenschwester nahm mich am Arm und führte mich zu einem Stuhl, sie sagte, ich solle meinen Kopf zwischen die Knie legen. Sie säuberte Ritas Bauch. Das letzte Bild auf dem Monitor zeigte einen Teil von Ritas Innenleben in Form einer Cornocopia – dem Horn des Lebens.

Wir fuhren nach Hause und Rita ging zu Bett. Zwei Stunden lang sah ich ihr beim Schlafen zu. Dem Baby fehlte schon jetzt eine Unze Leben, ein Reagenzglas Fruchtwasser, und ich hatte Angst, es würde das bemerken. Wir hatten ihm sein Wasser weggenommen wie eine Dürre. Ich saß auf dem Bett und entschuldigte mich bei Ritas Bauch für unser Eindringen.

Die zweiwöchige Wartezeit verstrich langsam. In der heutigen Post soll das Ergebnis der Untersuchung sein. Ich steige aus dem Fluß ans Ufer und gehe zu meinem Stuhl. Am anderen Ufer stehen Ahornbäume, die Blätter gelb vor Trockenheit. Der Rasen ist braun, und ich denke an die lauen Sommer in den Bergen meiner Heimat. Das Gras ist immer grüner, wo die Menschen jung sterben. Unser Kind ist eine Untergrundquelle, die unter Ritas und meinem Zufluß leidet. Die Fruchtwasseruntersuchung wird uns sagen, ob die Quelle bereits verschmutzt ist.

Der Fluß sinkt wie ein verlorener Kontinent, eine Veränderung, für die wir alle büßen müssen. Gestern habe ich das Boot hervorgeholt, aber schon die erste Brise machte mir das Steuern unmöglich. Ich mußte nach Hause waten und das Boot an einem Seil hinter mir herziehen. Ich fragte mich, wie weit der Fluß noch trocknen kann. Die Karten zeigen ihn als dünne blaue Linie in der Farbe einer Vene, bis der Sauerstoff das Blut zersetzt. Würde die Dürre das ganze Wasser trinken, wäre die andere Flußseite diese Seite. Reiher würden ihre

Sicherheit verlieren, Brücken hätten keine Bedeutung. Führen die Wasserwege leer ins Meer, fließt der Ozean zurück in die Flußbetten und reibt das Salz in die offenen Wunden der Erde. Dürre und Flut, die langsame Sabotage der Seele, wären niemals mehr wichtig. Der Damm, der nichts zurückhält, wird zum Grabstein für den Fluß.

Um zwei Uhr nachmittags fülle ich eine Feldflasche mit Wasser und marschiere die halbe Meile zu meinem Briefkasten am Straßenrand. Der staubige Weg führt durch ein vertrocknetes Maisfeld. Jeder Schritt läßt eine Staubwolke aufsteigen. Ich muß dreimal anhalten, um in der abartigen Hitze des Präriesommers Wasser zu trinken. Der Metallgriff des Briefkastens verbrennt meine Hand. Zwei Rechnungen, eine Zeitung aus Kentucky, eine abgelehnte Story. Das Ergebnis der Fruchtwasseruntersuchung ist in einem schlichten braunen Umschlag, den ich vorsichtig anfasse. Ich halte ihn weit weg von meinem Körper wie eine Schlange. Die Post ist feucht von meinem Schweiß, als ich das Haus erreiche.

Als Rita von der Arbeit kommt, läßt sie mich den Umschlag aufreißen. Darin ist ein Bild von den Chromosomen des Babies, aufgeteilt in Paare, wie zueinanderpassende Plattwürmer. In einem Begleitbrief steht, der Test habe ergeben, daß sie strukturell in Ordnung seien. Das Kind hat beste Voraussetzungen. Wenn es ein Terrorist wird, ist der Fehler umweltbedingt, nicht genetisch. Rita und ich umarmen einander, uns scheint es stundenlang. Ihre Augen sind feucht. Ich glaube, ich möchte weinen, aber etwas tief in mir verbietet es, wie der Sicherheitshebel an einem Gewehr oder ein kindersicherer Verschluß. Ich habe nicht den Mut, mich gehenzulassen.

Ich gehe in das Zimmer, das wir für das Baby vorgesehen haben. In der Mitte steht ein weißes Körbchen, ein offener Picknickkorb auf Beinen, derselbe, in dem ich als Neugeborener geschlafen habe. Meine Mutter hat darauf bestanden, ihn aus den Bergen in die Prärie zu schicken. Genau dafür, sagte sie, habe sie ihn schließlich aufgehoben. Das Körbchen ist oval, genau wie ein Ei. Das Licht ist dämmrig. Alles ist sehr sorgfältig ausgestattet worden. Das Zimmer hat eine ätherische, erwartende Qualität, wie eine Kathedrale, von der man sagt, daß in ihr Wunder geschehen.

Ich war das erste Kind meiner Eltern, und ich denke, daß mein Vater dasselbe Körbchen mit ähnlichen Gefühlen angesehen haben muß. Plötzlich begreife ich, daß ich mein Leben lang den Mythos von Ödipus falsch gelesen habe. Muttermilch zu trinken, verursacht keinen Durst nach Vaterblut. Die Tragödie liegt bei Laios, dem Vater. Ödipus hat nicht sein eigenes Schicksal erfüllt, er hat die Ängste seines Vaters gelebt.

Ich gehe hinaus, um mich an den Fluß zu setzen, im sanften Rotlicht der Dämmerung. Die Moskitos sind bei der Arbeit. Ich habe alte Kürbisse an einen Rahmen gehängt, um Mauersegler anzulocken, die sich von Moskitos ernähren. Aber die Vögel scheinen nichts von diesem Angebot zu halten. Eine große Eule heult im Wind. Leichter Regen weht flußabwärts, ein paar Spritzer, schnell vorbei wie ein Konfettiregen.

Die Schwangerschaft dauert bereits vier Monate, bleiben noch fünf. Rita döst auf der Couch. Der Embryo hat bereits Zellen beiseite geschafft für seine eigene Fortpflanzung, wie ein Farmer, der Samen fürs nächste Jahr zurücklegt. Moskitoweibchen landen auf meiner Haut, sie brauchen frisches Blut für ihre Jungen.

Das Innenleben Amerikas enthüllte sich mir in jeder Richtung, als ich auf den Interstate-Adern reiste und die Blutkörperchen von Perversen, Cops und Außenseitern umkreiste. Trampen beinhaltet ebensoviel Freiheit wie Angst. Ich konnte überall hingehen, überall schlafen, überall ermordet werden. Die einzigen Grenzen waren Angst und Regen. Ich lebte das indifferente Leben einer Klette: kurzfristiges Festklammern an etwas Größerem; das Tempo hing vom Weg ab. Ohne Plan und ohne Ziel war ich zufrieden. Ein Job wurde so bedeutungslos wie Essen und ein Dach über dem Kopf, eine bloße Notwendigkeit.

Mit meinen selbstgewählten Brüdern, den Pennern und Versagern, zog ich durchs Land. Manchmal trafen wir uns in einem Unterstand. Man starrte sich an, jeder versuchte, so fies wie möglich auszusehen, nur für den Fall, daß der andere ein ausgebrochener Sträfling wäre, dann suchten wir unsere Plätze, um die Daumen rauszuhalten. Die eigene Existenz war reduziert auf einen Rucksack, den Highway, die Gutmütigkeit von Fremden. Ich bewahrte mein Tagebuch zwischen Hemd und Haut auf. Der Rucksack und alles darin waren verzichtbar.

Ich dachte an die Vergangenheit, suchte nach einem genetischen Grund für meine Wanderlust. Mein Vater war in einer Blockhütte aufgewachsen und hatte seine ganz persönliche Portion Wahnsinn mitbekommen. Meine Kämpfe mit der Welt bewiesen, daß auch ich Anteil an diesem Familienerbstück hatte. Als ich zwölf war, kündigte Dad seinen Job als Handelsreisender und kam nach Hause. Er ließ sich einen Bart wachsen und trug afrikanische Dashikis vom Versandhaus. Er suchte fremde Sender am Funkgerät, er suchte Halt beim Bourbon, suchte seine Familie. Unser vorher abwesender Vater war ein Fremder geworden, der das Haus nicht mehr verließ.

Mein Bruder und ich verbrachten unsere gesamte Zeit damit, draußen Baseball zu spielen. Wir benutzten Küchenteller als Basis. Bald hatten wir keine Teller mehr, was Mum mit demselben Gleichmut akzeptierte, mit dem sie seit Jahren das merkwürdige Verhalten ihrer Jungen hinnahm. Sie hatte keine Brüder gehabt, also auch keine Erfahrung mit Jungs. Sie war wie die Betreuerin von Immigranten – sie sprach nicht unsere Sprache und fand, wir sollten unseren fremdartigen Dingen am besten alleine nachgehen. Mum beschloß, Dad erst von dem Teller-Problem zu erzählen, wenn er gute Laune hatte; darauf zu warten, konnte schon ein halbes Jahr dauern. Er würde ihr die Schuld geben, und wir waren zu arm, um neue Teller zu kaufen.

Mums großartige Lösung waren Pappteller. Sie hatte irgendwoher ein Dutzend bekommen, vielleicht von VISTA, die durch die Berge kurvten und Kämme, Schlüsselanhänger und Zahnbürsten verteilten. Damit die Pappteller reichten, benutzten wir sie wieder und wieder, bis sie schwer wie Radkappen waren. Jeden Sonntag aßen wir Brathähnchen, Dads Lieblingsessen. Zum Dessert brach er die Knochen durch und saugte das Mark aus. Schließlich hob er für Sekunden seinen Teller, und der Boden stürzte wie eine Falltür heraus, die Überreste seines Mahls klatschten auf den Tisch. Sofort beschuldigte er mich, seinen Teller sabotiert zu haben.

»Nein«, sagte ich. »Meiner ist genauso.«

Ich hob meinen Teller, und die Überreste meines Kartoffelbreis klatschten auf den Tisch. Meine Geschwister taten es mir gleich: Sie versuchten, Dads phänomenale und unberechenbare Wut abzulenken. Wenn er sich aufregte, was nicht selten war, war es im Haus still wie auf einer Station für Krebskranke, bis sich alle entschuldigt hatten. Um diesen gräßlichen Zustand zu vermeiden, versuchten wir, um jeden Preis die Illusion von Normalität aufrechtzuerhalten.

Dad drückte seine knochigen Schultern nach vorn, die Vorbereitung für eine Zehn-Stunden-Tirade oder rettendes Gelächter. Seine größte Angst war die, wie Cäsar auf dem Totenbett zu enden, und jeder von uns war ein potentieller Brutus, Judas oder eine Delilah. Alle sahen Mum an. Es kam nicht oft dazu, aber wenn es soweit kam, war ihre Reaktion entscheidend. Sie haßte es, Partei zu ergreifen. Ihr übliches

Verhalten war ein Balanceakt der Loyalität zwischen ihren Kindern und ihrem Ehemann. Sie zog uns auf, aber Dad kontrollierte uns. Wenn ein Jagdhund nicht gehorsam war, verschwand er – wie in Südamerika –, und wurde nie wieder erwähnt.

Mum kippte stumm eine Schüssel mit Pfirsichen um. Dikker Saft ergoß sich über das alte Formica. Dad schnappte sich einen Pfirsich vom Tisch und aß ihn. Ich stopfte mir eine Handvoll Bohnen in den Mund, und wir beendeten das Mahl mit den Fingern essend wie die Römer.

Spät in jener Nacht, ich lag schon im Bett, entschied ich, mein Geld zu sparen und in die Welt hinauszugehen.

Zehn Jahre später war es soweit, im Spätherbst. In der kalten Jahreszeit zogen Herumtreiber und Vögel nach Süden, ich überwinterte in West Texas, jobbte als Anstreicher für Häuser, die schnell-schnell während des Öl-Booms hochgezogen wurden. Ganze Städte materialisierten sich in der Nähe der Ölfelder. Laster brachten Fertigwände und -fenster, die Bohrungen für Elektrokabel waren schon drin. Kleine Bäumchen warteten auf ihre Löcher, die Wurzelballen in Leinentuch eingeschlagen. Feuchter Mutterboden kam auf einem Lkw-Anhänger. Sobald die Inneneinrichtung fertig war, zog eine Familie ein.

Der Außenanstrich kam als letztes, und ich war von einem Maler namens Bill angestellt, ein Ex-Sergeant aus Vietnam. Die Hälfte seiner Männer waren Mexikaner, die übrigen ehemalige Knackies oder Schläger. Bill bezahlte uns bar am Ende jedes Tages, er sagte: »Ihr habt zwei Möglichkeiten, Jungs. Ihr könnt für ein Cabrio sparen oder euch gehen lassen. Ich hol euch einmal aus dem Bau raus. Aber nur einmal.«

Bill trug immer irgendetwas Militärisches – am ersten Tag einen Hut, am nächsten Stiefel, am dritten einen gewebten Gürtel. Manchmal weinte er stumm, ohne Grund. Niemand sagte etwas. Außerdem sah er gut aus, war freundlich und sehr beliebt bei den Frauen, deren Häuser angestrichen wurden. Nach einem Zwischenfall, bei dem eine Frau ihre Brüste präsentiert hatte, während ich auf der Leiter stand, fragte ich ihn, ob er jemals während eines Jobs flachgelegt worden war.

»Das Problem ist, was machst du mit deinem nassen Pinsel«, sagte er. »Wenn du ihn oben auf den Eimer legst, wird er trocken. Wenn du ihn in den Eimer steckst, kriecht die Farbe hoch und ruiniert die Borsten.« Er sah hinaus über das Land hinter den sorgfältig bewässerten Rasenflächen. »Innenanstriche mit Latex sind am besten.«

Die Frau, deren Haus wir strichen, konnte sich nicht entscheiden, welche Farbe sie wollte. Wir hatten mehrere Eimer mitgebracht und sollten große Flächen auf die Frontseite des Hauses malen. Nach dem Lunch lungerten die Männer im Schatten herum, während die anderen Frauen des Ortes ihre Meinung kundtaten. Sie hatten Babies dabei, die sie genauso lästig zu finden schienen wie eine Diskussion über Wandfarben.

»Weißt du, Judys Baby ist schon braun«, sagte eine Mutter. »Ich werde mit meinem heute auch raus in die Sonne gehen.«

»Ich kriege es nicht lange genug still, um es anzuziehen«, sagte eine andere.

»Schieb ihm eine halbe Tylenol in den Hintern. Das stellt meinen richtig ruhig. Normal. Nicht extra stark.«

Die Männer kümmerten sich nicht um ihre Häuser, ihre ästhetischen Wünsche reichten allerhöchstens bis zu den Klamotten. Ihre Stiefelspitzen bogen sich erstaunlich weit hoch, als sollten sie eine Spinne in die Ecke treiben können. Sie trugen die größten Hüte im Westen, dekoriert mit großen Federn. In den Bars verbrachten die Männer die meiste Zeit damit, sich gegenseitig vorzuwerfen, sie hätten an ihren Federn gezogen. Dieser Vorwurf entsprach dem kentuckianischen Warnschuß, dem Schlag ins Gesicht bei französischen Musketieren oder dem New Yorker *faux pas*, es zu wagen, jemandem länger als zehn Sekunden in die Augen zu sehen.

»Hey«, schrie dann jemand. »Du hast an meiner Feder gezogen.«

Die Leute traten einen Schritt vom Opfer zurück, der über seine Feder strich, während er den Aggressor anstarrte. Der starrte zurück. Beide richteten sich auf, kniffen die Augen zusammen, reckten das Kinn vor und schätzten ihre Chancen für den Fall, daß die Sache auf Westernart enden würde. Nach einer Minute Starren wandten sich beide Männer langsam ab und taten desinteressiert. Ich befragte einmal beide Beteiligten. Jeder behauptete, Nachkomme der alten Siedler zu sein. Einer war Zahnarzt. Der andere Buchhalter. Beide waren verärgert darüber, daß auf ihrem Land kein Öl gefunden worden war.

Wenn es hin und wieder Ärger gab, dann in Form eines Ringkampfes am Boden, bis einer der Männer seine Genitalien präsentierte und sich ergab. Wenig später tranken sie zusammen. In Kentucky läuft ein Streit eher wie bei den Wikingern ab – alles ist erlaubt, man attackiert bevorzugt Hals und Schwanz. Die Texaner schienen alles, was kein Pistolenduell war, für Sport zu halten. Da mir dieser Verhaltenskodex rätselhaft blieb, mied ich vier Monate lang Hüte mit Federn.

An einem Freitag tranken Bill und ich nach der Arbeit in einer Kneipe Bier und spielten Pool-Billard. Ein halsloser Mann mit einem Körper wie ein Hauklotz schimpfte Bill einen Federzieher. Bill wandte sich ab. Der Mann ging ihm nach, sagte, Bill sei ein Huhn mit einem gelben Streifen auf dem Rücken, eine Meile breit. Drei Freunde standen hinter ihm. So beiläufig wie möglich packte ich mit jeder Hand eine leere Bierflasche. Bill sah es und schüttelte den Kopf. Der Mann trat nahe an ihn heran und schimpfte so aufgeregt, daß sein Speichel durch die Luft sprühte. Bill beugte sich zu ihm vor, beinahe Brustkorb an Brustkorb, und sprach mit leiser Stimme. Dann kehrte er zum Billardtisch zurück und lieferte einen Kombinationsschuß, als hätte er sich die ganze Zeit nur auf das Spiel konzentriert. Der andere Mann stand eine Weile reglos da, dann kehrte er auf einen Barhocker zurück.

Ich fragte Bill, was er gesagt hatte.

»Ganz einfach«, sagte er. »Ich hab ihm gesagt, daß, wenn wir uns streiten, wir höchstens unsere Klamotten zerreißen, und Frauen stehen nicht auf Männer in zerfetzten Klamotten. Ich hab gesagt, es wäre nichts gegen ein Kämpfchen einzuwenden, aber ich wäre heute nicht in Stimmung.«

»Das ist alles?«

»Nein«, sagte Bill. »Ich hab ihn an den Eiern gepackt, die ganze Zeit, und immer fester zugedrückt.«

Nach dem Krieg war Bill drei Jahre lang betrunken geblieben, dann hatte er sich beim Rodeo als Bullenreiter verdingt. Er sagte, das wäre, als würde man sich mit einem Arm an eine Stoßstange anketten und dann den Fahrer den Fuß von der Bremse nehmen lassen. Die ersten beiden Sekunden wären das Schlimmste. Es konnte sich jedoch nicht messen mit der Aufregung des bewaffneten Kampfes, und erst vor kurzem hatte er eine Aktivität entdeckt, die das konnte.

Zweimal im Monat ging Bill zum Fallschirmspringen. Er bot mir an, die Gebühr zu bezahlen, wenn ich ihn begleite, und wir fuhren eine Stunde zu einem schmalen Rollfeld in der Nähe einer Ranch. Noch zwei andere Männer waren dort. Ebenfalls ein Besessener und ein Neuling. Der Trainer gab uns Stiefel und Anzüge, dann übte er zwei Stunden lang mit uns landen und abrollen.

Wir vier flogen mit dem Trainer in den Himmel. Der große Fallschirm war auf meinen Rücken geschnallt. Der Sicherheitsfallschirm auf meiner Brust machte mir deutlich, wie weit ich das Irrationale bereits getrieben hatte. Das kleine

Flugzeug stieg auf tausend Meter und kreiste über einem Stoppelfeld. Der Lärm machte es unmöglich zu sprechen. Wind brauste durch die offene Klappe. Bill zwinkerte mir zu und sprang eine halbe Meile über der Erde aus dem Flugzeug. Er war einfach nicht mehr da. Ich wußte sofort, daß dies die dümmste Idee gewesen war, die ich je gehabt hatte. Ich beschloß, an Bord zu bleiben und trat einen Schritt zurück, um Letzter zu sein, so daß die anderen meine Entscheidung nicht mitansehen würden. Wenn sie gesprungen wären, würde ich Krämpfe vorschützen, Kopfschmerzen oder Depressionen.

Der zweite Mann gab seinem Kumpel das Daumen-hoch-Signal und sprang. Der andere Typ stemmte sich gegen den Trainer, trat und kratzte, rollte sich am Boden zusammen, das Gesicht tränennaß. Der Trainer sah mich an, zuckte mit den Achseln und rollte mit den Augen. Ich begriff, daß ich es wagen mußte. Ich hatte weniger Angst als der andere, aber für den Trainer würde ich in dieselbe Kategorie fallen. Sehr langsam ging ich auf die Klappe zu.

Zehn Millionen Jahre Genetik schrien und protestierten verzweifelt. Jedes Molekül in mir verbat sich den Sprung. Ich packte einen Griff neben der Klappe und schloß die Augen. Das Flugzeug schwankte, meine Knie zitterten, aber ich war zu ängstlich, ein Feigling zu sein. Ich beugte mich durch das Loch hinaus. Unten waren Felder zu sehen. Der freie Fall dauerte vier Sekunden, aber sie waren ewig lang. Ich raste mit zehn Metern pro Sekunde zur Erde. Ich schrie, und die rauschende Luft hielt meinen Mund offen. Mit einem harten Ruck öffnete sich der Fallschirm, und ich hielt mich an den Leinen fest. Es gab einen kurzen Moment unglaublichen Glücks, in dem ich begriff, die einzige Möglichkeit, dieses Gefühl zu verstärken, wäre, von weiter oben zu springen. Kurz wünschte ich, ich hätte das getan. Ich war schon halbwegs unten, und anstatt wie ein Blatt hin und herzusegeln, schien ich mit einem Wahnsinnstempo zu fallen. Irgendeine Riesenmaschine schob das Land schnell auf mich zu. Ich stürzte zu Boden, rollte ab, wie ich es gelernt hatte, und landete in den Überresten der Kuhfladen vom letzten Jahr. Der Wind fuhr in den Fallschirm und wickelte mich in die Leinen. Bill rannte auf mich zu, das Gesicht ebenfalls voller Mist. »Hast du gepißt?« brüllte er.

Ich war so dankbar, im Dreck zu sitzen, daß ich nicht begriff, worüber er sprach. Er half mir aus den Leinen. Ich roch Staub und Urin.

»Ich wußte es«, sagte er und zeigte auf den nassen Fleck auf meinem Overall. »Das kommt vom Druck. Nach ein paar Sprüngen läßt das nach.«

Ein Truck brachte uns zurück auf das Rollfeld. Als das Flugzeug gelandet war, stieg der Typ, der an Bord geblieben war, mit gesenktem Kopf aus, niemand sah ihn an. Seine Gegenwart war eine Erinnerung an unsere eigene, uneingestandene Furcht.

Bill schlug mir auf den Rücken. »Deswegen mußt du im voraus zahlen«, sagte er. »Nächstesmal fliegen wir beide höher rauf.«

Er erzählte mir von seinem ersten Feindkontakt, eine Erfahrung, die ihn dazu gebracht hatte, sich wieder und wieder freiwillig zu melden. Er war der erste Mann hinter dem Führer, auf einer Mission durch den Dschungel. Der Späher gab ein Handzeichen und winkte Bill zu sich heran. Sechs Feinde schlichen auf eine Lichtung am Fuße eines kleinen Hügels. Sie trugen jeder einen Eimer in der einen, eine Waffe in der anderen Hand. Der Späher flüsterte Bill zu: »Gib mir Feuerschutz. Ich mach sie alle.«

Als die Feinde nahe genug waren, bedachte der Späher sie mit automatischem Feuer. Bill ließ es knallen. Sein letzter Gedanke, erzählte er mir, war, daß er wünschte, er wäre derjenige, der die Automatik hätte. Das schien mehr Spaß zu machen. Danach meldete er sich immer freiwillig als Front-mann.

Einen Monat später kam Bill nicht zur Arbeit, was sehr ungewöhnlich war. Er ging nicht ans Telefon, und keiner von uns wußte, wo er wohnte. Ein Polizeiwagen kam auf die Baustelle. Der Cop sagte uns, daß Bill sich letzte Nacht ausge-zogen und seine Klamotten ordentlich zusammengelegt habe. Dann habe er ein großes Glas Kerosin getrunken und sich sein Feuerzeug vor den Mund gehalten – die Lieblingsmethode vietnamesischer Mönche, gegen den Krieg zu protestieren. Es gab keinen Abschiedsbrief.

Er hatte mir mal erzählt, daß, wenn ein Mann im Krieg fiel, die Überlebenden ihn niemals idolisierten. Statt dessen schimpften sie tagelang über ihn, sagten, wie gut es sei, daß sie ihn los wären, egal, wie nah sie ihm gestanden hatten. Ich dachte darüber nach, seinen Pinsel an mich zu nehmen, ent-schied aber, daß es ein Affront wäre. Sentimentalität, hatte er gesagt, mache einen nur verwundbar.

Ich brach auf nach Norden, was nicht ganz einfach war, denn es gab keine Interstates. Fünf Tage später sammelte ein homosexueller Schwarzer mich an einer einsamen Auffahrt am North Platte River in Nebraska auf. Er behauptete, weiße Jungs wie mich zum Lunch zu essen. Ich sagte, ich sei nicht hungrig. Er lachte und ließ meinen Schwanz in Ruhe. Auf einer einsamen Straße in den Arsch gefickt zu werden, war meine größte Angst, schlimmer als Mord. Er sagte, er sei traurig, daß er als Schwarzer im Süden geboren worden war, statt als Roter in der Prärie, denn für die Indianer war Ho-mosexualität ganz normal. Dann lachte er und sagte, eigent-lich sei es egal, denn sie würden beide in den Arsch gefickt.

Er nahm mich mit bis in die Nähe von Omaha, wo ich Arbeit in einem Schlachthof fand, ich trieb Ochsen eine schmale Rampe hoch in den Tod. Sie rückten stetig vor, ohne Neugier oder Verständnis. Ein Mann setzte ihnen ein Elektrogerät auf die Stirn und zappte ihnen die Scheiße aus dem Leib. Es war langweilig und professionell; zu Hause benutzten wir dafür ein Gewehr. Nach einem stinkigen Tag kündigte ich, spazierte hinaus in die leere Prärie am Rande der Stadt und hoffte, einen Coyoten zu hören. Doch ich fand nichts außer Käfern und den Sternen am Himmel. Der Mond sah aus wie ein abgekauter Knochen. Vor zweihundert Jahren hatte jemand Boone gefragt, ob er sich jemals verlaufen hatte. Er sagte Nein, aber er wäre einmal drei Tage lang verdattert gewesen. Ich wußte, wie er sich gefühlt hatte.

Vergraben unter meinem Schlafsack lagen Dinosaurierknochen, gemischt mit Bison, Antilope und Sioux. Das Barometer der Intelligenz ist die angeborene Fähigkeit zu lernen und sich zähmen zu lassen. Vielleicht war es besser, wild und tot zu sein wie der Bison, Crazy Horse und die Wölfe. Ich sah in den Himmel und fragte mich, ob ich am Rand der Vorstellungskraft lebte und den Tod anbetete.

Ich dachte an Bills Glauben, daß die wichtigsten Beiträge Amerikas zur Weltkultur aus dem Westen kämen.

»Das 24-Stunden-Restaurant«, sagte er. »Und die Reklametafel. Du kriegst jederzeit Kaffee und kannst mit jemandem reden. Die Tafeln verraten dir immer, wo du bist.«

»Zeit und Raum. Cowboy-Wissenschaft.«

»Das mag ich an dir, Chris. Du bist so verdammt blöd, du weißt nicht mal, daß du klug bist. Wie Mister Charles in 'nam.«

Er wandte seinen Kopf leicht ab, genug, daß ich aufmerksam wurde. Tränen liefen über sein Gesicht. Er atmete ganz normal und schniefte nicht. Es war, als wäre sein Kopf so voll mit Leid, daß es kleine Lecks gab. Als es vorbei war, sah er mich an, die Augen hart und alt. »Der Westen wurde nicht gezähmt«, sagte er. »Er wurde zusammengepfercht und abgeschlachtet.«

Ich wachte früh auf und machte mich auf den Weg, verwünschte die Nebraskaner für ihre Höflichkeit. Man konnte kein Päckchen Zigaretten kaufen, ohne daß einem Feuer angeboten und ein guter Tag gewünscht wurde, und man bekam das Gefühl, minderwertig zu sein, weil man nicht aggressiv fröhlich war. Nebraska war symmetrisch wie eine Gleichung, das lächerliche Resultat einst lebendigen Landes, in dem man Büffel ausgerottet hatte. Präriestädte waren zu Touristenattraktionen verkommen.

Ich blieb lange im Westen, begierig, ein Heim zu finden. In Amerika wachsen Jungen mit dem Wissen auf, daß ein Pferd zwischen den Beinen und eine Pistole im Gürtel eine Garantie der Männlichkeit sind. Bei Billy the Kid klappte das, er hatte siebzehn Männern in den Rücken geschossen, bevor er volljährig wurde. Montana war ein hübscher Staat, aber es gab keine Arbeit. Ich traf einen Typen mit Universitätsabschluß, der froh war, einen Job als Zaunflicker zu haben. Eine Kellnerin sagte, wenn ich mich hier niederlassen wollte, sollte ich eine Frau mitbringen. Auch in Wyoming konnte ich keine Arbeit finden, weswegen ich bleiben wollte. Ich nahm an, die Bürger teilten meinen Hunger nach Freiheit. Der Unterschied war, daß sie Plätze zum Schlafen hatten. Die Leute hatten nichts gegen Fremde, vielleicht, weil sie so wenige trafen. Statt mich mit der östlichen Verachtung oder dem südlichen Mißtrauen zu betrachten, sahen sie mich als den, der ich war: mehr oder minder ein dummer Narr.

In Colorado fand ich Arbeit. Mit Hammer und Meißel schlug ich Putz von Ziegelsteinen. Ich saß im Dreck neben einem Stapel alter Ziegel und schuf mit meiner primitiven Form von Recycling einen neuen Stapel. Der Lohn war 14 Cents pro Ziegel. Nach zwei Tagen hämmern in der Sonne schmerzten meine Hände vom Festhalten der Werkzeuge, und meine Finger waren dick von danebengegangenen Hammerschlägen.

Ich nahm mein Geld in Empfang und machte mich auf nach

Süden, kreuz und quer durch die Mitte des Kontinents, auf der Suche nach der wahren Grenze. Auf der einen Seite fließen die Flüsse nach Osten, auf der anderen nach Westen. Mein Ziel war es, mit gespreizten Beinen auf beiden Seiten gleichzeitig zu stehen. Da wir zu drei Vierteln aus Wasser bestehen, dachte ich, die gleichzeitige Anziehung beider Ozeane würde ein Loch in meine Seele reißen, damit irgendetwas Wertvolles hinein könnte. Black Elk sagte, das Zentralmassiv sei überall. Was meine Wanderschaft in den Rockies anging, schien das Zentrale stets woanders zu sein. Mehr und mehr verließ ich mich auf mein Tagebuch. Es war organisch, glaubte ich, und lehrreich. Ich kam an den Punkt, den Prozeß der Aufzeichnung eines gelebten Lebens als das einzige Material zu erachten, das es wert sei, aufgezeichnet zu werden. Irgendwo in den Rockies wurde daraus der Glaube, das Tagebuch sei mein Leben, der Rest meiner Existenz nur eine Fiktion.

Nach zwei Tagen Fußmarsch gen Süden hatte ich das Glück, bis Flagstaff mitgenommen zu werden, dort fand ich einen Job als Tellerwäscher am Grand Canyon. Sie machten ein Foto von mir für die Akten und schickten mich in einen dunklen Verschlag ohne Wasser. Jeden Morgen gesellte ich mich in den öffentlichen Duschen am Ende unserer Sackgasse zu den anderen Arbeitern. Nachts tranken wir in der Bar für Angestellte.

Tellerwaschen ist die ideale Arbeit für Freiheitsliebende, man muß sich auf nichts konzentrieren, außer auf das Säubern verschmutzter Teller oder Töpfe. Außerdem bekam man zu essen. Die Arbeit war von so niederem Status, daß sich niemand um mich kümmerte. Die Köche laborierten bei 40 Grad, die Kellner balancierten enorme Tabletts. Die besten Kellner konnten ihr Auftreten schnell verändern. Sekunden, nachdem sie sich mit einem Koch gezankt oder vor einem tyrannischen Boß erniedrigt hatten, waren sie nett und aufmerksam den Kunden gegenüber. Barkeeper genossen einen etwas höheren Rang, aber sie mußten sich dauernd neue Alkies suchen, die sie bemuttern konnten. In seinem besonders feuchten und mit Essen beschmierten Dasein konnte der Tellerwäscher sich selbst treu bleiben. Im Souvenirshop am Canyon arbeiteten Hopi-Frauen, die kupferfarbene Plastikpuppen in zerfransten Filzkleidern verkauften. In ihrem hohlen Fuß verbarg sich ein Tintenstempel: »Made in Japan«. Ein paar Meter weiter war ein Riß im Boden, eine Meile tief, zehn Meilen lang. Einmal im Monat sprang jemand hinein. Einmal die Woche rannte ein fremder Tourist seine Kamera umklammernd durch die Pinien, gefolgt von einer Skunk-Fahne. Offensichtlich gab es in der alten Welt kein vergleichbares Wesen. Die niedlichen, hübschen Tiere schreien geradezu nach einem Foto. Manchmal wurde eine ganze Familie eingesprüht.

Nach dem Essen beobachtete ich den Sonnenuntergang am Canyonrand von einem schmalen Steinbord über dem Abgrund. Dort schrieb ich in mein Tagebuch, sah hinunter auf die Wolken und versuchte, den abartigen Impuls zu springen zu verstehen. Es war nicht der Tod, der mich lockte, es war der Canyon selbst. Ein Sprung war der Drang, das Nichts auszufüllen. Kurz vor der Dunkelheit beobachtete ich von oben einen elektrischen Sturm, sah die Blitze und roch die Entladungen. Eine Feuerlanze krachte plötzlich tief in den Canyon und verschwand. Die Luft roch nach Ozon. Das heilte mich von dem Drang zu springen.

Am Wochenende spazierte ich nach unten, wo der Colorado River floß. Der Fluß ist nicht abgesunken, sondern an seinem Platz geblieben, er durchschneidet das Land, während die Erde sich gegen das Wasser erhebt. Mein Abstieg war eine Reise zurück durch die Zeit, vorbei an Millionen von Jahren Geologie, abgelagert in den Wänden des Canyons. Jede Ära hat eine andere Farbe. Das Rot oben wurde zu Pink, Braun, feinem Grün und schließlich Grau und Violett im Tal. Natürlich gab es unten neben dem Fluß eine Bar und ein Restaurant. Jeden Sonntag kraxelte ich hoch zu meiner Arbeit.

Ich war der einzige Tellerwäscher, der nicht schwarz, Mexikaner oder Indianer war. Wir arbeiteten in Teams auf beiden Seiten der riesigen automatischen Spülmaschine. Einer fütterte das Biest, während die beiden anderen die sauberen Teller stapelten. Ein vierter trocknete das Silber. Da ich neu war, hatte ich den übelsten Job – ich kratzte die Essensreste in Plastikkisten. Die guten Sachen hob ich auf; die teilten wir uns. Willie, der Chefkoch, bot mir einen Job als Frühstückskoch an. Ich lehnte ab. Ich zog die einfache Welt von Wasser und Tellern vor. Willie konnte das nicht verstehen. Jeden Tag fragte er, ob ich es mir schon anders überlegt hätte. Er bot mir sogar ein höheres Gehalt, aber ich blieb bei meiner Freiheit.

Ein neuer Manager wurde in das Restaurant versetzt, ein Schnarrschwein namens Jackie Jr. Wie viele Trottel aus dem Westen, tat er, als sei er ein Cowboy, trug handgearbeitete Stiefel, teure Hüte und Maßhemden mit Perlmuttknöpfen. Jackie Jr. nannte alle Tellerwäscher »Boy« und hatte seinen Spaß daran, mich als »Hillbilly« zu bezeichnen, ein Wort, das mich von den Socken haute. Hillbilly nannten die Leute aus der Stadt uns daheim; das und schlimmeres – Depp, Waldläufer, Redneck, Inzucht-Infant. Mein persönlicher Favorit war Schweineficker. Meine Mutter ist meine Cousine sechsten Grades. Mein Bruder und meine Schwestern sind demzufolge auch Cousins und Cousinen von mir. Aber keiner von uns hat sich je an einem Schwein vergangen.

Nach einer Woche unter Jackie Jr. entschied ich mich zu kündigen. Auf meiner letzten Schicht strich er durch die Küche, amüsiert über unsere miserablen Arbeitsbedingungen. Ich stellte die Tellerwaschmaschine ab und sagte, sie sei kaputt.

»Was ist, Hillfuck?« sagte er. »Selbst die Meskins wissen, wie man das Scheißding anmacht.«

Als er den mechanischen Knopf drückte, öffnete ich die Metalltür, hinter der das Seifenwasser lauerte. Jackie Jr. quietschte wie eine Katze, der man auf den Schwanz getreten hat. Seife und Wasser ruinierten seine tollen Klamotten. Ich ging an ihm vorbei zur Hintertür hinaus, wo mein Rucksack neben einer Mülltonne, die von Skunks und Raben umlagert war, auf mich wartete. Willie kam hinter mir her. Ich drehte mich mit gespreizten Armen um, unsicher, was ich zu erwarten hatte. Sein Gesicht war faltig wie ein Waschbrett. Er starrte den Rucksack auf meinen Schultern an, öffnete sein Portemonnaie und gab mir zwei Zwanzig-Dollar-Scheine.

»Hau ab, solange du kannst, Junge. Ich werde ihn aufhalten.«

»Ich brauch dein Geld nicht, Willie.«

»Sei kein Narr, Junge.« Er schüttelte den Kopf und kicherte. »Ich war auch mal auf der Walz.« Er wartete, bis ich das Geld nahm, dann ging er zurück in die Küche. Ich versuchte, mir den weißhaarigen Willie als jungen Mann vorzustellen. Das war einfacher, als mir mich alt vorzustellen. Ich war aufgebrochen mit dem Wunsch, ein Ziel zu finden. Mittlerweile fragte ich mich, ob ich nicht davonrannte, anstatt zu etwas hin. Der legendäre Westen mit seinen weiten, leeren Flächen war zu genau dem geworden – weit und leer, angefüllt mit Leuten, die verzweifelt versuchten, die Lücken mit Arbeit auszufüllen.

Ich trug meinen Rucksack zu der einzigen Straße, die von der Südseite des Canyons wegführte. In einer anderen Zeit wäre Bill ein Texas-Ranger gewesen, der gegen die Comanchen kämpft, oder ein Bergführer in den Rockies. Die Menschen aus dem Westen leiden an einer historischen Krankheit, ähnlich wie die Appalachians. Sie glauben nicht an die Helden der Vergangenheit und leben doch so.

Während ich auf jemanden wartete, der mich mitnahm, beschloß ich, im Westen zu leben – mich hier niederzulassen, nicht nur durchzureisen – aber noch nicht jetzt. Ich hatte mein Selbst noch nicht gefunden. Wenn ich bliebe, das wußte ich, würde ich ein Einsiedler werden und in die Berge ziehen. Ich wollte nicht, daß man meine Knochen auf einer steinigen Anhöhe in einer der obersten Schichten findet. Noch gab es Kalifornien zu entdecken, den äußersten Winkel des Kontinents.

Der Sommer ist dem Spätherbst gewichen, die Tage werden kürzer und dunkler. Unter fallenden Blättern spalte ich Feuerholz. Ritas Haar schimmert, ihre Nägel sind fest. Mein Winterbart wächst. Im Frühjahr werde ich ihn wieder für sechs Monate abrasieren. Gestern habe ich einen Eichelhäher beobachtet, der Laub über einem Eicheldepot feststampfte, als habe er gerade ein Grab angelegt. Heute hat ein Eichhörnchen sein Versteck gefunden. Der Fluß ist voller Gänse, die mit der Halsstarrigkeit von Bisons ihren Körper in den Wind halten. Ganze Herden sterben, wenn sie das tun.

Ich habe jedes Schwangerschaftsbuch in der Bücherhalle gelesen, sie richten sich natürlich alle an Frauen. Das fortschrittlichste von ihnen beinhaltet am Ende ein kurzes Kapitel über die Rolle der Väter. Dort ist ein lächerliches Foto eines kräftig aussehenden Mannes mit Bart, der eine Windel wechselt, abgedruckt. Im Hintergrund lächelt eine Frau.

Die Bärenmutter kämpft bis zum Tode für ihre Jungen, während ihr Mann durch die Berge streift. Die Igelin ist größer als der Igel, in ihrer Leidenschaft kann sie ihn während der Kopulation versehentlich töten. Ein männliches Rentier findet es völlig normal, seinen Harem wegzuschicken, um sicherzugehen, daß ihm selbst nichts passiert. Für mich klingt das alles gut, aber Rita und ich sind zivilisiert. Sie ist keine Beschützerin. Ich jage nicht mehr. Tatsache ist: Ich bin die ganze Zeit zu Hause, tief in meiner privaten Höhle, blase roten Ocker auf leere Seiten.

Werdende Väter sollen das Haus sauberhalten, sollen kochen und ihren Frauen erzählen, wie wundervoll sie aussehen, wenn sie vierzig Pfund schwerer sind. Ein Buch rät mir, Rita nach der Geburt nicht zum Sex zu zwingen. Ein anderes schlägt vor, daß ich die Nächte nicht durchschlafe, solange das Baby es nicht tut, was bis zu einem Jahr dauern kann. Das soll meiner Bindung zum Kind helfen, was impliziert, daß ein Baby, das vor Erscheinen dieses Buches geboren wurde, keine gute Beziehung zu seinem Dad haben konnte. Väter haben ohnehin an allem schuld; selbst Gott hat seinen Sohn sterben lassen.

Frauen der Generation meiner Mutter wurden während der Geburt betäubt. Als Mum aufwachte, drückte der Arzt ihr das zerknitterte Geschenk meiner Wenigkeit in die Arme. Dad durfte allein warten, bis eine Krankenschwester mit dem unsterblichen Satz zu ihm kam: »Es ist ein Junge.« Seinen ersten Blick warf er durch eine Glasscheibe auf mich. Dad hat gesagt, ich wäre leuchtendrot gewesen und hätte geschrien, und er hätte die Krankenschwester gefragt, ob vielleicht nicht das ruhige seins wäre. Mum hat gesagt, sie könne sich an die ersten paar Tage nicht erinnern.

Für Rita und mich, die wir uns entschieden haben, mit Mitte dreißig Kinder zu bekommen, ist Lamaze nötig, ein Rollentausch für uns beide. Ich muß sensibel und ermutigend sein, während Rita ihren Machismo pflegen muß. Unser Lamaze-Kurs trifft sich im Wartezimmer eines Krankenhauses, in dem es so wenig Stühle gibt, daß schwangere Frauen auf dem Boden sitzen müssen. Hin und wieder kommen Leute rein, um sich etwas zu trinken aus dem Automaten zu holen. Unsere Lehrerin benimmt sich, als wären wir Mitglieder eines auserwählten Geburtskultes und sollten stolz darauf sein. Wieder und wieder betont sie, wie schmerzhaft die Geburt sein wird, es sei, als würde man sich die Lippen über den Kopf ziehen. Sie kann keine Enspannungstechniken zeigen, weil sie ein Kleid trägt.

»Früher, in Iowa«, erzählt sie uns, »ritten die Frauen auf dem Pferd davon, um das Baby allein zu gebären. Ein paar Stunden später kamen sie mit dem Baby zurück. Den Ritt zurück kann ich mir kaum vorstellen, können Sie das?« Sie kichert. »Sie werden das verstehen, wenn Sie die Geburt hinter sich haben.«

Sie trennt die Paare und läßt die Männer eine Liste der negativen Qualitäten ihrer Frauen in der Schwangerschaft machen. Wir finden diese Aufgabe unangenehm. Die meisten von uns machen sich Sorgen über Geld, niemand will seine Frau denunzieren. Zehn Minuten später fragt die Lehrerin nach einem Freiwilligen, der unsere Listen vortragen soll.

»Unsere Frauen«, beginnt unser Sprecher, »sind grantig, verschlafen, blöde, fröhlich, verschämt und erkältet.« Er zeigt auf den Mann einer Neurologin. »Seine Frau ist Ärztin.«

»Sehr gut«, sagt die Lehrerin. »Wenn alle Babys auf der Welt sind, treffen wir uns wieder.«

Die Lehrerin schaltet das Licht aus, spielt uns eine Kassette mit den Paarungsgesängen der Wale vor und sagt, wir sollen meditieren.

Auf der Rückfahrt fängt Rita an zu weinen. Sie fühlt sich von dieser Lehrerin eher bedrängt als ermutigt. Sie mag es nicht, daß ihr Körper als Gebäude mit Erdgeschoß, Keller, Heizungsraum und Unterkeller bezeichnet wird. Rita findet, Lamaze solle beweisen, wie stark Frauen sein können. Den Frauen wird Mut gemacht, den Schmerz durchzustehen, sie müssen ihre Weiblichkeit erwerben und das Baby verdienen. Lamaze konzentriert sich nach außen, trennt Rita von dem

Ereignis ab. Sie zieht es vor, die Schwangerschaft einfach zu erleben. Ich bin völlig ihrer Meinung.

Am nächsten Tag ruft Rita im Krankenhaus an, um den Kurs zu wechseln, aber alle anderen Kurse sind belegt, und wir können keine Erstattung bekommen. Das Familienleben hat seinen ersten finanziellen Tribut gefordert. Wir leihen uns Bücher und ein Videotape aus der Bibliothek. Ich bastle Karten, die die Stadien der Geburt und ihre Warnzeichen zeigen. Am nächsten Morgen überlasse ich Rita dem Video und gehe in den Wald.

Ich kann nicht leise über den knisternden Grund voller Herbstblätter gehen. Vögel und Tiere laufen davon. Flachgetretene Blätter verraten einen Pfad, Blätter, deren feuchte Seiten erst vor kurzem nach oben gewirbelt wurden, eine frische Spur. Ein Storch lauert am Fluß wie ein fischender Eskimo, der stundenlang mit dem Speer wartet, als wäre das Warten selbst wichtiger als die Jagd. Ein Hubschrauber sucht Marihuana-Felder aus der Luft. Der verdatterte Storch hopst ungeschickt in die Luft, seine Beine hängen herunter wie zwei Kondensstreifen. Die Bäume am Flußufer leuchten so bunt in den Herbstfarben, daß ich denke, der Pilot hat vielleicht Farbe abgeworfen.

Im antiken Mesopotamien wurden Göttinnen verehrt. Priesterinnen wählten die Schlange als ihr Symbol. Deren Häutungen waren der physikalische Beweis von Geburt und Wiedergeburt, vom Ab- und Zunehmen des Mondes, vom Wachsen und Keimen des Korns. Bösartige Nomaden kamen jedoch aus der Wüste, Jagdstämme, angeführt von Männern, mit männlichen Gottheiten. Sie nahmen das Land und erfanden den Mythos vom Sündenfall, um die Frauen für ihre Kraft zu bestrafen. Seitdem töten wir Schlangen. Mutter Erde wurde Papa Sonne. Jesus hat den Traum vieler Männer gelebt – er hat das Hymen von innen durchbrochen und sich mit einer Prostituierten eingelassen. Frauen wollen einen Freund als Mann. Männer wollen eine Jungfrau in der Öffentlichkeit und eine Hure im Schlafzimmer, natürlich beide mit Namen Maria.

Meine Mutter hat die Kinder aufgezogen und sich um den Haushalt gekümmert, genau wie Ritas Mutter. Unsere Väter haben gearbeitet, den Müll rausgebracht, den Rasen gemäht. Das Leben war sehr einfach. Unsere beiden Mütter waren unglücklich.

Ich bin absolut gegen Kinderhorte, aber ich weiß, daß ich verlieren werde, denn Rita wird ihren Beruf nicht aufgeben. Sie ist seit 15 Jahren dabei, kümmert sich um die psychisch Kranken. Sie wird nicht wie ihre Mutter werden, und ich will nicht wie mein Vater werden. Das läßt mir die Möglichkeit, mich selbst um das Baby zu kümmern. Ich kann es auf dem Rücken in den Wald tragen, weniger schlafen, nicht mehr trinken und schreiben, während es schläft. Ich werde ihm das wenige beibringen, was ich weiß. Mit elektrischen Pumpen, die auf die Brüste passen, kann man Muttermilch abpumpen. Unser Kühlschrank wird voll gefrorener Milch sein, die auf den Babyschrei als Tausignal wartet.

Kürzlich haben wir als Trockenübung für unsere Zukunft den Babysitter für ein einjähriges Mädchen gemacht. Sie hat auf der Seite geschlafen, Arme und Beine gekrümmt wie eine Reliefskulptur eines winzigen rennenden Menschen. Nachdem sie aufgewacht war, kackte sie mit solcher Vehemenz in ihre Windel, daß ich würgen mußte. Ich habe Männer ihre Venen mit Heroin füllen sehen, ich habe einen Unfall mit einem Bulldozer mitbekommen, bei dem ein Mann seine Beine verloren hat, und die unangenehmen Nachwirkungen einer Schußwunde. Nichts hat mich jemals so umgeworfen wie diese um jedes feiste Bein lecke Windel, die Scheiße an den Genitalien und am Bauch. Rita wickelte das Baby ganz gelassen, amüsiert über meine Empfindlichkeit.

Frauen sind stärker, ruchloser im Kampf. Die alten Griechen fürchteten die Geister der Amazonen und bauten Schreine für sie, um sie unter Kontrolle zu halten. Frauen erfanden die Sprache durch die Verbindung von Geräusch und Bedeutung. Die ältesten Schriftstücke stammen von Frauen, Quittungen für den Verkauf von Land, dort, wo heute der Irak liegt. Wenn das Kinderkriegen den Männern überlassen wäre, wäre unsere Spezies längst ausgestorben, denn Männer könnten den Schmerz niemals aushalten. Wir können ja kaum einen Kater oder ein Fußballspiel ertragen.

Ein Eisvogel stößt seinen Schrei im Flug über den Fluß aus. Ich sehe ihn nach einem blauen Fisch tauchen, der seinerseits einem größeren Fisch zu entkommen versucht, indem er still, knapp unter der Oberfläche wartet. Der Vogel und der große Fisch greifen den blauen Fisch im gleichen Augenblick an. Der große Fisch reißt das Maul auf, und der Eisvogel stößt einfach hindurch. Der Vogel wird unter Wasser gezogen und nach einem kurzen Kampf von dem großen Fisch in die Tiefe geschleppt. Eine Minute später treibt der Vogel an die Oberfläche, er lebt noch, ist aber so durcheinander, daß er ertrinken wird. Ich weiß, daß die Aasfresser sich zuerst über die Augen hermachen werden.

Die Menschen haben sich so weit entwickelt, daß niemand mehr weiß, was natürlich ist. Rita arbeitet, ich bleibe zu Hause. Sie kauft ein und kocht, ich hacke Holz und kümmere mich um das Auto. Sie ist ein Profi und ich bin, was man geschickt nennt. Wir sind nicht Mann und Frau, wir sind nicht unsere Eltern, und wir sind keine neue Unterart postmoderner Paare. Wir sind ein Paar Mammuts mit großer Toleranz füreinander.

Der Fluß fließt auf Halbmast, um das Ende des Herbstes anzuzeigen. Blätter treiben am Ufer, verwischen die Grenze zwischen Erde und Wasser. Paleolithische Männer hielten Frauen für göttlich, wegen ihrer unerklärlichen Fähigkeiten, Leben zu gebären. Ich weiß inzwischen, daß ich etwas damit zu tun hatte, aber ich fühle mich deswegen nicht viel besser. Eine ganz normale Tätigkeit hat den Eisvogel umgebracht; und Schwangerschaft ist nur eine Abart von Sex. Ich begreife den Unglauben des Vogels. Ich würde meine Vorstellungskraft gegen seine Schwingen tauschen.

In der Nacht schließt die Ruhe der Wüste sich um jede Pore. In der unerklärlichen Stille konnte ich mein Blut durch die Adern rauschen hören, mein Herz schlug in stetem Rhythmus wie eine Ölpumpe, die pausenlos arbeitete. Ich hatte keine Ahnung, wie heiß es werden würde, wie dumm mein Vorhaben war. Nach zwei Tagen war mein Haar blaß und meine Haut rot. Ich hatte eine Feldflasche gekauft, aber sie war zu klein, faßte nur einen Viertelliter. Ich entschied mich, nachts zu marschieren und tags zu schlafen, in meinen Rucksack verkrochen, der naß und schwer vom Schweiß wurde. In einem Restaurant stahl ich ein Päckchen Salz und aß es, um meinen Schweiß zu ersetzen.

Nur selten nahm mich jemand mit, aber dann meist weite Strecken. Die Leute fuhren wahnsinnig schnell. Viele hatten Wasser, ein Gewehr, eine Schaufel und ein CB-Radio. Zwei Fahrer bezeichneten mich als Geierfutter. Einer sagte, die beste Stelle zum Schlafen sei im Abendschatten der großen roten Steine, die wie versteinerte Monster aus dem Land wuchsen. Die Nachmittagshitze, sagte er, wäre zehn Grad wärmer als am Morgen, ein Unterschied, der einen schnell töten könnte.

Nach drei Tagen an ausgetrockneten Flußbetten überquerte ich den Tehachapipaß und begann den Abstieg. Schließlich mäanderte ich nach Norden durch das San Joaquin Valley. Ich erwachte nach einem Nickerchen im Schatten. Ohne Luftverschmutzung schien die Erde zu glühen wie die Sonne. Vogelgesang erfüllte die Luft wie ein Wasserfall. Ich lag auf dem Rücken, kaute an einem Grashalm und beobachtete Bienen, die versuchten, meine bunten Kleider auszusaugen. Wir mußten alle gegen die gerade beginnende Nachmittagshitze zusammenhalten. Eine Mitfahrgelegenheit war unwichtig.

Ich döste, bis ein Wagen daherratterte, ein schmutziges weißes Coupé, ganz verbeult. Mein Kopf war in jenem merkwürdigen Stadium zwischen Schlaf und Wachen, das die Realität wie eine kleine Halluzination erscheinen ließ. Das graue Gesicht des Fahrers war aufgebläht wie das eines alten Hundes. Er verbarg seine Glatze unter langen Strähnen, schwarzen Linien, quer über seinen Schädel gekämmt. Dicke Brillengläser vergrößerten seine Augen. Ich stieg in den Wagen und fragte, warum er angehalten hatte.

»Gottes Wille«, sagte er. »Du siehst harmlos aus, deswegen.«

Straßenprediger traf man oft, sie taten ihre Pflicht an uns Trampern. Der Fahrer sah mich lange an, bevor er fragte, ob ich ein spirituell erleuchteter junger Mann wäre. Ich erwähnte ein oder zwei Fehler, gab meine Konfusion und die Notwendigkeit von Verbesserung zu. Dieses Standardmuster ermutigte den Fahrer, seinen Glauben zu verkünden. Prediger sind gut für eine Mahlzeit, aber erst muß man ihnen zuhören, das ist so vorhersehbar wie Durchfall. Manchmal gaben sie mir auch Geld.

Al war ein Missionar, der seit Jahren nach dem idealen Platz suchte, bislang hatte er jeden aus unterschiedlichen Gründen abgelehnt. Manche Orte waren so bösartig, daß er ihnen nichts entgegenzusetzen hatte. Andere waren so clean, daß sie besser für einen Neuling geeignet waren. Am meisten frustrierten Al Städte, in denen es bereits eine rivalisierende Mission gab.

»Aber es wartet auf mich. Vielleicht heute. Du wirst bei mir sein, Chris. Denk daran! Es ist Gottes Wille, daß wir einander heute getroffen haben.«

Ich fragte, was seine Expedition ausgelöst hatte.

»Was, Armageddon natürlich! Die Prophezeiungen erfüllen sich, mein Freund. Männer und Frauen leben unverheiratet zusammen, Sex ist im TV. Im Gemüsegeschäft gibt es elektrische Maschinen, die unsichtbare Nummern lesen. Der Antichrist lebt in Nevada.«

»Hast du Angst, Al?«

»Natürlich nicht!« rief er. »Ich bin gerettet. Ich will nur lange genug leben, um zu sehen, wie der Herr die Sünder verbrennt, wo sie gehen und stehen. Dann wird er den Rest von uns in den Himmel holen. Ich bete, daß es passiert, bevor ich sterbe, damit meine Nachbarn wissen, daß ich kein Sünder bin. Die Menschen, die schon tot sind, werden direkt aus dem Grab geholt, niemand weiß, ob sie Sünder sind. Aber wenn Armageddon kommt und du noch lebst, kann es jeder sehen!«

Er stellte den Straßenatlas zwischen uns wie einen Schild auf. Wir fuhren durch dichte Zitrushaine nach Norden. Ein süßer Duft lag in der Luft.

»Adam und Eva waren der Sündenfall, und es war Evas Schuld. Sie war schwach, und deswegen sind alle Frauen schwach. Sie können nichts dafür. Aus Adams Fehler solltest du lernen, dich nicht um Frauen zu kümmern. Sieh nur, was Eva passiert ist!«

»Äh, was, Al?«

»Sex, Krankheiten und Insekten.«

»Insekten?«

Ganz ernsthaft leckte er sich den Speichel von den Lippen. Der Wind ließ sein Haar wie ein Metronom hin und herwakkeln.

»Im Himmel gibt es keine Insekten! Nur Blumen und keinen Smog. Frische Früchte und Gemüse. Ein Paradies! Alles so rein, daß unser Körper Samen, Stamm und Rinde genießen kann. So gibt es kein Urinieren und Koten. Toiletten sind nicht notwendig. Stell dir das vor!«

Ich fragte nach dem Teufel, und Al laberte meilenweit über dessen Gewohnheiten. Wenn ein Mann Gott gefunden hatte, bearbeitete der alte Luzifer ihn mit besonderer Aufmerksamkeit. Ein schlichtes Nachtgebet zog den Teufel an wie ein Mückenschwarm. Er würde die Farbe von deinem Haus fallen lassen und dir betrunkene Arbeiter schicken. Du würdest dich jeden Morgen beim Rasieren schneiden, wenn du nicht vorher betest. Er zeigte mir den Beweis – ein Netz feiner weißer Narben, wie Ringelwürmer an seinem Hals.

Glaubte man Al, so waren die Insekten Satans ganz private Terror-Kampftruppen. Der Garten war käferfrei, bis Eva es vermasselte, und jetzt teilte der Teufel Bienenstiche und Moskitobisse aus. Fliegen paarten sich auf Formica. An dem Tag, an dem Al konvertierte, fraß ein Rudel Termiten seine Dachbalken kaputt und ließ das Dach um den Kamin herum herabstürzen. Als Gegenmittel begann er, Spinnen zu züchten.

»Die fressen Insekten wie Candy. Manche von ihnen habe ich schon seit sechs Generationen. Die besten sind auf dem Rücksitz.«

Ich warf einen Blick nach unten. Zwischen allerlei religiösem Krempel standen etliche Einweckgläser. Ich starrte aus dem Fenster auf die Zitrusbäume und roch den Limonenduft, vermischt mit Dünger. Durch den grauen Dunst war hin und wieder der Himmel zu sehen. Ich blickte auf die Karte und bat ihn, mich am San Joaquin River in ein paar Meilen abzusetzen.

»Nach Armageddon«, sagte er, »wird die Erde schwarz und voller Rauch sein! Das Land wird zu Kohle verbrennen. Alle Insekten tot. Gott, mein Freund, ist ein großer Kammerjäger, der nur Spinnen und Christen ausspart. Denk daran!«

»Was ist mit Überlebenden, Al?«

»Keine! Ich will dir keine Angst machen, Chris, aber Gott wird Sündern keine Chance geben!« Am Fluß sagte Al, ich solle mit ihm beten. Wir verneigten unsere Köpfe vor dem Armaturenbrett. Holzwolle quoll aus einer Ritze.

»Ich bin's, Gott. Dein Diener Al. Ich bitte um meinen Gefallen der Woche. Besorg diesem jungen Mann eine Mitfahrgelegenheit. Laß ihn nicht länger als fünf Minuten warten. Und noch was, Gott. Bitte, laß Armageddon kommen, so schnell du kannst. Ich hoffe, du bringst es, bevor ich sterbe. Jetzt wäre mir recht, Lord. Amen.«

Ich stieg aus dem Wagen, erstaunt über seine Version eines Gebetes. Al faßte in einen Karton und reichte mir ein kleines Glas mit einer reinrassigen Spinne. In den Metalldeckel waren Luftlöcher gestoßen.

»Danke«, sagte ich.

»Trau keinen Männern, die Pfeife rauchen.«

Er ließ die Gänge knirschen und brauste über den Highway davon. Der weiße Wagen verschwamm in den Hitzewellen und verschwand schließlich hinter einer Kurve. Ich öffnete das Glas im staubigen Gras. Die Spinne marschierte zur Öffnung und streckte ein Bein heraus. Sie starrte die Welt ein paar Sekunden an und kroch dann zurück in die Sicherheit ihrer Glaskapelle.

Plötzlich war ich allein mit dem Land, hatte das Tal verlassen, den Fluß erreicht. Schatten verdunkelten die Bäume, die Luft wurde kälter. Mir lief eine Gänsehaut über den Rücken. Frühe Heuschrecken waren zu hören wie Warnsignale. Meine Haut fühlte sich plötzlich so komisch an, ich sah mich nach allen Richtungen um. Überall Insekten.

Exakt fünf Minuten später rauschte ein gemieteter Truck heran und bremste. Die orangene Tür ging auf und spuckte einen bärtigen Riesen aus. Er trug eine Lederweste über einem T-Shirt mit der ausgewaschenen amerikanischen

94

Flagge; eine turmhohe Silhouette mit der Stimme einer rosti-
gen Harke.

»Wo willst du hin, Junge?«

»Nach Norden.«

»Kannst 'n Truck fahren?«

Als ich nickte, machte er wie ein Soldat auf dem Absatz
kehrt und kletterte in das Führerhäuschen. Ich hinterher. Er
fluchte, betrachtete meine Reaktion und fluchte wieder, eine
Begrüßung.

»Ich heiße Chris.«

»Wi'er.«

»Winter?«

»Winner, wie Looser.«

Draußen rauschte ein Zaun vorbei. Ich hätte die Spinne
behalten sollen. Ein paar Meilen später fluchte Winner und
sagte:

»Zwei Tage wach seit dem Fick.«

»Mmh.«

»Hinten im Garten, auf'm Picknicktisch. Prediger-Toch-
ter.«

Winner lachte, eine Motorsäge, die auf einen Nagel traf.
»Hat meinen Kickstarter die ganze Nacht bearbeitet.«

Winner war im Morgengrauen abgefahren, in Begleitung
eines halben Gramms kristallklaren Methedrines, dessen
Wirkung nach 38 Stunden merklich nachließ.

»Was fahren wir?« fragte ich.

»Meine Schüssel. Muß nach Hause und mich um Mama
kümmern. Aber die Maschine ist am selben Tag kaputtgegan-
gen, als sie sich die Hüfte gebrochen hat. Muß den Truck vor
der Stadt stehenlassen und auf der Schüssel reinfahren.
Würde nicht richtig sein, wenn ich im Truck komme. Muß
auf meiner Schüssel fahren.«

»Klar, Winner. Genau wie ich mit meinem Daumen unterwegs bin.«

Sein Grinsen legte angeschlagene Zähne frei. »Ya fucking A!« schrie er, und donnerte mir seine Hand auf die Brust.

Ich versuchte zu Atem zu kommen, während Winner einen Revolver unter dem Sitz hervorholte und aus dem Fenster schoß. Der Knall hallte in meinen Ohren nach. Er zwinkerte mir zu, küßte den glänzenden Holzgriff und steckte die Kanone weg. Das Führerhäuschen stank nach Kordit. Schweiß lief meinen Körper herunter, ich machte lange, vorsichtige Atemzüge. Der Knall hatte seine letzten Reserven mobilisiert. Ein ausgedehnter Monolog folgte, von dem ich nicht sonderlich viel verstand; er wurde garniert mit Gelächter und einem gelegentlichen Schlag auf meine Brust. Wenn ich die Hand kommen sah, atmete ich vor ihrem Auftreffen aus.

Die letzten sechs Jahre war Winner »im Feld« gewesen, hatte fettige Waffen in Aluminiumboxen gepackt. Manche waren in Höhlen versteckt, andere in Brunnen oder einfach vergraben. Überall lagen Waffen und Munition in der Erde und warteten auf den dritten Weltkrieg. Winner war einer von vielen Soldaten, die sich auf eine grauenhafte Zukunft vorbereiteten. Er erstattete seinen Vorgesetzten zweimal im Jahr Bericht, einmal in Ohio und einmal in einer Bayou-Stadt in Louisiana.

»Wir haben Benzin und Wasser, Essen und Waffen«, sagte er. »Die legen sich nicht mit einem Maschinengewehr an!«

»Wer, Winner?«

»Die Kommi-Schwänze und die Mutanten, die! Wenn du Essen und Wasser hast, wollen es alle. Die Mutanten zuerst, weil die Kommi-Schweine eine Weile brauchen, um herzukommen. Sie müssen warten, bis es sich beruhigt hat. Die ersten paar Jahre wird es schrecklich sein.«

»Aber nicht für dich.«

»Ya fucking A! Ich bin Patriot. Ich hab meine Gasmaske und mein M-16. Bin auf der Pirsch.«

»Nach Kommis?«

»Nach Frauen!« grölte er und schlug mir auf die Brust.

Winner begann eine weltumspannende Antikommunistentirade. Jedes Land war gegen uns. Sie wollten unser Geld, unsere Frauen und unsere Motorräder. Jeden Tag können wir von ein paar hundert Raketen erwischt werden, ein Schwarm tödlicher Vögel, die nach Westen flogen für einen langen Winter. Nur Schüssel-Shops und Mädchenschulen würden übrigbleiben.

»Sie sind klüger als wir, die Schweine. Der Feind ist das immer. So mußt du denken, weißt du. Sie nageln uns fest, und nur ein Ort ist sicher.«

»Kentucky?«

»Nein, Scheiße! Sie werden Fort Knocks knacken, als wär's aus Gummi. Der einzige Staat, der nicht voller Fallout sein wird, ist Idaho. Das haben Experten rausgekriegt. Und Idaho«, er senkte die Stimme zu einem rauhen Flüstern, »Idaho ist unsere Basis. Da sind immer welche von unseren Leuten. Eine Untergrundstadt.«

»Ihr seid bereit?«

»Ya Fucking A! Willst du wohl 'n Mutant mit halbem Gesicht und grünem Haar werden? Deine Kinder blind und ohne Schwanz geboren. Leben wie Schweine. Ich nicht!«

Winner klopfte auf das Messer an seiner Hüfte. »Siehst du diese Klinge, Bruder? Der Griff ist hohl. Da drin habe ich ein paar Pillen gegen Radioaktivität. Die muß ich nur nehmen. Kein Problem, wenn deine Haut abfällt. Es ist nicht schlimm zu sterben, es kommt darauf an, wie du gehst. Am besten du kämpfst, denn wenn du stark stirbst, bist du im nächsten Leben stärker. Wenn du feige gehst, kommst du noch schlimmer wieder. Das ist bewiesen. Wissenschaftler sagen das. Man muß allzeit bereit sein, denn vielleicht schlagen sie heute zu. Wir wissen es erst, wenn es zu spät ist, aber sie warten verdammt nochmal besser, bis ich Mama gesehen habe.«

»Ach, Winner. Wer ist dabei?«

»Ich und meine Brüder schon mal. Im Osten lauter Farmer. Warum zur Hölle bist du so neugierig?«

»Vielleicht braucht ihr noch Leute.«

Sein rechter Arm schoß zu mir herüber und packte mein Kinn. Sein Daumen drückte gegen meinen Kiefer, seine Finger sanken tief in meine Wangen. Er riß meinen Kopf zu sich herum und starrte mich an.

»Wie ist dein Nachname?« fragte er.

Ich sagte es ihm.

»Und der deiner Mutter?«

»McCabe.«

»Bist du bereit, auf die Flagge und die Bibel zu schwören, daß du rein weiß bist? Kein Tropfen Nigger, Mex, Arab oder Indianer in dir?«

Ich nickte, bis mein Kopf wehtat und mein Kiefer sich anfühlte, als würde er jeden Augenblick brechen. Er ließ los.

»Sorry, Junge«, sagte er. »Aber darum geht es.«

»Was?«

»Wir.«

Das bleibt das beängstigendste Wort, das ich jemals in meinem Leben voller Gespräche mit Fremden geflüstert gehört habe. Flüche konnte man ignorieren, Schwachsinn verdrängen. Aber »Wir« war gräßlich. »Wir«, das bedeutete, Lynchmobs und Bandenvergewaltigungen, Bücherverbrennungen und Genozid. »Wir« war das Synonym für Kontrolle, die bittere Befriedigung der Wahrheit, gespiegelt in einem angelaufenen Spiegel. »Wir« implizierte ein »Sie«, und alle »Sies« waren reif für die Zerstörung. Aristoteles war der erste: »Es gibt Griechen, und es gibt Sklaven.«

So überraschend, wie er zu reden begonnen hatte, wurde Winner still. Die Wirkung der Amphetamine ließ nach, lähmte seine Zunge, ließ ihn zusammensacken. Wir waren hoch oben in den Bergen. Meilenweit stapelten sich Wolken übereinander, ihre Bäuche vom Sonnenuntergang rot gefärbt. Im Osten wurde die Luft violett.

»Mutanten, Spione, Kommis«, murmelte Winner. »Sofort schießen. Verbrennt die Kadaver. Wachsam bleiben.«

»Jupp.«

»Ya fucking A! Sie ham Satelliten, die von tausend Meilen weit oben ein Foto machen können. Wo jedes Haar auf deinem Arsch drauf ist.«

Die Droge hatte ihre Schuldigkeit getan. Winner hielt an, und wir tauschten die Plätze. Weniger als eine Minute später schlief er den unruhigen Schlaf der Speed-Freaks, und ich betrachtete die Tattoos auf seinem Arm. Ein Augapfel thronte auf einer Pyramide, die auf einem Schädel saß. Spinnweben überzogen die Fingerknöchel. Die Zahl 13 hockte auf seinem Daumen. In dessen Fleisch war eingeätzt: »Born dead.«

Ich lehnte mich aus dem Fenster und ließ den Wind mein Gesicht schrubben. Sterne punkteten den Nachthimmel wie aus einem Zufallsgenerator. Ein voller Mond umrahmte die Berge. Käferleichen verschmierten die Windschutzscheibe, sie erinnerten mich an Al. Vielleicht hatten er und Winner recht – die Welt war am Ende. Die globale Auslöschung wäre besser, als alt zu werden; Himmel und Reinkarnation waren dieselbe Garantie. Niemand surft auf dem Fluß Styx.

Winner ließ mich in der Morgendämmerung in der Nähe einer Stadt namens French Gulch raus, und ich folgte dem Highway 299 Richtung Westen zur Küste. Eine Woche lang wanderte ich die Küste, die spanische Entdecker ursprünglich für eine Insel gehalten hatten, entlang. Die Wüste röstete die ganz Alten und die ganz Jungen. Siedler passierten die Leichen ihrer Vorgänger. Jetzt werden in Los Angeles siebzig Sprachen gesprochen, und wäre Kalifornien ein eigenes Land, wäre es das sechstproduktivste der Welt. Der Staat war wie das Ende eines Piers voller Fischer mit gespannten Leinen, die alle auf den großen Fischzug hofften.

In der ersten Nacht schlief ich am Strand. Mein Rucksack wurde von zwei Jungs auf Fahrrädern gestohlen. Ich ging in ein Obdachlosenheim, wo eine Reihe Bettlaken den schmutzigen Boden überzog. Damit ich im Schlaf nicht noch weiter bestohlen wurde, ließ ich einen Arm in meiner Jacke stecken und rollte meine restlichen Klamotten zu einem Kissen zusammen. Statt als Kamerad mit meinen Brüdern empfand ich mich als Bessergestellten. Diese Typen waren am Ende, ich nicht. Im Heim gab es Männer, die nachts arbeiteten und ihr Geld für eine Geschlechtsumwandlung sparten, Männer, die tuberkulöses Blut spuckten, Männer, die ihr Appartement an Immobilienhaie verloren hatten und ihre Jobs an Automaten.

Wir alle taten so, als wären wir nicht wirklich heimatlos. Jedes Gespräch begann mit den Erfolgen der Vergangenheit und wandte sich dann in die Zukunft. Die Gegenwart wurde niemals erwähnt. Wir lebten in einem Zwischenzustand, jeder glaubte, er sei dort schneller raus als die anderen. Zigaretten waren Währung. Reden war Verteidigung. Ich plapperte die ganze Zeit, und sie ließen mich allein.

Ich verbrachte meine Tage am Strand, aß Tacos und starrte Frauen in schicken Badeanzügen nach. Sie rasierten sich das Schamhaar, um mehr Fleisch zeigen zu können. Niemand sah mich an. Ich war unsichtbar, ein Nichts. Ich verzehrte mich nach jeder Frau, die vorbeiging, verstand aber, daß es für mich nichts gab als Phantasie. Zweimal wurde ich von Surfern vom Strand verjagt.

Ich fing an zu zeichnen, signierte und datierte jede Skizze und ließ sie vor den Gezeichneten liegen. Ich stellte mir vor, daß ein Kunsthändler meinen Wegen folgte und jede Zeichnung aufbewahrte. Irgendwann würde er mich erreichen und mir ein Studio sowie eine Ausrüstung anbieten, damit ich meine brillanten Skizzen endlich in Gemälde umsetzen könnte. In der Zwischenzeit wandelten sich meine Tagebucheinträge zu langen Exkursen gegen das Schreiben und für die bildenden Künste, Versuche, mich selbst zu überzeugen, Zeichnen wäre ein stärkeres Medium als Schreiben. Schließlich gewann die Kunst diese Privatfehde. Ich hatte die Sprache erfolgreich genutzt, um mich von ihrem Gebrauch abzuwenden.

Einmal sah ich, wie ein Mann eine meiner Zeichnungen fand, die ich zwischen die Latten eines Picknicktisches geschoben hatte. Er war gut angezogen und hatte eine Aktentasche bei sich. Ich näherte mich ihm, wartete darauf, erkannt zu werden. Er nahm das Papier und warf es in den Mülleimer. »Hey«, sagte ich. »Das ist meins. Ich hab das gemalt.«

»Mein Gott«, sagte er. »Jetzt muß ich mir meine verdammten Hände waschen. Ihr Penner seid schon schlimm genug, wenn ihr euren Müll nicht überall rumliegen laßt.«

Meine Selbstwahrnehmung änderte sich schlagartig: Ich schlief in einem Obdachlosenheim und erzählte mir Geschichten über mich selbst. Ich stahl Papier und Bleistift, um etwas zu hinterlassen. Niemand kannte mich oder wußte, wo ich war. Plötzlich begriff ich, daß Sterblichkeit trivial war. Mir war schwindelig, ich war bis ins Mark erschüttert. Ein Fremder hielt mich für Müll, der noch mehr Müll produziert. Ich beschloß, nie wieder zu zeichnen. Ich würde Theaterstücke schreiben. Das wäre einfach. Stücke sind nichts als Gerede, und ich würde einfach jedes Wort, das ich hörte, aufschreiben und sie dann zusammenfügen. Mein ganzes Leben hatte auf diese Entscheidung hingeführt. An der Küste des letzten Zipfels Amerikas hatte ich meine wahre Bestimmung entdeckt.

Kalifornien war jedoch der falsche Platz, um meine neue Karriere zu starten, und so verließ ich am folgenden Morgen das Meer. Im Bus zur Stadtgrenze füllte ich ein paar Seiten mit Gesprächsfetzen, die ich von nahegelegenen Sitzen erhaschte. Diese Notizen würden die Basis für meine erste

Arbeit sein, einen Einakter über das Busfahren. Ich war wieder unterwegs. Ich hatte einen Plan. Die Zukunft war golden.

Heute scheint die Sonne nicht, nur graues Licht dringt zum Boden. Blattlose Bäume zäunen den Himmel ein. Schneeflocken sind zur Erde gestaubt. Genug, den Wald zu verändern. Die Temperatur ist auf minus sieben Grad gestiegen, und die Wärme hat die Vögel in die Bäume getrieben. Die Meise ist am tapfersten, der Zaunkönig am fröhlichsten. Die kleinen Tiere lassen mich näherkommen, bevor sie sich entfernen. Die größeren – Rentier, Fuchs, die Bären in Kentucky – fliehen alle, wenn ich komme. Dasselbe gilt für Menschen. Wenn wir klein sind, lassen wir andere nah heran, dann beginnen wir, uns zurückzuziehen, bis die Alten dann schrecklich allein sind.

Im Wald gibt es einen uralten Walnußbaum, längst tot, aber noch aufrecht stehend, sein Stamm breit wie ein Kleinwagen. Der Baum ist verrottet, sein Stamm hohl. Unten gibt es eine Öffnung, groß genug, um hineinzukriechen. Ich habe begonnen, mich in dem Baum niederzulassen. Niemand weiß, daß ich das tue.

Ich bin auf dem Weg zum Walnußbaum, als ich etwas rieche, bevor ich es sehe. Es ist dieser süße, ekelerregende Geruch, den man, hat man ihn einmal kennengelernt, immer wiedererkennt. Ich schnüffle in alle Richtungen und beobachte die Windrichtung. Der Geruch kommt aus Westen. Ich gehe dorthin. Tierspuren führen in feinen Linien wie ein Spinnennetz auf die Lichtung. In der Mitte liegt ein Berg durchsichtiger Plastiktüten, einige sind aufgerissen. Es sind Gefriertüten, die gehäutete Kleintiere beinhalten. Sehr präzise Arbeit. Jeder Schenkel hat einen sauberen Schnitt über dem Knöchel, die Pfote selbst hat noch Fell. Die Tiere sehen aus, als trügen sie Handschuhe. Ein haarloser Schwanz liegt im Schnee wie eine Schlange. Ich erinnere mich, gelesen zu haben, daß ein Prozent aller Menschenbabys bei der Geburt einen winzigen Schwanz hat, der abgeknipst und weggeworfen wird.

Die Windrichtung wechselt und drückt mir den Geruch ins Gesicht. Ich habe das Gefühl, als krallte er sich an meiner Haut fest. Eine Tüte sieht aus wie eine Fruchtblase mit einem Baby darin. Ich gehe schnell davon; die Hälfte aller Schwangerschaften wird nicht ausgetragen, manchmal stirbt der Fötus erst spät in der Gebärmutter, im zweiten oder dritten Trimester. Dann wird die Geburt eingeleitet. Die Frau muß sehr leiden, obwohl sie vorher weiß, daß sie einem bereits toten Baby ins Licht der Welt hilft.

Ich muß anhalten, mir ist schlecht. Ich bin wütend, daß ich so denke, daß ich diese Vorstellungen nicht verdrängen kann. Eine blasse horizontale Markierung schimmert auf Hüfthöhe, wohin ich auch sehe. Wenn ich mich darauf konzentriere, verschwindet sie. Neugier vertreibt die Übelkeit, ich frage mich, ob ich zu isoliert lebe, zuviel Zeit allein im Wald verbracht habe. Während ich darüber nachdenke, erscheint die Markierung wieder. Sie ist nicht in der Luft, sondern auf den Baumstämmen, meine Augen haben sie nur über den leeren Raum hinweg verlängert. Aus der Nähe ist sie dünn, beinahe unsichtbar. Wenn ich geradeaus blicke und den Kopf langsam drehe, kann ich sie sehr deutlich auf allen Bäumen sehen. Die Hinterlassenschaft des Hochwassers aus dem letzten Frühjahr.

Vor dem hohlen Walnußbaum gehe ich in die Knie und krieche hinein. Das Licht fällt von oben herein, wo die Krone gespalten wurde und hinabgestürzt ist. Das erste Mal, als ich hier war, entdeckte ich Tierspuren, aber die gräßliche Gegenwart eines Menschen reicht, um Eindringlinge fernzuhalten. Ich sitze auf meinen Fersen wie die alten Männer daheim, das

Gewicht auf meinen Hacken, auf jedem Knie einen Ellenbogen. Von innen ist die Rinde trocken wie ein Flußbett im Sommer. Von hier aus kann ich ungesehen in den Wald spähen. Ein Specht bearbeitet in der Nähe einen Baum, jedesmal, wenn sein Schnabel das Holz trifft, zwinkert er. Täte er das nicht, würde der Druck seine Augen aus dem Schädel schleudern.

Es gibt einen winzigen Unterschied zwischen dem Alleinsein – dieser inneren Gefahr – und der Abwesenheit anderer, die mich einsam macht. Rita macht beides weniger schlimm. Vielleicht wird das Baby die Einsamkeit weiter reduzieren, so daß ich den Wald weniger brauche. Ich begreife, daß ich rückwärts denke, es ist das Kind, das auf mich angewiesen sein wird. Vielleicht wird es niemals mein Freund werden.

Gewehrschüsse hallen über den Fluß, ein Jäger scheint ein Rentier gesichtet zu haben. Mit einer Waffe in den Wald zu gehen, verändert die Wahrnehmung; man bewegt sich nicht länger auf demselben Grund, teilt nicht mehr Zeit und Raum. Der Speer notwendiger Jagd ist durch das Sportgewehr ersetzt worden. Ich habe das verbotene Opossum, die Schlange, den Waschbär und das Pferd gegessen, genau wie das Kaninchen, das Eichhorn und das Rentier. Alle Gaben des Waldes sind mir willkommen. Heutzutage jedoch pflege ich ein friedliches Verhältnis zur Natur.

Leben zu nehmen ist ebenso biologisch bedingt, wie Leben zu geben. Jedes Tier tötet, um zu leben. Früchte zu essen, Gemüse und Korn, ist kein Ausweg; auch Pflanzen leben. Sie haben ein Geschlecht und eine Heimat, leiden, wenn man ihnen wehtut, und können sich selbst heilen. Baumstümpfe sprießen jedes Jahr, ein Wachstumsschub, den Wurzeln, die noch Wasser ziehen, verursachen. Ich glaube, wie ein Amputierter, dessen fehlendes Bein schmerzt, weiß der Baum, wenn ein Zweig fehlt.

Den Walnußbaum zu verlassen ist schwieriger, als in ihn

hineinzulangen. Ich liege auf dem Rücken, stemme meine Stiefel gegen die Innenseite des Stammes und drücke mich, Gesicht nach oben, hinaus in den Wald. Der Specht dreht den Kopf und sieht mich an. Als ich aufstehe, fliegt er fort.

Ich umrunde sorgsam den toten Tierberg, dann entscheide ich mich dagegen. Ein Vater muß alles ertragen. Ich versuche, meine Sichtweise zu öffnen, genauso, wie sie mir geholfen hat, das Wasserzeichen an den Bäumen zu sehen. Ich denke an die Spechte, die erblindet sind, bevor die Spezies gelernt hat zu zwinkern.

Lebewesen nutzen die Toten als Futter, ich denke, daß dies kein Massengrab oder das Omen einer Fehlgeburt ist. Es ist einfach nur der Überrest einer anderen Welt. Ein Trapper hat seine Kühltruhe für eine bessere Beute ausgeleert, vielleicht für ein Rentier. Präriewinter sind hart, und er hilft den Tieren zu überleben. Die Pelze haben dem Trapper Geld verschafft, das Rentier Essen, jetzt hat er sich beim Wald revanchiert. Auf unsere eigene Weise leben Rita und ich in einem ähnlichen Kreislauf, geben uns in die Welt. Nachdem das Baby geboren ist, werden die Stadien der Kindheit uns die Jahreszeiten ersetzen.

Ich blicke zurück auf den hohlen Walnußbaum und nicke einmal mit dem Kopf, froh, daß niemand hier ist, der mich sieht. Ich verlasse den Wald, meine Spur kreuzt die Tierspuren in einer eigenartigen Geometrie. Hinter mir sucht der Specht nach lebenden Larven. Vor mir wartet Rita, wartet ganz ruhig. Sie hat ihr eigenes Hochwasserzeichen zu beobachten. Bald wird der Schnee davonfliegen, salzfarben und nach Leben riechend.

Im Regen schlafen nur Soldaten, Tiere und Tramper. Ich war nie sonderlich gut darin. Das Wasser ließ meinen Rucksack schwer werden. Der Regen setzte sich in meinen Brauen fest und lief bei der geringsten Bewegung in meine Augen. Um vier Uhr morgens, naß und klamm, sind alle gleich. Nie schien die Dämmerung so wunderbar. Vogelzwitschern bedeutete, man würde bald sehen können, wie die Sonne den Dampf aus den Klamotten steigen ließ. Auf diese Weise begann ich meinen Sommer in Alabama.

Die Sonne stand tief am Horizont, als der erste Wagen eines langen Konvois in meine Richtung fuhr. Auf dem Truck standen in roten, verschnörkelten Buchstaben die Worte: »Handley Zirkus, größte Show der Welt«. Truck um Truck fuhr vorbei, jeder bewarb unglaubliche Attraktionen. Pferdeäpfel fielen aus einem Anhänger. Allerlei Wohnwagen folgten, doch keiner hielt und niemand winkte. Der letzte Wagen geriet außer Sicht, und ich fühlte mich, als hätte ich eine Fata Morgana gesehen, das Phantom einer Wagenschlange, die einsame Tramper in Verwirrung stürzte.

Aus dem Westen hallte das Geräusch eines weiteren Trucks herüber, der in niedrigem Gang heranächzte. Der Fahrer ließ die Beifahrertür aufschnappen ohne anzuhalten.

»Schnell«, sagte er. »Ich kann nicht anhalten, sonst ist Peaches sauer.«

Ich packte den Seitenspiegel und sprang auf das Trittbrett, dann quetschte ich mich auf den Sitz.

»Danke«, sagte ich.

»Kein Problem. Ich war schon oft auf der Flucht.«

»So ist es nicht.«

»So ist es nie«, sagte er. »Kannst du mir fünf Mäuse pumpen?«

»Ich bin pleite.«

Er faßte in seine Hemdtasche und gab mir einen Fünf-Dollar-Schein. Er spuckte Tabaksaft aus dem Fenster.

»Bring Peaches was zum Schnabulieren«, sagte er. »Sie liebt Geschenke.«

»Wer ist Peaches?«

»Meine beste Freundin seit fünfzehn Jahren. Der Zirkus ist meine Geliebte, aber Peaches ist meine Frau.«

So wie der Truck bei dem langsamen Tempo schwankte, vermutete ich, er wäre mit der »fettesten Frau der Welt« verheiratet, die nicht ins Fahrerhaus paßte. Naja, wenn er seine Frau in den Anhänger steckte, war das sein Problem.

Barney war sein ganzes Leben beim Zirkus gewesen, das lag an »den Sägespänen in meiner Nase, als ich ein kleiner Hosenscheißer war«. Er bot mir einen Job an und sagte, ich schuldete ihm ohnehin schon einen Lincoln. Kost und Logis waren im Lohn eingeschlossen. Vier Stunden später fuhren wir durch eine kleine Stadt und gesellten uns zu den übrigen Wagen, die wie die von Westernpionieren im Kreis auf einer großen Grasfläche standen. Barney hopste aus der Kabine und gab mir eine Harke.

»Hark die Steine hinter dem Truck weg, dann mach einen Pfad zum großen Zelt.«

Barney stieg auf die hintere Stoßstange und löste Ketten, größer als die, die Holzfäller benutzten. Er klappte das Tor herunter und legte die großen grauen Flanken eines Elefanten frei. Barney sprach beschwichtigend mit Peaches, entschuldigte sich für die lange Reise, bot ihr Wasser und Heu an, wenn sie aus dem Anhänger herauskäme. Sie reckte einen Fuß nach hinten. Ich hastete so schnell davon, daß ich stürzte. Rauhes Gelächter hinter mir.

»Was für ein Sturz, was für ein Sturz! Den müssen wir haben!«

»Geh rüber, Rover, du bist ein Dummkopf!«

Zwei Zwerge glotzten mit Riesenköpfen auf halslosen Körpern. Einer machte einen Überschlag, dann stieg er auf die Schultern seines Kumpels. Sie näherten sich mir, hatten jetzt meine Größe, wedelten wie Schlangen mit den Zungen. Ich hielt die Harke vor meinen Körper.

»Rover hat 'ne Harke«, sagte einer.

»Wer ist denn hier der Starke?«

»Werfen wir ihn über den Wall.«

»Das klingt gut.«

Der obere Zwerg trat den unteren gegen den Kopf.

»Knall«, sagte der obere. »Du hättest sagen müssen: ›Das gibt'n Knall‹, damit es sich reimt.«

»Tritt mich nicht.«

Der untere Zwerg biß seinem Partner ins Bein und sie taumelten. Peaches reckte den Rüssel hoch und trötete erleichtert, endlich wieder Erdboden unter den Füßen zu haben. Barney kam mit einem langen Stock, der in einem Haken endete, um sie herum.

»Hey, ihr Schwachköpfe«, rief er. »Peaches mag Häppchen wie euch.«

Die Zwerge hasteten davon und hopsten auf die Metallstufen eines Wohnwagens.

»Ich mach einen Koffer aus ihr«, sagte der eine.

»Blumenkübel aus ihren Füßen.«

»Einen Dildo aus ihrem Rüssel.«

Peaches betrachtete mich mit einem Auge von der Größe meiner Faust. Dicke Haarbüschel machten aus ihrem Körper ein Stoppelfeld. Mit einem schwarzen Ring an ihrem Hinterbein war sie an den Truck gekettet.

»Bleib von den Shrimps weg«, sagte Barney. »Nimm dich auch vor den Clowns in acht. Und wag es bloß nicht, die Papageien-Frau anzusehen. Nicht mal von hinten. Sie merkt es.«

Ich nickte, akzeptierte die Informationen ohne jede Möglichkeit, sie zu begreifen.

»Geh zu den Trucks und frag nach Flathead. Sag ihm, du bist mein Laufbursche.«

Ich ging über das Feld, hörte überall Geschrei und Flüche. Niemand sprach normal. Die Menschen richteten Sideshows – Zelte mit Nebenattraktionen – ein, verlegten Elektrokabel, luden Tiere aus. Eine Menge Leute arbeitete an den vier Trucks, die mit gefalteten Zeltbahnen beladen waren. Flatheads Locken waren kurz geschnitten, als wollte er noch deutlicher machen, daß sein Kopf tatsächlich oben flach war. Er sagte, ich sollte ein Donicker graben.

»Was?«

»Das Donicker-Loch. Was ist, pißt du nicht? Jeder pißt. Grab zwei Löcher, du.«

Er gab mir eine Schaufel und schickte mich zu den Wohnwagen. Niemand kümmerte sich um mich. Ich tat meine Arbeit und ging. Ein Mann marschierte an mir vorbei und urinierte gelassen ins Loch.

Ich kehrte zu Flathead zurück, der mich der Zelt-Crew zuteilte, wo ein paar Hände fehlten. Trucks umrundeten das Feld und hielten an bestimmten Punkten, markiert mit in den Boden getriebenen Eisenstäben. Mehrere Männer zerrten die gefalteten Zeltbahnen aus einem Anhänger. Ich war ein Runner. Wenn man schnell genug zieht, steigt das Leinen in die Luft. Es ist dann nicht mehr so schwer und leichter zu handhaben. Ein anderer Mann und ich packten je eine Ecke einer Zeltbahn und rannten so schnell wir konnten, um sie auszubreiten, kehrten dann zurück, packten die nächsten Ecken und rannten wieder los. Das Leinenzelt raspelte meine Hände blutig.

Als die Bahnen ausgelegt waren, banden wir sie zusammen, während erfahrenere Männer die Bahnen am Hauptmast befestigten. Auf dem Zelt zu gehen, barg das Risiko, es zu zerreißen, also krochen alle wie die Käfer, selbst Flathead. Es folgte der komplizierte Prozeß, die Spitze zu binden, eine Bahn nach der anderen, ganz gleichmäßig. Meine Aufgabe war es, ein Seil zu halten, bis Flathead brüllte, ich sollte es loslassen. Es erinnerte mich an Wasserskifahren – unglaubliche Anspannung, während man stillsteht.

Nach neun Stunden wurde Peaches angeschirrt und richtete den letzten Mast auf. Das ganze Zelt wanderte nach oben. Alle sahen zu, spürten den zunehmenden Zug auf den Seilen. Innen bauten wir im Dämmerlicht drei Blöcke zusammenklappbarer Bänke auf, während die Elektriker und Techniker uns verfluchten. Flathead verkündete, wir seien fertig, und alle fragten, ob die Flagge schon gehißt sei. Wir taumelten hinaus in das Licht der Nachmittagssonne. Es war so hell, daß wir einander umstießen. Die erschöpften Männer hasteten davon, ich folgte der Herde. Da ich nicht verstanden hatte, daß eine gehißte Flagge bedeutete, es gäbe Essen, war ich der letzte. Schlimmer, als die Reste des Eintopfes zu bekommen, war, zu wissen, daß alle anderen in den Topf geschwitzt hatten.

Ein Koch schickte mich zum Schlafwagen für die Zeltjungen. Vier Kojen übereinander an jeder Wand, ein schmaler Flur den Wagen entlang. Unser kollektiver Schlafraum war ein mobiler, lichtloser Korridor, in dem es sehr heiß war und nach ungewaschenen Körpern roch. Das Schnarchen hallte zwischen den Metallwänden, ich fand eine leere Koje und legte mich auf eine bücherbordbreite Matratze.

Wir blieben drei Tage in der Stadt, lange genug, daß ich meinen ersten Job verlieren konnte. Der Candy wurde in winzige Stücke geschnitten, die Füllungen aus Backenzähnen ziehen konnten. Ich konnte ihn nicht aggressiv genug anpreisen, um den Chefverkäufer zufriedenzustellen, einen zynischen, hinkenden Mann. Er war Trapezkünstler gewesen, bis ein Sturz seinen Knöchel ruiniert hatte. Sein Künstlername war Colonel Kite gewesen, jetzt nannten ihn alle Colonel Corn. Nach meinem Fehlschlag als Candy-Verkäufer entschied er, daß er mich mochte, denn ich war weniger abhängig von einer Anstellung als er. Der Colonel gab mir großzügigerweise den niedrigsten Job: Wachspapier um den Candy falten.

Die Hierarchie im Zirkus war von der komplexen Einfachheit des Militärs. Die, die stehend auf den Pferden ritten, waren ganz oben, es folgten die Trapezkünstler, die Tierbändiger, die Clowns, der Conferencier. Sideshow-Freaks standen auf dem mittleren Level. Alle anderen waren die Unterklasse, sie machten ihre Hackordnung untereinander aus. Zeltjungen waren die untersten. Dann kam niemand mehr, außer Minderheiten und Homosexuellen.

Die Techniker schienen den einfachsten Job zu haben, und ich fragte Krain, den Lichtmann, um Arbeit. Er führte mich eine steile Leiter hoch an seinen Platz. Dort gab es eine metallene Schalttafel mit mehreren Hebeln, die die Intensität des Lichtes regulierten. Krain zog ein Kabel aus dem Bord, teilte die beiden Adern, steckte sich je eine rechts und links in den Mund und biß die Zähne zusammen. Dann schob er langsam einen der Hebel hoch. Seine Augen wurden riesengroß, seine Lippen verzogen sich zu einem makabren Grinsen. Bei einem Viertel der Energie begannen sein Kopf und seine Schultern zu zittern. Er schob den Hebel wieder herunter, nahm stumm das Kabel aus dem Mund und hielt es mir hin. Ich kletterte die Leiter wieder hinunter.

Die Trapezkünstler und Reiter ließen sich nie dazu herab, mit jemandem zu sprechen. Als Europäer hielten sie sich für überlegen. Die zwei Clowns waren sehr lustig, ich lachte noch lange nach ihren Auftritten. Am freien Tag gingen sie fischen. Einmal folgte ich ihnen, hoffte auf ungeahnte Einsichten in die private Welt professioneller Clowns. Ich beobachtete sie aus den Büschen. Sie hatten Metallschachteln bei sich und warfen ihre Köder aus wie normale Menschen. Sie saßen da und sagten nichts. Wenn einer einen Fisch fing, nickte der andere. Das einzig unübliche war ihre Methode, den Fisch vom Haken zu nehmen. Sie rissen ihn einfach herunter und zerfetzten dabei die Innereien des Fisches. Oft bluteten die Tiere aus den Kiemen.

Niemand mochte die Zwerge, denn sie verdienten mehr als alle anderen, und sie mißachteten die Zirkustradition, indem sie ihr Geld nicht verpraßten. In jeder neuen Stadt erkundigten sie sich zuerst nach den aktuellen Börsenkursen.

Neben Peaches hatte der Zirkus drei trottelige Tiger, die auf ihren Hinterbeinen hockten, als bettelten sie, auf Stühlchen sprangen und sich auf einem großen Kasten zusammendrängelten. Ein Mann, der gekleidet war wie eine Frau, knallte mit der Peitsche über ihre gestreiften Flanken. Ich mißtraute ihm, bis der Colonel mir sein Kostüm erklärte – das Publikum war von einer Tigerbändigerin viel stärker beeindruckt als von einem Tierbändiger. Die Erzfeindin des Tierbändigers war die Papageien-Frau, die ihn verachtete. Die Zwerge nannten sie »einen hochmütigen Krebs«.

Sie war Teil einer Sideshow mit einem ständig betrunkenen Zauberer, einem trainierten Walroß und einem dünnen Schlangenmenschen, der sich verknoten konnte. Es gab einen starken Mann, der am Konsum von Steroid krepierte. Sein Bruder war ein Feuerspucker, der mir verriet, das schwierigste sei, nicht zu niesen.

Der beliebteste Akt war die Papageien-Frau. Sie hatte als gewöhnliche Schwertschluckerin angefangen, aber wie alle hatte sie ihr Einkommen durch den Ausbau ihrer Nummer erhöhen wollen. Fünf Jahre später war sie der größte Anziehungspunkt der Sideshow. Frauen und Kinder waren in ihrem Zelt nicht erlaubt. Das große Schild MEN ONLY lockte schon viele an, und an ruhigen Abenden wurden Teenager zum doppelten Preis eingelassen. Ich sah ihr jede Nacht zu. Das Zelt war immer voll, heiß und eingenebelt von Zigarettenrauch. Sie kam von links auf die Bühne, trug ein hochgeschlossenes, langärmeliges, weißes Abendkleid, in dem sie aussah wie eine Aristokratin. Das Publikum schwieg unter ihrem starren Blick. Nach einer langen Stille begann sie zu sprechen, mit so leiser Stimme, daß sich alle anstrengen mußten, sie zu hören. Jede Nacht erzählte sie den schmutzigsten aller Witze, erzählte von Schwänzen, Fotzen und Ficks so beiläufig wie die Gattinnen der Männer über Kinder und Kochen reden würden. Im Zelt mischte sich ein spürbares Schuldgefühl mit Lust, die Männer sahen einander nicht an.

Die Papageien-Frau stand ganz still. Sie blickte nach rechts und hob eine Hand an ihr Ohr. Leise Kammermusik driftete durch das Zelt. Mit der Grazie eines Modells erhob sie sich von ihrem Stuhl und begann einen schrecklich langsamen Strip – von innen nach außen. Zuerst entledigte sie sich des Slips, ihrer Schuhe, Strümpfe und ihres Unterrocks. Zuletzt zog sie BH und Miederhöschen aus. Niemand rührte sich. Jeder wußte, daß sie unter dem Kleid nackt war. Das war aufregender, als wenn sie tatsächlich nackt gewesen wäre.

Sie starrte ins Publikum und fing an, ihr Kleid aufzuknöpfen, vom kinnhohen Kragen nach unten. Sie hielt es zusammen und knöpfte weiter bis zu ihrem Bauch. Die Männer beugten sich vor, ohne daß es ihnen bewußt wurde. Wenn ihre Arme die Knöpfe nicht mehr erreichen konnten, drehte sie sich um. Der lange Rock verbarg ihre Beine. Nichts war sichtbar, außer ihrem leicht gebeugten Kopf und dem langen Kleid, von dem jeder wußte, daß es vorne offen war. So blieb sie eine lange Zeit stehen. Statt sich zu einem Crescendo zu steigern, brach die Musik ab. Die Scheinwerfer wurden zu einem Spotlight. Sie ließ das Kleid von den Schultern fallen. Die Männer keuchten, als hätte jeder einen Schlag in den Magen bekommen.

Tätowierungen leuchtend bunter Tropenvögel bedeckten ihren Körper. Zwei Papageien saßen einander auf ihren Pobacken gegenüber, die Schnäbel bohrten sich in die Spalte, die Schwanzfedern reichten bis hinunter auf ihre Beine. Ein bunter Schwarm schwirrte über Rücken und Schultern. Sittiche zwischen Tukanen und Paradiesvögeln. Dschungelgrün rankte zwischen den Vögeln entlang.

Langsam wandte sie sich um und zeigte eine rasierte Scham, von der aus ein paar goldene Schwingen über ihre Hüften liefen. Auf jeder Brust saßen zwei große, wunderschöne Papageien. Sie drehte sich langsam weiter, bis sie die Männer erneut ansah. Sie hielt eine lange Neonröhre in der Hand. Ein Elektrokabel führte hinter den schwarzen Vorhang. Sie spreizte die Beine, um sicherer zu stehen, und legte den Kopf in den Nacken. Nur ihr Hals und die Spitze ihres Kinns waren zu sehen. Sie hob die Neonröhre über ihren Kopf und schob sie ganz langsam in ihren Hals. Sie nahm die Hände weg und schaltete das Licht ein. Das Spotlight ging aus. Ihr Körper leuchtete von innen, die Vögel illuminierten in einem ätherischen, unheimlichen Licht wie eine Dschungeldämmerung. Sie schaltete das Licht aus, und im Zelt war es dunkel, abgesehen vom Sonnenlicht, das zwischen den Zeltbahnen hindurchleckte. Die Beleuchtung wurde wieder eingeschaltet. Die Bühne war leer. Sie war fort.

Die verdatterten Männer taumelten nach draußen und zwinkerten in die Sonne. Ich versäumte ihren Auftritt nie und versuchte immer, möglichst nahe an der Bühne zu stehen. Nach zehn oder zwölf Shows kannte ich die Vögel gut genug, um ihr in die Augen zu sehen. Ich erwartete blindes Starren, aber sie sah die Männer mit einer Mischung aus Wut und Verlangen an. Dann entdeckte sie mich. Ich war entsetzt, als hätte sie mich beim Spähen durchs Schlüsselloch erwischt, eine merkwürdige Umkehr der Logik. Am folgenden Tag blieb ich weit hinten stehen, aber sie fand mich. Ihr Blick fixierte mich während des gesamten Auftritts. Ich ging mit den anderen hinaus, fühlte mich ausgeliefert.

Mein Abbau-Job war, die Stangen zu ziehen, eine Aufgabe, die dem nutzlosesten Arbeiter zugeteilt wurde. Die Stangen waren Wagenachsen, die sehr tief in die Erde gerammt wurden. Um sie herauszuziehen, mußte ich zuerst die Erde lokkern, indem ich mit einem Vorschlaghammer auf den Boden schlug. Manchmal arbeitete ich rhythmisch, dankbar für die einfache Wiederholung. Andere Male schlug ich wild um mich.

Ich räumte meine Schlafkoje, als unter den Arbeitern Läuse grassierten und wir uns kratzten wie Junkies. Wenn wir die Hände voll hatten, wanden wir uns hin und her, um den Juckreiz zu mildern. Ich kochte meine Klamotten aus, und mir wurde übel, als ich die geschwollenen Eier aus den Nähten quellen sah. Da ich Kost und Logis frei hatte, reichte mein Lohn nicht, um neue Sachen zu kaufen. Als meine Zahnbürste durchbrach, entschied ich mich zu gehen.

Ich sagte es Barney, der meinte, er würde Flathead vorschlagen, ich könne als Tierpfleger-Helfer zur besonderen Verwendung arbeiten. Die nächsten zwei Wochen reisten wir durch den tiefen Süden. In vielen Kleinstädten gab es im Zirkus eine Nacht für Schwarze und eine für Weiße. Die Matinees am Sonntag waren die einzige integrierte Vorstellung, aber die Gruppen mischten sich nicht. Ich mistete aus, holte Futter und Wasser und brauste Peaches zweimal am Tag ab. Barney borgte mir Geld auf meine Gehaltserhöhung. Ich kaufte mir Klamotten und eine Zahnbürste. Glücklicherweise hatte ich mein Tagebuch im Handschuhfach von Barneys Pick-up verstaut. Alles andere war aus dem Schlafwagen gestohlen worden.

In meinem neuen Job war ich wieder mehr für mich. Ich schlief unter dem Truck und hatte Zeit, mein Tagebuch zu schreiben. Ich las niemals, was ich geschrieben hatte. Das war die Vergangenheit, mein Tagebuch war der Beweis, daß ich in der Gegenwart lebte. Wenn etwas um mich herum geschah, dachte ich bereits darüber nach, wie ich es später aufschreiben würde. Ein neuer Eintrag begann, wo der letzte endete und reichte bis zur Gegenwart, zum jetzigen Schreiben. Jede

Seite war eine Geste in die Zukunft, eine Kodifizierung der Gegenwart. Auf diese Weise lernte ich, der Sprache zu vertrauen.

Die Tierbändiger waren eine verrückte Bande, sie stritten sich ständig, rauchten selbstgedrehte Zigaretten und hatten jeder nur einen Freund – ihr Tier. Bald schon rollte ich meine eigenen Zigaretten. Zwischen den Auftritten saßen wir im Kreis und diskutierten über die Vorteile und Gefahren verschiedener Tiere. Alle neckten Arnie, den Gorillatrainer, sein Job sei der einfachste. Gabe, der Gorilla, war alt und fast blind.

Eines Nachts wurde die Show abgesagt, weil ein Feuer in der Stadt vier Blocks zerstört hatte. Alle gingen aus, nur die Tierbändiger blieben bei ihren Tieren. Wir ließen eine Flasche Whisky kreisen und begannen mit dem üblichen Streitgespräch.

»Spiel dich nicht so auf, Barney«, sagte der Tigermann. »Elefanten sind keine so bösen Tiere.«

»Meine töten mehr Menschen als deine«, sagte Barney.

»Töten, darum geht es nicht«, sagte der Mann. »Eine Saison mit Zebras, und du würdest alles für einen bockbeinigen Esel geben. Zebras sind die schlimmsten.«

»Bullenscheiße«, sagte Arnie.

»Bei Gott. Drüben in Afrika ist der schlimmste Feind des Zebras der Löwe. Deswegen sind sie hinterlistige Kämpfer geworden.«

Die anderen schoben ihre Unterlippe vor und zogen die Augenbrauen hoch, das Tierbändiger-Zeichen der Zustimmung.

»Meiner Meinung nach«, sagte der Pferdetrainer, »ist das schlimmste ein Kamel. Ich hasse Kamele. Wo auch immer man steht, ist man nicht sicher, denn sie können auch zur Seite treten. Ich habe noch nie einen Seitentritt gesehen, der keinem das Bein gebrochen hat. Die Viecher sind stur wie Maulesel.«

Barney nahm einen Schluck aus der Flasche.

»Der Elefant ist das Tier, das dem Menschen am nächsten ist«, sagte er.

»Bullenscheiße«, sagte Arnie.

»Ist wahr«, sagte Barney. »Seine Hinterbeine beugen sich nach vorne, wie beim Menschen. Sie haben die Titten vorne, nicht am Rücken. Sie paaren sich, wann sie wollen.«

»Gorillas sind Menschen zehnmal näher«, sagte Arnie.

»Na, Katzen jedenfalls nicht«, sagte der Tigermann. »Ich kann hier nicht mitreden. Das einzige, was eine Katze ist, ist eine Katze.«

»Pferde sind gesprächiger«, sagte der Pferdetrainer.

»Bullenscheiße«, sagte Arnie. »Gabe und ich reden viel.«

»Ich hab was über Gorillas gehört, was du vielleicht weißt«, sagte Barney. »Aber ich würde vorschlagen, du fragst Gabe nicht danach.«

»Was?«

»Ein Gorilla hat einen Harem, nicht?«

Arnie nickte. »In der Wildnis.«

»Dann müssen sie den Mädels nicht allzu viel zu bieten haben, wenn du weißt, was ich meine.« Barney neigte den Kopf in meine Richtung. »Ich versuche, mich in Gegenwart des Jungen zurückzuhalten.«

Alle lachten, und der Tigermann gab mir die Flasche. »Der Junge weiß, was Sache ist«, sagte er. »Er hat die Papageien-Frau nicht einmal ausgelassen, seit er dabei ist.« Die Männer giggelten weiter.

»Soweit ich weiß«, sagte Barney, »hat der Gorilla die kleinsten Eier von allen Tieren auf der ganzen Welt. Sie schrumpfen, weil er nicht jagen muß.«

»Bullenscheiße«, sagte Arnie. »Sie sind so groß wie bei einem Mann.«

»Die verdammte Katze hat ihre ins Arschloch reingezogen«, sagte der Tigermann. »Ich muß mir ein anderes Tier suchen, wenn ich mit euch mithalten will.«

»Ist das wahr?« fragte der Pferdetrainer. »Mit dem Gorilla?«

»Nein«, sagte Arnie. »Gabes Eier sind so groß wie meine.«

»Das heißt nicht viel.« Barney grinste die anderen an. »Wir könnten einen Beweis dafür vertragen.«

Der Tigermann köpfte eine neue Flasche, nahm einen Schluck und schickte sie auf die Reise.

»Könnte schwierig sein, Gabes Eier zu erkennen«, sagte Barney. »So klein wie die sind.«

»Man muß ihn nur zum Stehen bringen«, sagte Arnie. »Wir können uns hinknien und ihn mit der Taschenlampe anleuchten. Sie sind ganz schön groß, du kannst mir glauben.«

»Chris, hinter dem Fahrersitz liegt eine Taschenlampe. Und hol auch die Elefantenstange.«

Ich marschierte durch die warme Sommernacht, suchte nach der Lampe und kehrte zurück. Die Männer wankten.

»Gabe wird das nicht gefallen«, sagte Arnie.

»Er wird es gar nicht begreifen«, sagte der Pferdetrainer.

»Wird er. Er ist klüger als jeder deiner Klepper.«

»Okay«, sagte Barney. »Wir machen es so, daß Gabe nicht weiß, was wir vorhaben.«

»Besser, keiner sagt was«, sagte Arnie. »Versprochen?«

»Geschäft«, sagte Barney.

Die Männer nickten. Wir gingen zum Gorillakäfig, der hinten an einen Truck gekoppelt war. Arnie hakte eine Banane an das Ende der Elefantenstange.

»Gabe«, flüsterte er. »Bist du wach?«

Gabes winzige, dicht beieinanderstehende Augen leuchteten rot im Licht der Taschenlampe. Arnie winkte mit der Banane. »Hast du Hunger? Ich hab dir einen Snack besorgt.« Er hob die Elefantenstange, bis die Banane über dem Käfig war, gerade außerhalb der Stäbe. »Komm und hol sie dir, Junge.«

Gabe stand vorn am Gitter. Wir knieten uns nieder, während Barney auf Gabes Genitalbereich leuchtete. Der Gorilla zog sich an den Stäben hoch. Seine breite Hüfte war voller Fell.

»Hoch, Gabe«, sagte Arnie. »Du hast sie schon fast.«

Der Gorilla reckte sich höher. Er stellte sein Gewicht auf ein Bein und angelte mit einer Hand durch die oberen Stäbe, nur wenige Zentimeter von der Banane entfernt. Er spreizte das andere Bein ab, um das Gleichgewicht zu halten. Ein Paar kastaniengroße Hoden waren hell erleuchtet. Die Männer lachten und grölten. Gabe sackte in sich zusammen und kroch in den Schatten. Die Männer lachten lauter.

»Verdammt!« brüllte Arnie. »Ihr habt versprochen, still zu sein.«

»Du hast gewonnen«, sagte der Pferdetrainer. »Aus Mangel an Beweisen.«

Er hielt Arnie die Flasche hin, doch der stieß sie beiseite. Arnie nahm die Taschenlampe und leuchtete durch die Stäbe. Gabe hatte sich in eine Ecke verkrochen, sein Kopf hing herunter. Er starrte uns unglaublich verletzt an, dann verbarg er seinen Kopf. Die Männer schwiegen und traten langsam zurück. »Ihr Hurensöhne«, sagte Arnie. »Ihr habt es versprochen!«

Er fluchte weiter in der Nacht, bis seine Stimme brach und wir ihn schluchzen hörten. Er fing an, leise mit Gabe zu reden. Ich kroch unter den Elefanten-Truck, um zu schlafen, erinnerte mich, wie besessen meine ehemaligen Mitbewohner von der Größe von Marduks Schwanz gewesen waren. Das Interesse von Männern an den Genitalien anderer Männer ist nicht so sehr sexuell, sondern vor allem genährt von der Frage, wie ihre im Vergleich zu denen aller anderen abschneiden. Die meisten Männer brauchen die Bestätigung, daß irgend jemand schlechter ausgestattet ist als sie, selbst wenn es ein Gorilla ist.

Nach dem Lunch strich Flathead immer über das Gelände, um sicherzugehen, daß alle bereit waren für die Nachmittagsvorstellung. Manchmal hatten die Clowns oder der Zauberer einen so bösen Kater, daß sie eine Spritze mit Sucrose und Dexedrin brauchten. Flathead hatte eine kleine Kiste mit vorbereiteten Spritzen bei sich. An diesem Morgen weigerte sich Gabe zu frühstücken und blieb in seiner Ecke hocken. Flathead wollte ihm eine Spritze geben, aber Arnie lehnte ab, er versprach, den Gorilla bis zur Vorstellung fit gemacht zu haben. Gabe schaffte keine der beiden Vorstellungen, Flathead war sauer. Wenn Gabe sich nicht zusammenrisse, sagte Flathead, würden sie ihn in einen mexikanischen Zoo schicken.

Die Tierbändiger gingen sich den ganzen Tag über aus dem Weg. Sie kümmerten sich um ihre Tiere und gingen ohne ein weiteres Wort zu Bett. Irgendwann spät in der Nacht weckte Barney mich, er zerrte an meinen Füßen. Die Tierbändiger standen in einem stummen Kreis. Der Pferdetrainer trat mit dem Schuh auf die Erde, der Tigermann ging auf und ab. Barney war sehr still, Arnie stand abgewandt allein. Barney gab jedem von uns eine Banane. Er ging zum Gorillakäfig und leuchtete sich mit der Taschenlampe selbst ins Gesicht.

»Es tut mir leid, Gabe«, sagte er. »Ich war ein bißchen betrunken. Als ich verheiratet war, habe ich meine Frau betrogen. Jetzt weißt du etwas über mich.« Er pellte die Banane und schob sie vorsichtig in den Käfig. Einer nach dem anderen entschuldigte sich bei Gabe, der bewegungslos im Dunkeln saß. Jeder sagte ihm etwas ganz Persönliches und gab ihm eine Banane. Als ich dran war, starrte ich in die Dunkelheit und murmelte mein größtes Geheimnis – den Transvestiten in New York. Gabe antwortete nicht.

Arnie war der letzte. Er weinte. Er knöpfte seine Hose auf und sagte: »Siehst du, mit meinen ist es auch nicht weit her.«

Arnie stopfte vier Bananen in den Käfig und sagte, er hätte uns andere dazu gebracht, daß wir uns entschuldigten.

Wir gingen davon und ließen die beiden allein. Am nächsten Tag war Gabes Auftritt außerordentlich gut. Nach der Show saßen die Tierbändiger wie immer im Kreis und sprachen über die Feinheiten des Kotes, jeder verteidigte sein Tier.

Der Zirkus fuhr noch tiefer in den Süden, und ich wurde für meinen Eifer mit einer Beförderung belohnt, die wie alles, was ich erhielt, meine Untätigkeit bewies. Jemand hatte gekündigt, und Flathead bot mir den Job wegen meiner Größe an – die Zirkus-Diät und die anstrengende Arbeit hatten mich etliche Pfunde gekostet. Ich war praktisch ein Gerippe. Flathead stellte mich Mr. Kaybach vor, einem schmutzigen Mann, dessen Markenzeichen sein Gestank war. Solange er Gegenwind hatte, kamen wir gut miteinander aus.

Er zeigte mir, wie ich mich in mein Kostüm schlängeln konnte, ein Ganzkörperkostüm aus Ölhaut mit einem verborgenen Reißverschluß. Er sagte, es würde heiß darin und ich sollte nur Unterwäsche tragen. Zerfetzter Schaumstoff ließ meinen Brustkorb hervorquellen. Zwei Flossen hingen daran herunter; ich konnte sie bewegen, wenn ich vorsichtig meine Hände hineinschob. Hinten am Kostüm gab es zwei Gummiflossen dicht beieinander. Eine überraschend realistische Maske vervollständigte meine Verwandlung in ein Walroß. Ich blinzelte durch kleine Schlitze zwischen zwei Stoßzähnen. Kaybach erklärte mir unsere Vorstellung, und ich wartete geduldig im dunklen Zelt auf mein Debut.

Das Publikum saß um einen runden Pool mit falschen Eisschollen und falschen Felsen. Der dunkle Klumpen, den sie sahen, war Louie, das große, trainierte Walroß, direkt aus der Behringstraße, das klügste Walroß der Welt. Um die Illusion noch weiterzutreiben, kippte Kaybach eine Wagenladung Eiswürfel in das stinkige Wasser. Er erklärte, daß Louie mit Kopfschütteln und -nicken kommunizierte und per Flossenklatschen mathematische Aufgaben lösen konnte.

Er rief meinen Namen, und ich stürzte mich von dem

Felsen in das flache Wasser. Indem ich mich in der Ölhaut hinkniete, konnte ich es so aussehen lassen, als halte sich Louie auf seinem Schwanz.

»Bist du ein Mädchen?«

Ich schüttelte wild den Kopf. Nein.

»Er ist ein Männchen, Jungs! Seht euch nur diese Hauer an. Drei Eskimos haben wir verloren beim Fang. Sehr traurig.« In der folgenden Pause konnte das Publikum die Gefahr begreifen, in der es schwebte. »Bist du verheiratet, Louie?«

Wieder schüttelte ich den Kopf.

»Hast du eine Freundin, Louie?«

Ich schüttelte den Kopf.

»Willst du eine?«

Das war der Augenblick, in dem ich mich quer durch den Pool auf die nächste Frau im Publikum stürzen sollte. Normalerweise schrie sie, und die Leute wichen zurück. Kaybach brüllte, ich sollte mich beruhigen. Einen Augenblick tat ich so, als würde ich ihm nicht gehorchen, dann sank ich zurück in die Mitte des Pools. Zu diesem Zeitpunkt war genug Wasser in mein Kostüm eingedrungen, um meine Haut glitschig zu machen.

»Ihr wißt ja, wie Junggesellen sind, Leute«, fuhr Kaybach fort und zwinkerte. »Und jeder weiß, was Meeresfrüchte anrichten können.«

Er stellte mir noch ein paar Fragen – in welchem Staat sind wir, wer ist der Bürgermeister –, jedesmal gab er Antworten vor, ich entgegnete Ja oder Nein. Wenn ich recht hatte, warf er mir einen toten Fisch zu, den ich durch die Mundklappe schlabberte, dann lag er kalt und stinkig an meiner Brust. Kaybach verkündete dem Publikum, daß ich nur bis zehn zählen könne, und lud sie ein, mich mit arithmetischen Problemen zu testen. Jemand fragte, wieviel fünf plus zwei sei. Kaybach rief mir die Frage zu, und ich klappte meine Vorderflossen siebenmal aneinander. Nach ein paar weiteren Fragen drängelte sich ein Zirkusangestellter nach vorne und brüllte, er hätte das schon im Fernsehen gesehen, es sei Betrug. Er sagte, das Walroß sei darauf trainiert, der Stimme seines Herrn zu gehorchen, der in einem Code spräche. Kaybach versicherte allen, das sei nicht wahr. Er schlug vor, der Mann solle eine eigene Frage stellen, bloß dürfe die Antwort nicht höher als zehn sein.

»Quadratwurzel«, sagte der Mann.

»Was ist das?« fragte Kaybach.

»Eine Zahl mal sich selbst.« Der Mann wandte sich an das Publikum. »Sie wissen schon, aus der Highschool. Die Quadratwurzel aus hundert ist zehn, weil zehn mal zehn hundert ist.«

Das Publikum nickte, und der Mann sah mich an. »Okay, Louie, was ist die Quadratwurzel von neun?«

Er drehte sich wieder um und zeigte dem Publikum drei Finger, die ich nicht sehen konnte. Kaybach fing an zu protestieren. Der Mann unterbrach ihn und fragte mich wieder. Um die Spannung in die Höhe zu treiben, wartete ich dreißig Sekunden, bevor ich dreimal mit meinen Flossen klatschte. Die Zuschauer applaudierten wie verrückt, begeistert, ein Großmaul von einem Walroß vorgeführt zu sehen. Der Mann schüttelte ungläubig seinen Kopf. Kaybach warf einen Fisch und stellte die letzte Frage.

»Bist du ein Walroß, Louie?«

Ich schüttelte meinen Kopf: Nein.

»Oh, dann glaubst du wohl, du bist ein Mensch?«

Ich nickte sehr schnell.

»Tut mir leid, Louie. Du bist nichts als ein Walroß. Du wirst nie ein Mensch sein.«

Ich sank zurück ins Wasser, schwamm einmal im Kreis und verschwand hinter einem Felsen. Kaybach bedankte sich bei allen und bat um Applaus für ein Walroß, das so klug sei, daß es die Trauer kenne – es würde nie ein Mensch sein.

Ich hatte eine halbe Stunde Pause, bevor es mit neuem Publikum und einer anderen falschen Frage weiterging. Ich war ein Zirkusartist geworden oder, wie Barney sagte, ein Trickser.

Die verschiedenen Sideshows standen zwischen allerlei Glücksspielen, die krumm wie Hundebeine liefen. Selbst das Ringewerfen und Dartspielen war manipuliert. Die Anreißer schanzten ein paar Leuten große, sehr sichtbare Preise zu. Sie wählten die Gewinner sorgfältig aus. Die beste Investition waren junge Pärchen oder Familien, die sich in der Gruppe bewegten. Sie mußten die Preise ihren ganzen restlichen Aufenthalt bei sich tragen, die Gewinner waren die beste Werbung. Am Vormittag gewannen eine Menge Leute, am Abend niemand.

Als Profi-Trickser hatte ich Zutritt zu der verbotenen Zone, der Künstlerallee. Hier spielten die Clowns Schach, die Trapezkünstler verachteten uns Erdlinge, und die Zwerge verbrachten den Großteil ihrer Zeit damit, sich mit der Papageien-Frau zu zanken. Sie drohten dauernd damit, ihr die Flügel auszureißen und stellten freche Vermutungen über ihre Fähigkeiten zur Fellatio an.

Eines Sonntags, in einer so religiösen Stadt, daß der Zirkus keine Vorführung vor Mittag geben durfte, stieg die Hitze auf über 37 Grad. Nur die Trapezkünstler und die Papageien-Frau hatten Wagen mit Klimaanlage. Wir anderen saßen halb bekleidet in dem bißchen Schatten, den es gab. Die Zwerge jaulten einen Lovesong auf den Aluminiumstufen der Papageien-Frau. Sie stieß ihre Tür so kraftvoll auf, daß sie gegen die Wohnwagenwand knallte. Die Zwerge wurden wie Laub davongeschleudert.

»Ein Vogel in der Hand«, sagte der eine.

»Ist eine Hand im Busch wert«, sagte der andere.

»Ich hab ein Schwert, das sie nicht schlucken kann.«

»Verschwindet, ihr kleinen Pisser«, sagte die Papageien-

Frau. Sie lehnte sich in der flirrenden Hitze gegen den Türrahmen. »He, Walroß-Mann«, rief sie. »Komm her.«

Alle Trickser erwachten aus ihrem Dösen, starrten erst mich an, dann sie. Ich taumelte zu ihrem Wohnwagen, als liefe ich durch Nebel. Meine Klamotten klebten mir am Leib.

»Laß mir was übrig«, rief einer der Zwerge.

Der klimatisierte Wohnwagen ließ den Schweiß auf meiner Haut kalt werden. Sie deutete auf eine Couch. Vorhänge hingen vor allen Fenstern, ein Foto von Elvis Presley mit Autogramm stand auf einem kleinen Fernsehapparat. Das Zimmer war sehr klein und sehr hübsch.

»Durstig?« fragte sie. »Wie wär's mit einem Drink?«

Ich nickte, und sie goß eine klare Flüssigkeit aus einem Krug in ein Glas, fügte Eis und eine Olive hinzu.

»Im Sommer ist nichts besser als ein Martini«, sagte sie.

Da sie nicht wissen sollte, daß ich noch nie so einen exotischen Drink genossen hatte, trank ich ihn in einem Zug und bat um noch einen. Sie zog die Augenbrauen hoch und goß mir ein. Ich trank die Hälfte, nur um einen guten Eindruck zu machen.

»Das einzige, was ich noch mehr hasse als die Zwerge«, sagte sie, »ist der Zirkus.«

Sie trug ein langes weißes Kleid, hochgeschlossen mit Ärmeln bis zu den Handgelenken. Keine Tätowierungen zu sehen. Eine brummende Maschine nahm ein Drittel des Wohnwagens ein. Sie goß mir nach und füllte ihr eigenes Glas.

»Dies ist mein vierter Zirkus«, sagte sie. »Ich habe mit fetten Frauen gearbeitet, bärtigen Frauen, siamesischen Zwillingen, Gummimenschen und Mutanten. Der dreibeinige Mann. Ein Riese. Geborene Freaks, alle außer mir.«

»Sie nicht.«

Sie hob ihr Glas und prostete mir zu, ich trank aus. Sie

goß mir nach. Wir saßen einander gegenüber. Der Raum war so klein, daß sich unsere Knie berührten.

»Sie hassen mich, weil sie nicht verstehen können, warum jemand freiwillig zu einem Freak wird. Ich habe fünf Jahre gebraucht für die ganzen Tattoos. Man kann sie nicht alle auf einmal machen. Ich habe mich von den besten Künstlern im ganzen Land tätowieren lassen.«

»Hat es weh getan?«

»Darum geht es ja. Freaks müssen leiden, ich wollte wirklich einer werden. Jeder kann jetzt sehen, daß ich ein Freak bin. Ich habe genug gelitten, um einer von ihnen zu sein.«

Ich nickte verwirrt. Auf einem Brett an der Wand hockte eine Reihe Puppen. Sie goß uns nach und ließ sich zurück in ihren Stuhl sinken. Ihre Fußknöchel waren gekreuzt, ließen nur ihre Zehen frei. Sie trug keinen Schmuck.

»Ich hasse sie, weil sie das sind, was ich im Geheimen war, vor den Tattoos. Ich war auch ein Freak. Man konnte es nur nicht sehen. Ich hatte den Schmerz im Inneren satt. Ich hasse meine Tattoos und hasse die Männer, die zahlen, um sie zu sehen. Niemand kennt mich wirklich. Die anderen Freaks sind anders. Im Innern sind sie normal, sie stecken nur in einem kaputten Körper. Ich nicht.«

»Ich weiß nicht, wovon Sie reden.«

»Deswegen hab ich es dir erzählt.«

»Was?«

»Ich kann keine Kinder bekommen.«

Ich trank meinen Drink. Ich wollte eine Zigarette, konnte aber keinen Aschenbecher entdecken. Ich wußte nicht, was ich sagen sollte.

»Ja«, sagte ich.

»Das ist das Süßeste, was jemand jemals zu mir gesagt hat.«

»Sie könnten adoptieren.«

»Halt den Mund!« sagte sie. »Ich hab die Anzeigen dafür

gesehen. ›R-Gespräch‹, sagte die Frau. ›Alle Auslagen werden übernommen.‹ Ich will kein Baby kaufen. Du gehst jetzt besser. Sag niemandem was davon. Laß sie glauben, wir hätten wie die Karnickel gevögelt.«

Ich stand auf und kippte seitlich auf die Couch. Ganz langsam ging ich zur Tür und wandte mich um, mich zu verabschieden. Ihre blasse Hand lag auf ihrem Gesicht. Sie weinte.

»Ich liebe diese Zwerge«, sagte sie. »Sie sind meine Kinder.«

Ich öffnete die Tür und schaffte es bis zur untersten Stufe, bevor ich umkippte. Der Temperaturunterschied war wie ein Schlag in die Magengrube. Jemand half mir auf die Beine. Der Staub auf meiner Haut wurde durch einen Schweißausbruch zu Matsch. Ein Trapezkünstler brachte mich zum Truck und legte mich in den Schatten.

Eine Stunde später kickte Kaybach mich wach und schimpfte, ich wäre zu spät, obwohl er gehört hatte, warum. Ich trottete hinter ihm her. Helfer und Trickser zogen die Augenbrauen hoch, zwinkerten und grinsten. Eine Reiterin starrte mich an, als sei ich der letzte wilde Mustang aus den Big Horns. Ich hatte kaum Zeit, mich in mein Kostüm zu zwängen, bevor Kaybach die Trottel hereinließ.

In unserem Zelt war es noch heißer als draußen. Über dem Wasser im Pool lag eine Haut. Als ich mich auf die falschen Felsen legte, begann die Welt sich zu drehen. Wenn ich die Augen schloß, wurde mir noch schwindeliger. Aus weiter Ferne rief Kaybach nach mir, ich begriff, daß er schon eine Weile rief. Ich glitt in das eklige Wasser.

Die ersten Übungen schaffte ich noch, Kaybachs übliche Fragen. Er warf mir einen Fisch als Belohnung zu, den ich brav durch die Mundklappe schaufelte. Der Fisch war von der Hitze aufgedunsen. Der Fischgestank mischte sich mit dem schweren Martinigeruch aus meinen Poren. Ich biß die

Zähne zusammen, um den Brechreiz zu unterdrücken. Während Kaybach über meine Intelligenz faselte, würgte ich den toten Fisch zurück ins Wasser. Der Geruch klebte an meiner Haut und meinem Gesicht. Wasser war durch die Augenschlitze eingesickert und hüllte mich in ein stinkiges Fruchtwasser. Mein Kopf schmerzte. Solange ich mich nicht bewegte, konnte ich meinen Magen unter Kontrolle halten.

Kaybach fragte die Ja-oder-Nein-Fragen. Ich kniete mich ins Wasser, das Walroß balancierte auf dem Schwanz, jede Bewegung war ein Kampf. Die Maske schien sich an meinem Kopf festzusaugen. Kaybach warf einen Fisch, der an meiner Brust abprallte. Der Gedanke, ihn an mich zu nehmen, schaffte mich. Mein Magen krampfte sich zusammen, und ich wußte, daß ich an der Kotze ersticken würde. Kaybach schrie. Mein Gesicht war schweißnaß.

Ich zerrte meine Hände aus den Flossen, brachte meine Arme in Position und begeisterte die Menge mit dem seltenen Schauspiel eines sich ausziehenden Walrosses. Die Maske platschte ins Wasser. Ich kotzte in hohem Bogen. Kaybach sprang in den Pool und schrie, alle sollten verschwinden. Die Leute kreischten und wollten ihr Geld zurück.

Ich paddelte in die Sicherheit meiner falschen Eisscholle. Wasser war in den Anzug aus Ölhaut eingedrungen, ich hatte Angst, unterzugehen. Ich ließ das Kostüm im Wasser, krabbelte zur Zeltwand, hob das Leinen an und atmete tief durch. Die knapp 40 Grad heiße Luft erschien mir süß und herrlich. Die Zelte der Sideshows waren gegen das große Hauptzelt geknüpft, mit nur wenig Platz dazwischen. Durch diesen Spalt floh ich in meiner Unterwäsche. Peaches und Barney waren nicht im Truck. Ich wusch mich in der Wanne mit ihrem Trinkwasser und zog meine neuen Klamotten an. Der Parkplatz war ein Rollfeld aus plattgetretenem Gras. Männer aus der Stadt beaufsichtigten ihn für ein paar Dollar und eine Freikarte. Der dritte Wagen nahm mich mit. Zwanzig Minuten später stand ich in einer Stadt, deren Namen ich nicht kannte.

Ich ließ die sinkende Sonne links liegen und marschierte nach Norden. Aus Kentucky stammten Abe Lincoln und Jeff Davis. Wie die Kentuckianer im Bürgerkrieg hatte auch ich keine Richtung. Ich war weder Trickser noch Freak, weder Yankee noch Reb, weder Boß noch Bettler. Und ich war auch kein Stückeschreiber.

D er Herbst ist in einem Wirbel aus Wind und Blättern verschwunden. Der erste Frost hat sich gehalten, krallt sich kalt an die Erde. Rita ist jetzt neun Monate und eine Woche schwanger. Wenn das Baby nicht bald kommt, wird die Ärztin in einer Woche die Geburt einleiten. Neben der Haustür steht ein Koffer, gepackt mit Essen, Windeln, Zigarren, einem Kartenspiel und einem Namensbuch, das mich an ein Tierbestimmungsbuch erinnert. Rita hat ihren Watschelgang ebenso satt wie meine dauernde Anwesenheit. Ich kann ihr nicht helfen. Sie hört eine innere Musik, ich höre nur den Ruf des Waldes. Der Himmel ist blau, an den Ecken blaß, als würde die Welt im Inneren eines Ballons treiben. Hinter dem Horizont liegt endlose Zeit, die Abwesenheit von Schwerkraft und Licht, jene Welt, in der unser Kind existiert. Angeblich träumt der Fötus in der Gebärmutter. Ich nehme an, er läßt seine eigene kurze Vergangenheit Revue passieren – die fünfte Woche mit Schwanz und Kiemen; die spätere armlose Periode, wenn die Organe wachsen. In der 26. Woche bilden sich die Knochen. Einen Monat später verdoppelt sich das Gehirn, jetzt kann es träumen.

Letzte Nacht habe ich geträumt, daß Rita einen Jungen zur Welt brachte, der auch mein Vater war. Ich war in der Mitte, wurde ignoriert. Heute morgen lag Rita auf der Seite, die

Hände um ihren mächtigen Bauch geschlungen, als wollte sie das Kind vor der Welt schützen. Sie sagte, das Baby habe die ganze Nacht getreten. Ich schürte das Feuer und ging in den Wald.

Der Wind treibt den Schnee über den Fluß, der feine Puder zieht wie eine Nebelwand umher. Diese winzigen Blizzards behindern die Sicht, als würde man durch einen Kreidesturm marschieren. Da ich einen Sohn vorziehen würde, sagte ich, daß ich mir ein Mädchen wünsche, damit ich nicht enttäuscht werde. Rita ist ehrlich. Sie hat schon früh ihren Wunsch nach einem Jungen klargemacht und glaubt an ihre eigene Biologie. Sie kann mit Hoffnung nichts anfangen.

Pro Jahr werden mehr Mädchen als Jungen geboren, weil das X-Spermium die Jagd nach dem Ei etwas länger überlebt. Obwohl sie seltener geboren werden, sterben Männer schneller. Ich bin der erste Sohn eines ersten Sohnes eines ersten Sohnes, und ich möchte diese Tradition fortsetzen. Rita sagt, es ist ein Junge. Ich hoffe, sie weiß es.

Die kalte Luft betäubt mein Gesicht über meinem Bart. An bestimmten Tagen verbieten sie im Radio schwangeren Frauen, Brunnenwasser zu trinken. Wir kaufen Wasser in Krügen, fragen uns, wann die Fruchtblase platzen wird. Kürzlich erwachte Rita aus dem Mittagsschlaf im Feuchten, die Laken kalt auf ihrer Haut. Sie rief mich mit aufgeregter Stimme zu sich, sicher, daß es jetzt soweit war. Ich raste an ihre Seite. Die Laken waren blaßviolett, eine Farbe, die mich ängstigte. Mein Mund war trocken. Ich faßte die Laken an und roch an meinen Fingern, überrascht von dem leichten Geruch nach Weintrauben. Rita rollte beiseite. Vergraben im Bett neben ihr lag ein leeres Saftglas. Wir lachten, es war überfällig, der Beweis des Lebens.

Der letzte Monat bot einen blauen Mond, der zweite Vollmond im selben Monat. Es war der hellste Mond unseres Lebens, näher an der Erde als jemals seit 1912. Beide Küsten wurden von unglaublichen Hochwassern heimgesucht. Da Menschen zu 60 Prozent aus Wasser bestehen, ungefähr vierzig Liter in unseren Körpern, zieht der Mond auch uns an. Ich dachte, vielleicht zieht er das Baby aus dem Bauch, aber Rita bekam nicht einmal den Braxton-Schluckauf – Kontraktionen, die als falsche Wehenschmerzen bekannt sind. Beim ersten Mal brauchen Mütter länger, um das Baby freizugeben. Ich habe herausgefunden, daß Väter beim ersten Mal länger brauchen, um abends einzuschlafen. Rita ist der Fokus unseres Lebens, ihr Bauch der Mittelpunkt. Ich fühle mich wie ein freigestellter Arbeiter; das stetig abnehmende Gefühl, nützlich zu sein. Mir bleibt nur die Erinnerung an unseren letzten Sex vor zwei Monaten, als das Kind bereits im wahrsten Sinne des Wortes zwischen uns stand. Ich hatte mich gefühlt wie ein Eindringling, hoffte, nicht zu stören, was immer dort drinnen lebte.

Der Wind hört plötzlich auf, ich sehe schwache Fuchsspuren. Schnee hat die Abdrücke fast schon verdeckt, sie sehen mehr wie die einer Katze als wie die eines Hundes aus. Ich folge der Spur, mir ist klar, daß man, um ein wildes Tier zu sehen, nicht darauf hoffen darf; so wie Rita die Hoffnung auf ein bestimmtes Geschlecht aufgegeben hat. Sie weiß es einfach. Der Wind weht Nebel durch die Luft, ich gehe in die Knie, das Gesicht nah an der Spur. Schnee in meinen Augen, in meinem Kragen. Mein schlimmes Knie tut weh. Ein Fuchs jagt nicht voller Hoffnung, sondern mit *yarak* – ein arabisches Wort, für das es in der westlichen Welt keine Entsprechung gibt. Es bedeutet: »aufmerksam, gespannt, bereit zu töten«. Wir haben unsere animalischen Instinkte verloren und ersetzt durch Vernunft, Love and Peace, Aberglaube und Hoffnung. Füchse hoffen nicht auf das Geschlecht ihrer Jungen. Nur Menschen hoffen, was uns zu den Hoffnungslosesten werden läßt.

Bei der Geburt ist das Hirn eines Kindes so groß wie das

Hirn eines Gorillababys. Mein Vater ist kahl und zahnlos, genauso, wie er geboren wurde. Indem wir die Kindheit verlängern, lernen wir das Alphabet, Mathematik, Leid, Zweifel und wie man aus Vergnügen tötet. Die Handfläche eines Down-Babys hat zwei Linien statt drei, wie die eines Affen. Die Hand meines Vaters ist oft feucht. Wenn ich als Kind Fehler machte, nannte er mich einen Kretin. Ich war stolz, denn ich dachte, es hieße, ich würde von der Insel Kreta stammen. Ich hoffe auf einen Sohn, der nicht so ist wie ich.

Kardinalvögel durchschneiden die Luft wie Bluttropfen. Der Wind nimmt ab, streicht durch die Baumkronen. Die Fuchsabdrücke sind auf dem weichen Waldboden kaum mehr zu sehen. Ich gehe ihrer ursprünglichen Richtung nach, versuche mir vorzustellen, wie der Fuchs Büsche umrundet hat auf dem Weg zum Flußufer. Eis treibt stumm auf dem Wasser. Eine Tochter wäre vernünftig; bei einem Sohn könnte ich mehr Schaden anrichten. Das ist mein Erbe, mein Instinkt, kraftvoll wie Eulenkrallen in einem Mäuserücken.

Die Stämme der Walnußbäume am Fluß sind zu groß für ihre Höhe, die Wurzeln haben seit Jahrzehnten Wasser gesaugt, haben ihre Körper vergrößert, aber nicht ihre Kronen. Sie sind überentwickelt wie die Spartaner, die Römer, die antiken Kreter. Der Südwind bedeckt die Seiten der Walnußbäume mit Schnee. Auf den anderen Seiten wächst Moos. Verschiedene Tiere leben in den hohlen Stämmen, sie zappeln die ganze Nacht. Ein Kind wächst in Ritas Bauch, und ich hoffe, daß meine angebliche Hoffnung auf ein Mädchen nicht befriedigt wird. Vor mir weiß der Fuchs es besser, als zu hoffen, daß ich gehe. Er erwartet einfach, weiß, daß ich gehen werde.

Ich folge dem Fluß durch die mit Schnee verrauchte Morgenluft. Meine Schwester war die erste Mitspielerin in der Little League unseres Countys; meine Tante Kentuckys erste weibliche CPA; meine Großmutter die erste in der Familie, die einen Highschool-Abschluß machte. Die Frauen in meiner

Familie haben es weiter gebracht als die Männer. Sie leben länger, zerstören weniger, wissen, anstatt zu hoffen. Ich wünsche mir einen Sohn, der Traum vieler Männer.

Am Waldrand finde ich frische Fuchsspuren und begreife, daß er mich umrundet hat, und da ich jetzt hier bin, hat er das möglicherweise nochmal getan. Der Fuchs beobachtet mich, wie ich meine Gedanken beobachte. Nichts davon ist wichtig – nicht das Geschlecht, nicht die Hoffnung, nicht einmal Gesundheit. Es ist sowieso alles vorbei, vor neun Monaten entschieden, nur wenige Augenblicke nach der Befruchtung. Der Embryo ist bis zum vierten Monat geschlechtslos, dann erst beginnen die Genitalien zu wachsen. Römische Frauen, die keinen männlichen Erben gebären konnten, wurden getötet. Jetzt erst wissen wir, daß die Spermien das Geschlecht entscheiden. Ein Sohn wird den Familiennamen tragen; eine Tochter trägt das Kind aus.

Kaninchenspuren führen zu einem Haufen Blätter in der Farbe von Pennys, die man im Rinnstein findet. Die großen Hinterläufe der Kaninchen hindern sie daran, rückwärts zu gehen. Eine Waldschnepfe kann 360 Grad überblicken, ohne den Kopf zu drehen, aber wir sind die einzige Spezies, die zur Einsicht fähig ist. Rita sagt, sie kann sich nicht daran erinnern, nicht schwanger gewesen zu sein. Sie erinnert sich nicht mehr an ihre Nachtträume.

Gestern riß ein Kojote einen Waschbären und schleppte ihn den Fluß entlang – ungewöhnlich für Iowa. Der Wind hat die Spuren verweht. Ich neide ihm sein freies Leben – das einsame Tier sucht Spaß wie romantisierende Single-Männer, ewige Junggesellen, einsame Cowboys aus Büchern und Filmen. Die Schönheit des Kojoten besteht in seiner Unfähigkeit, über die Vergangenheit nachzugrübeln. Er ist glücklich im Rudel oder allein, verehrt den Mond, den Zyklus der Frauen. Sehr bald wird meine Freiheit enden. Niemand ist perfekt, aber Väter sollen es sein.

Ich zwänge mich in eine kleine Lücke zwischen drei Walnußbäumen. Die Sonne wird den Schnee bis zum Frühjahr nicht schmelzen lassen. Im fünften Jahrhundert schrieb Pindar, daß ein Mann nur der Traum eines Schattens ist. Rita hat lange von einem Kind geträumt. Mein Vater träumt von einem Erben. In der Schattenwelt von Ritas Bauch träumt der Fötus von mehr Platz. Ich denke an die Zukunft, mein erwachsenes Kind schmuggelt mich aus dem Krankenhaus, damit ich im Wald sterben kann. Bäume träumen vom Tod durch die Axt. Die Schneeflocke träumt davon, ihren Zwilling zu finden.

Nach Hause zu gehen ist Arbeit, ich stemme mich gegen den Wind. Meine Füße werden von all dem Schnee unter dem Puder von heute behindert. Mein Geist ist der im Kreis laufende Fuchs, instinktsicher, auf der Suche nach seiner Höhle. Zu Hause erzähle ich Rita meine Gedanken, daß nichts wichtig ist. Sie widerspricht. »Alles ist wichtig«, sagt sie. »Jetzt mehr denn je.«

Eine Woche lang trampte ich nach Norden, mein Sextant peilte nach New England, ich war so sicher wie Kolumbus. Ich eroberte die Region, war überzeugt, dort eine höhere Zivilisation als im Rest des Landes zu entdecken. Statt dessen fand ich ein Zimmer in Salem, Massachusetts; die Wohnung teilte ich mir mit einem geflohenen Polen namens Shadrack. Von allen Türen in unserem Appartement waren die Türknöpfe gestohlen worden. Nichts war abzuschließen. Unser Gemeinschaftsraum war eine große, fensterlose Küche voll dreckiger Teller. Müll türmte sich um den Mülleimer wie eine Schneewehe.

In der ersten Nacht, als wir uns trafen, verkündete Shadrack mir, daß ein einzelnes Schamhaar stärker sei als ein

Ochsenpaar. Den Winter über schlief er in einem limonen-grünen Zelt, das er in der Küche aufbaute. Dafür, daß er dort als Wächter auftrat, konnte Shadrack ein Malstudio in einer verlassenen Kreidefabrik am Fluß benutzen. Kreidestaub bedeckte ihn wie eine auferstandene Leiche. Er war der perfekte Freund für mich – so ausgehungert nach Gesellschaft, daß er mit den Mäusen in seinem Studio sprach.

Ich hatte das Malen aufgegeben, um zu schreiben, er war ein Poet, der nunmehr malte. Wir waren umgekehrte siamesische Zwillinge, verbunden durch den Intellekt. Er hatte noch nie ein Gemälde beendet, war damit aber weiter als ich, der sein erstes Stück erst noch beginnen mußte. Wenn die Zeit käme, würde ich ein Stück schreiben, das nicht nur kein weiteres mehr benötigen würde, sondern das bislang übliche Theater zunichte machen würde. Ein einziges Stück würde meine Männlichkeit unsterblich machen.

Meine Abhängigkeit vom Tagebuch wuchs immer stärker. Schließlich begann ich, meinen Alltag als gelebtes Tagebuch zu betrachten. Wenn eine Fahrt mit dem Fahrrad durch den Schneesturm nach gutem Stoff für das Tagebuch klang, lieh ich mir im Blizzard ein Rad. Die Tour selbst war unwichtig. Was ich tat, war, mich selbst so sorgsam wie möglich zu beobachten, während ich mir zugleich überlegte, wie ich alles später aufschreiben würde.

Shadracks gegenwärtiges Projekt war eine Skulptur, die er mit Gegenständen, die er seinen Freunden stahl, garnierte. Wenn mir etwas fehlte, mußte ich bloß sein Studio aufsuchen und es zurückstehlen. Wenn er mich erwischte, klagte er, ich würde die Aura seiner Arbeit zerstören. Ein sinnloses Streitgespräch entstand, bis ich ihm etwas anderes aus meinem Besitz anbot. Seine Haltung Geld gegenüber war etwas weiter entwickelt; das stahl er nicht. Wenn ich Geld hatte, forderte Shadrack etwas davon. Ich zögerte, bis ich begriff, daß er es nicht nur zurückzahlen würde, sondern ich dann auch einen

Anspruch auf sein Geld erheben könnte. Einmal lebten wir zwei Monate lang von denselben zehn Mäusen, die wir einander hin- und herborgten. Zu wissen, daß er mir entweder Geld schuldete oder mir welches leihen würde, nahm Hunger und Verzweiflung den Schrecken.

Der Zirkus hatte mich auf den Geschmack für Außenarbeiten gebracht, und schnell nacheinander hatte ich drei Jobs – in einer Autowaschanlage, als Landvermesser und als Blumenverkäufer mit einem Handwagen. Ich lernte Salem kennen, gegründet 1626, jetzt verfallen und verpackt wie eine Mumienhöhle. Nachdem ihr Hafen und die Mühlen nichts mehr einbrachten, zog die Stadt sich gegen gutes Touristengeld zurück auf seine beschämende Geschichte. Die Mannschaften der Highschool wurden *the witches* genannt, die Hexen. Eine Kirche war erst kürzlich in ein Hexen-Museum umgewidmet worden. Besucher steckten ihre Köpfe durch Pappwände und ließen Fotos für ihre Verwandten machen.

Salems Gründer waren so überzeugte Calvinisten, daß sie die Ureinwohner wahlweise für Teufel oder den verlorenen Stamm Israels hielten. Ich schien in die erste Kategorie zu fallen. Wie in New York verriet mein Akzent mich, ich hatte keine lokalen Referenzen, und mein Lebenslauf beeindruckte niemanden. Ich bewarb mich für Jobs, für die ich ungemein unqualifiziert war, nur um Theater für weitere Tagebucheintragungen auszulösen. Als der Geldfluß zwischen Shadrack und mir Schlagseite bekam, erfand ich einen falschen Lebenslauf und versuchte mich in meinem ersten richtigen Job. Ich kaufte ein weißes Hemd und benutzte schwarze Sprühfarbe, um ein Paar braune Schuhe akzeptabel für ein Bewerbungsgespräch zu machen. Ein Bar-Restaurant nahm mich als Kellner.

Zwischen zwei verschiedenen Kunstprojekten widmete sich Shadrack den Frauen und las wissenschaftliche Bücher, er betrachtete sich als Fick-Fachmann. Meine Unkenntnis in

Sachen Frauen verblüffte ihn ebenso wie die Quantenmechanik. Als Experiment stellte er mich Frauen aus einer Privatschule vor, die sprechen konnten, ohne die Lippen zu bewegen, bereits besorgt über zukünftige Falten in ihrem Gesicht, verursacht durch zu starke Mimik. Ihre antrainiert steifen Gesichter erinnerten mich an einen Jungen daheim, der von einem tollwütigen Hund gebissen wurde. Der Vater des Jungen hatte den Hund getötet, seinen Kopf abgehackt und ihn zur Hirnanalyse nach Frankfort geschickt. Einen Sommer lang bekam der Junge als Kur Hunderte von Spritzen in den Bauch. Ich habe mich oft gefragt, was die Hirne dieser Ostküstenfrauen den Forschern verraten würden.

Shadrack nannte sie Forellen und betrachtete es als Sport, sie zu verführen. Er ernannte sich selbst zu meinem Angellehrer und schleppte mich durch gesichtslose Single-Bars voller Kokain. Er beneidete den Blauwal sehr, dessen Schwanz einen Meter lang ist und Kraft seines Willens hart wird. Obwohl ich ein miserabler Schüler war, verlor Shadrack nie die Lust, mit mir zu üben. Fischen war einfach, fand er.

»Du mußt deine Chancen optimieren«, sagte er. »Vertrau dem Köder und vergiß das Opfer. Erinnere dich an die Newtonschen Bewegungsgesetze. Du mußt zur Partikelwelle werden. Bleib weg von Sandbänken, roten Riesen und Oktopussen. Hab keine Angst, die Forelle wandern zu lassen, und vergiß nicht, Chris, zieh nie an deiner Leine.«

Fünf Nächte die Woche fischten wir in den reichlich vorhandenen Strömen der Nachbarschaft, holten unsere Leinen zur Sperrstunde ein. Meine war immer leer. Meine Versuche, Frauen aufzureißen, waren im besten Fall absurd – ich konnte nie vergessen, was ich vorhatte, und nahm an, daß die Frauen das auch wußten. Der ganze Beziehungstanz schien mir archaisch, dumm und teuer.

Um Shadrack auf eine östliche Weise zu belohnen, hatte ich eines Nachts doch subatomisch anonymen Sex. Die Frau und ich waren beide recht betrunken. Wir gingen zu ihr. Sie drückte mich tief in einen Sessel, wo mein Reißverschluß sich teilte wie die Kiefer des Lebens. Sie kletterte auf mich, entblätterte sich und fixierte mich in dem Sessel. Ihr Gesicht hob sich zur Decke, die Augen geschlossen, ihre Halsschlagadern pulsierten. Sie preßte sich gegen mich, ihre Hüfte vibrierte wie ein Kantinentablett beim Erdbeben. Ihr Schweiß und Speichel tropften auf mein Hemd. Der Sessel bumste in einem irren Rhythmus gegen die Fensterscheibe. Alles tat mir weh, mir war schwindelig. Schließlich sackte ihr Körper zusammen, sie quietschte und schien zu schmelzen. Unser Zusammensein endete mehr angezogen als nackt.

Sie pellte sich von mir, ließ meinen Schwengel hart wie Basalt und pochend nach Erlösung. Sie ging zum Bett. Ich dachte, wir würden vielleicht nur in eine komfortablere Position wechseln, aber als ich mich zu ihr legte, weinte sie. Ich war vollkommen verdattert.

»Guck mich nicht so an«, sagte sie.

»Es ist sowieso dunkel.«

»Es ist nicht richtig.«

»Ich weiß.«

»Du weißt?« fragte sie.

»Es ist nicht leicht, mit jemandem zu schlafen, den man nicht kennt.«

»War es mal.«

»Das ist ein gutes Zeichen.«

»Du bist nicht sauer?« fragte sie.

»Warum sollte ich sauer sein?«

»Der Typ letzte Woche war sauer.«

»Ich sollte jetzt gehen.«

Sie zog mich sanft neben sich. Sie trug einen kleinen goldenen Maiskolben um den Hals, ein Shibboleth. Ich erntete lautlos. Wie Shadrack sagen würde: Unsere geteilten Elektronen produzierten eine kurzzeitige Verbindung. Ich schlich mich früh davon. Mit einem Kater neben einer Fremden aufzuwachen ist schlimmer als im Knast.

Ein paar Tage später erwähnte ich den unangenehmen Zwischenfall Shadrack gegenüber, der vorschlug, ich sollte meine Ziele höher stecken. Er hatte angefangen, Touristenbars abzuklappern, auf der Suche nach wohlhabenden Frauen, die vorhatten, eine Bande blauäugiger, athletischer Kinder großzuziehen. Die Ohrläppchen seiner zukünftigen Frau mußten an ihrem Kopf festgewachsen sein. Er verabredete sich mit Erbinnen alten und neuen Geldes, mit Töchtern von Politikern und Industriellen. Er begriff nie richtig, daß viele Frauen kurze Flirts mit Künstlern liebten. Die Beine klappen wie Scheren auseinander bei der Aussicht, Daddy mit eingefangenen Künstlern zu schockieren. Keine Familie will einen von uns in ihrem Holzstapel, vor allem nicht frisches Hartholz wie mich. Shadrack begleitete mich in eine verrückte Kneipe mit einem Jazz-Trio. Die Musiker und die Kellner trugen Anzüge. Shadrack hatte mir einen Schlips geliehen, aber ich fühlte mich wie ein Flüchtiger, dessen Geschichte jeder kennt. Er bestellte einen Cocktail merkwürdigen Geschmacks und Geruchs, der, so sagte er, gegen seinen Mundgeruch hülfe. Er starrte eine Frau mit einer perfekten Nase an. Ich schlug vor, er solle sich vorstellen. »Ich weiß nicht«, sagte er. »Jedesmal, wenn ich sie ansehe, denke ich an meine alte Freundin, das erinnert mich an die davor, und dann denke ich an meine Mutter. Wenn ich an meine Mutter denke, denke ich an die Jungfrau Maria, und dann fällt mir ein, daß Josef niemals flachgelegt wurde. Vielleicht sollte ich um Josefs willen mit ihr reden.«

Er ging davon, kaum größer als ein Besen, aber in strammer Haltung wie ein Offizier. Sein Gang kulminierte in einem Wippen auf den Zehenspitzen, das ihm ein paar Zentimeter mehr Höhe verschaffte. Ich suchte die glänzende Flaschenreihe hinter der Bar und bestellte einen Schuß Triple Sec. Der

Barkeeper sah mich irritiert an, was mir gut gefiel; nur die wirklich Privilegierten trinken alles pur. Ich bestellte noch einen und noch einen.

Ein paar Stunden vergingen, bevor ich die Bar verließ und nach Hause ging. Ich wachte auf mit dem Rücken auf etwas Weichem liegend, das mich an Gras erinnerte. Möwen stießen ihre leidenden Schreie aus. Mein Kopf schmerzte. Ich schloß meine Augen, um zu verscheuchen, was sicher ein Traum war. Später wachte ich an derselben Stelle auf. Langsam begriff ich, daß das schöne Blau der blanke Himmel war, daß ich im Freien lag. Meine Kleider waren feucht vom Tau. Ich drehte den Kopf, das Gras reichte über eine weite Fläche ohne Bäume. Mich überfiel die panische Gewißheit, daß ich auf dem Rasen eines Reichen ohnmächtig geworden war. Ich rollte mich auf die Knie und schluckte, um mich nicht zu übergeben. Mein Magen schien eine Standleitung zum Hirn zu haben. In einiger Entfernung erhob sich ein kleiner Hügel. Ich war auf dem Spielfeld der Highschool Salems. Ich kroch auf die Außenlinie zu und schlief im Schatten eines abgeschlossenen Hot-Dog-Standes. Ich trank nie wieder Triple Sec.

Ein paar Wochen später brachte die Post einen Brief von meinem Bruder, der mir mitteilte, ich sei der Trauzeuge bei seiner Hochzeit. 29 Jahre zuvor waren meine Eltern tief in die Berge gezogen, um allein zu sein. Sie hatten beiden Familienzweigen die Besuche verleidet, hatten die Grundlagen appalachianischer Kultur verletzt. Mum und Dad erklärten, es wäre zu unserem Wohl gewesen. Ich hatte keine Vergangenheit vor meinem Vater, keine Liebe vor meiner Mutter. Als Erwachsene schrieben wir weder, noch riefen wir an. Was als eine Art Kloster begonnen hatte, war zur Barrikade geworden. Wir waren genau die Leute geworden, vor denen uns unsere Eltern schützen wollten – entfernte Verwandte.

Ich meldete ein R-Gespräch zu Dane an und sagte, ich wäre

wohl nicht so geeignet, ich hoffte, er würde sein Ansinnen zurückziehen. Statt dessen bot er an, mich abzuholen. Ich stimmte zögernd zu, erschrocken von der Vorstellung, er könnte sehen, wie ich lebte. Der Schrecken wurde zur Wut auf meinen Bruder, weil er vor mir heiratete. Als Ältester war das mein Recht. Der Ärger wich schlichter Depression, als mir klar wurde, daß ich noch nie auf einer Hochzeit gewesen war und keine verheirateten Leute kannte. Heiraten war etwas, was Erwachsene taten; ich hangelte mich immer noch durch eine verlängerte Jugend, Kolumbus verloren im Nebel. Als einzigem Kind war meinem Namensvetter wenigstens ein lästiger Bruder erspart geblieben. Dane fühlte vielleicht genauso.

Dane und ich hatten einander sehr nahe gestanden, bis ich mich dem Illegalen zuwandte. Der Bruch kam, als ich ein elektrisches Fußballspiel stahl, um die Samen eines Viertelpfundes Marihuana zu säubern. Das sanfte Vibrieren erfüllte seinen Zweck perfekt, aber Dane teilte meinen Stolz auf die Entdeckung nicht. Er war empört über die kleinen Samen, die in den Strafraum rollten.

Ein paar Monate später klopfte der Countysheriff mit einem Haftbefehl für Dane an unsere Tür. Mum weinte, Dads Gesicht wurde blaß unter der Maske der Ungläubigkeit. Ich beobachtete alles aus dem Badezimmer; mir war klar, daß der falsche Name auf dem Haftbefehl stand. Ich marschierte zur Tür und stellte mich, bis heute mein heroischster Auftritt. Dad war weniger wütend auf mich als auf die idiotische Anweisung, um sieben Uhr morgens im Gericht erscheinen zu müssen. Etliche Jahre später, am Abend bevor ich Kentucky verließ, lagen Dane und ich in unseren Betten und redeten. Er sagte, er mache sich Sorgen um mich. Ich fragte, warum.

»Du hast keine Ziele, Chris. Du willst nur weg. Du prüfst deinen Fortschritt nicht und kannst nicht sehen, wohin du gehst. Wenn du die Antwort nicht beweisen kannst, ist alles im Eimer. Weißt du, was ich meine?«

Während ich über die Wahrheit seiner Worte nachdachte, fing er an zu schnarchen. Dane war Mathematiker, dessen Leben einer ausgereiften Formel, direkten Linien, gebrochenen Exponenten, kongruenten Funktionen und dem ultimativen Ziel der Symmetrie gehorchte. Er hatte keinen Platz für meine Zufallsmuster. Dane konnte beweisen, daß die Welt rund war, ohne sein Zimmer zu verlassen. Ich brauchte Wind, ein Schiff und offenes Wasser.

Als ich um Urlaub bat, um an der Hochzeit teilzunehmen, sagte der Manager des Restaurants, ich bräuchte gar nicht wiederzukommen. Ich begrüßte Dane mit der Neuigkeit, daß ich seiner Hochzeit wegen gefeuert worden war – ich fing ihn in der Falle meines komplizierten Lebens. Er konnte mich nicht mehr wie früher ausschimpfen. Ich fühlte mich voll bei mir wie eine umgekrempelte Handpuppe.

Shadrack hatte kürzlich das Wort »Hodad« bei einem Kreuzworträtsel gelernt, und wir organisierten eine Hodad-Party. Er und sein Freund mit einem grünen Mohikaner-Haarschnitt malten eine Strandszene auf die Wand.

»Sind die Jungs in Ordnung?« fragte Dane.

»Jupp. Sie sind Künstler.«

»Nicht schwul, oder?«

»Nein. Freunde von mir. Es wird 'ne tolle Party, Dane.«

»Was zum Teufel ist ein Hodad?«

»Ein Typ, der am Strand rumhängt und tut, als sei er ein Surfer.«

»Wie du und Kunst.«

Ich drehte die Musik lauter. Wütende Stimmen jenseits der Tonleitern. Dane schob ein Bluegrass-Tape rein, und jemand stoppte es nach zehn Sekunden. Ich versprach, was anderes einzulegen und stellte Dane einer Frau mit einem Nasenring vor. Unser einziges Fenster klirrte hinaus auf die Straße und ließ den heißen Rauch vom Cannabis hinausströmen. Gegen Mitternacht kam die zweite Welle Leute mit einer weiteren

Masse hysterischer Energie. Kokain wurde ausgelegt wie Eisenbahnschienen.

Hin und wieder sah ich nach meinem entsetzten Bruder, der unruhig durch die Menge schlich. Er wurde grimmiger und grimmiger. Gegen drei Uhr morgens hatte die Party ihren Höhepunkt, dann gingen die Leute langsam, der Boden klebte von verschüttetem Bier. Shadrack widmete sich unter dem Küchentisch der Frau mit dem Nasenring.

Ich bot Dane mein Bett an. Er schüttelte den Kopf, hielt das zerbrochene Bluegrass-Tape in seinen großen Händen. Ein leeres Kokosröhrchen knirschte unter seinem Stiefel. Ich erwartete, daß er etwas sagte, damit ich mich wehren konnte. Er wußte es besser, wie immer. Der Ausdruck auf seinem Gesicht erinnerte mich an die Verachtung unseres Vaters, und ich wurde wütend.

»Du bist zu jung, um zu heiraten«, sagte ich.

»Vielleicht«, entgegnete er. »Aber du bist zu alt, um so zu leben.«

Ich ging auf mein Bett und schloß die Tür. Am Morgen begannen wir einen Streit, der die nächsten Jahre anhielt. Als wir Kentucky erreichten, hatten Dane und ich seit über fünfhundert Meilen kein Wort mehr gesprochen. Zögernd gab er zu, daß ich recht hatte – ich hätte trampen sollen. Kolumbus wurde nach seiner dritten Ozeanreise in Fesseln und Ketten nach Hause gebracht. Ich wußte, wie er sich gefühlt hatte.

Wir bogen in den Weg unseren Berg hoch, fuhren am Fluß entlang zu unserem Haus. Efeu, dick wie Schlangen, hing an der Südwand. Meine Schwestern, Jeanie und Sue, liefen durch den Garten, gaben uns je einen Kuß und gingen mit Dane zusammen ins Haus. Mum kam zum Gartentor und umarmte mich, sie wiegte sich und mich im Wind. Sie brachte mich in die Küche, wo Dad neben dem Ofen stand. Mum blieb in der Mitte, eine entmilitarisierte Zone.

Dad und ich starrten einander wie Kampfhähne an. Ich

machte meine Schultern steif. Als er die familiäre Reaktion wahrnahm, entspannte er sich und bot mir ein Bier an, in unserer Familie der Ersatz für direkten Kontakt. Wir ließen uns an unseren alten Plätzen nieder, den gegenüberliegenden Ecken der Küche, durch den Ofen getrennt. Nach vielen Jahren waren wir an den Ort zahlloser wütender Konflikte zurückgekehrt, die ich immer verloren hatte. Im Bürgerkrieg war Kentucky berühmt dafür gewesen, daß Sohn gegen Vater, Bruder gegen Bruder gekämpft hatte.

Dad und ich tranken unser Bier mit einem merkwürdigen, neuen Gefühl von Respekt. Ich war in der Ferne geblieben, hatte nie um Geld gefragt. Sein Haar war weiß, und er hatte einen Bauch. Er verlor seine Familie an die Außenwelt, und es gab keinen Ersatz. Wir tranken noch ein Bier, sprachen über sichere Themen, die keinen von uns interessierten. Langsam begriff er, daß ich ihn nicht vertreiben würde, während ich ihn sah, wie er war – ein Mann, unsicher, wie er seinem erwachsenen Sohn begegnen sollte. Er behandelte mich wie einen Botschafter, mit dessen Land kürzlich ein Friedensabkommen geschlossen worden war. Dieser Hügel, begriff ich, gehörte unwiderruflich zu Dad. Er war Ferdinand, der Portugal regierte, und er konnte es behalten. Ich hatte die neue Welt.

Eine Stunde später dirigierte Mum die ganze Familie zu Tisch. Alle saßen an ihren angestammten Plätzen. Jahrelang war dieses Abendessen ein Ritual gewesen; Verspätungen wurden drakonisch bestraft. Jetzt saßen wir da wie eine Schiffsbesatzung, die von der Konkurrenz der Eisenbahn überwältigt wurde.

Ich bot Dane an, die Ringe zu bewahren, er lehnte ab.

»Warum nicht?« fragte ich. »Hast du Angst, ich würde sie versetzen, um Geld für einen Smoking zu bekommen?«

»Hast du keins?« fragte er.

»Sie sind grau, mit einem Schwalbenschwanz«, sagte Jeanie. »Wir holen sie morgen in Lexington ab. Vierzig Dollar ist wenig für einen Smoking.«

»Nicht wenig genug«, murmelte ich.

»Manche kosten hundert Dollar«, sagte Sue. »Die sind aus schwarzem Samt. Aber die grauen passen zu Pink, und das tragen wir Mädchen.«

»Hast du es oder nicht?« Dane starrte mich an.

Ich sah mich schnell um. Mum starrte auf ihren Teller. Meine Schwestern lächelten darüber, wie schön sie aussehen würden. Dad kaute den Schinkenknochen, das Ende schmal und rund wie ein Schlangenauge.

»Nein, Dane«, sagte ich. »Hab ich nicht.«

»Du hättest dir einen Job suchen und sparen können.«

»Für einen Smoking?«

»Für mich!« Er sprang auf. »Ihr hättet sehen müssen, wie er lebt! Kein Pißpott, kein Fenster, ihn rauszuwerfen. Aber er will meine verdammten Ringe halten. Eine seiner Freundinnen hatte einen Ring in der Nase wie eine Kuh.«

»Ist das wahr?« fragte Jeanie.

»Jupp«, sagte ich. »An der Seite allerdings. Nicht in der Mitte.«

»Hoffentlich hat sie keinen Heuschnupfen«, sagte Dad.

Jeanie und Sue kicherten, Mum lächelte. Dane packte seine Stuhllehne so fest, daß die Venen auf seinen Händen hervorquollen.

»Das ist nicht lustig«, sagte er. »Kein Wunder, daß er kein Mädchen kriegt. Sie tun es dort unter dem Tisch.«

»Das war nicht ich, Dane.«

»Dein Yankee-Kumpel hat es getan.«

»Shad ist für mich wie ein Bruder.«

»Was ist denn mit dem, den du hast, nicht in Ordnung?«

»Wenn ich nicht der Trauzeuge wäre, würd ich's dir sagen.«

Dad donnerte den Schinkenknochen auf den Tisch wie

einen Gewehrkolben. Der Knall hallte durch den kleinen Raum.

»Das reicht, Jungs.«

Dane verließ das Zimmer, seine großen Füße wummerten über den Boden. Jetzt, wo Dad und ich Waffenstillstand geschlossen hatten, hatte ich meinen Bruder angegriffen. Trotz meiner Flucht war ich noch immer der Lieblingssohn; Dane war abkommandiert, die *Niña* zu befehligen, mit der er auf Grund lief in seinem Bemühen, die Familie zu befrieden.

Mum sagte sanft wie Regen: »Am Abend, bevor wir heirateten, hat dein Daddy seinen Truck durch ein Weidetor gefahren.«

»Ich bin kein Tor.«

»Und er ist kein Truck«, sagte Dad. »Laß ihn. Bei Gott, wir haben dich auch alle gelassen.«

Am nächsten Tag fuhren alle außer mir nach Lexington, um die Smokings zu holen. Ich ging den Hügel hinunter zu meiner alten Grundschule. An Halloween hatte ich immer Futtermais gestohlen und auf das Dach geschleppt, dann hatte ich Dane an seinem Gürtel hinaufgezogen. Ich gab ihm die Hälfte vom Mais, und wir bewarfen vorbeifahrende Autos mit den Körnern. Andere Jungen in den Bergen knurrten ihre Brüder wie Hunde an; Dane und ich hatten mit dem Kampf gewartet, bis wir erwachsen waren. In drei Monaten würde er einen Abschluß in Computer-Wissenschaften machen. Obwohl ich zuerst gegangen war, brauchte er mich nicht mehr. Ich beklagte diesen Verlust. Ich kam erst nach Hause, als es dunkel war, und aß allein die Reste. Die Familie schien sich vor mir zu fürchten, im Gegensatz zu meiner Rolle als Kind. Damals war es meine Aufgabe gewesen, Ärger zu vermeiden, indem ich etwas Lustiges sagte und die Aufmerksamkeit verlagerte. Nun war ich das Ärgernis geworden. Ich lag auf der Couch, trank ein Bier und schlief ein.

Wir fuhren früh zur Kirche und zogen uns in einem Zimmer um. Der Smoking war ein bißchen zu eng. Meine Großmutter und Tante Lou erschienen ganz in Tüll. Cousinen kamen, entfernte Onkel und Tanten, ein einsiedlerischer Onkel mit seiner dritten Frau. Mein alter Kumpel JJ brummte mit seinem fetten Schlitten auf den Vorplatz, aus den Fenstern strömten Rockmusik und der Rauch von Marihuana.

Die Familie der Braut war höflich und charmant, obwohl ihr südstaatlicher Baptisten-Glauben ihnen Kaffee, Zigaretten, Alkohol und Tanz und mich verbot. Ellens Clan übertraf unseren 3 : 2, aber wir hatten sie in der Zange. Der einzige andere Mann auf der Hochzeitsparty war Danes arabischer Zimmerkumpel vom College. Als sie Ahmed sahen, keuchte Ellens Familie, sie hatten Angst, daß er einfach nur ein Schwarzer war. Ahmed klammerte sich an meinen Arm wie eine Jungfrau in einer Strip-Bar, sein Akzent dick in meinem Ohr.

»Chriiis. Ich war noch nie in einer Chriiistenkirche.«

»Hey, ihr alle«, rief ich. »Das hier ist Ahmed! Er ist aus dem Mittleren Osten!«

Die Spannung verschwand, das Lynchseil wurde hinter dem Rücken versteckt. Ich ließ Ahmed bei JJ und suchte in der Kirche nach Dane, der sich in einer Kabine des Männerklos eingeschlossen hatte und kotzte. Ich kletterte auf die Schüssel des Nachbarklos und lehnte mich über die Trennwand.

»Wird schon gutgehen«, sagte ich.

Dane würgte und stöhnte. Der Gestank stieg auf zu mir. Ich rutschte von der Schüssel und landete breitarmig auf den Kacheln. Dane taumelte aus seinem Kabuff.

»Du hast dir die Hosen zerrissen, Chris.«

»Und du hast Kotze auf dem Aufschlag.«

Er half mir auf, und wir tauschten die Jacken. Wenn ich vorsichtig ging, verbarg der Schwalbenschwanz die aufgerissene Naht. Dane gab mir die Ringe. Jeder von uns wartete, daß der andere ihn umarmte, aber der Wunsch danach machte uns schon ängstlich. Zu wissen, daß wir es wollten, war fast genug. Wir schüttelten uns über dem Urinal die Hände.

Die Familien besetzten die Kapelle wie Jubelchöre das Stadion bei einem Heimspiel. Der King und die Queen schritten langsam den Mittelgang entlang, gefolgt von Jeanie und Ahmed, dann kamen Sue und ich. Alle paar Schritte zündete ich mit einem Feuerzeug, das wie ein Revolver geformt war, Kerzen an.

Kerzenrauch, leises Weinen und das Blitzen der Fotografen lagen in der Luft. Halb blind vom Licht taumelte Ahmed gegen Jeanie, die ihr Bukett fallen ließ. Ich beugte mich herab, es aufzunehmen, der Revolver berührte versehentlich Ellens Großtante. Unsere Prozession ging weiter, bis wir dem Pfaffen gegenüberstanden, einem pausbäckigen Kerlchen mit einer zerknickten Nase. Nach dem üblichen Mumbo-Jumbo starrte er auf die Kotze auf meinem Aufschlag und bat um die Ringe. Mein Clan gewann eine Schwester und eine Tochter. Ihre Familie verlor an allen Fronten.

Der Raum, in dem der Empfang stattfand, war heiß, und so trugen wir unseren wässrigen Punsch hinaus auf den Parkplatz. Ich machte Jagd auf die Großtante, um mich zu entschuldigen. Sie war immer noch in der Kirche, dankbar, daß der Herr sie während der Zeremonie berührt hatte. Ihr Begleiter zwinkerte und scheuchte mich davon. Draußen flanierten die Familien wie Straßengangs aneinander vorbei. Unsere nunmehr zusammengehörigen Stämme liefen hin und her, lächelten ohne Berührung, achteten auf unsichtbare Zäune. Wir waren eine Herde schwarzer Schafe, verbunden durch Geheimnisse, die jeder kannte. Fehden und Kämpfe waren unsere Geschichte.

»Ich bin im Restaurant-Geschäft«, erzählte ich allen. »Mache bald einen eigenen Laden auf. Das Geschäft ist wie gemacht für mich.« Ich sah den Fremden nach, wie sie wegfuhren. Mein Smoking zwickte. Nach schnellen Goodbyes zwängten JJ und ich uns in seinen Wagen und röhrten davon. Die Familie war zusammengekommen wie die einzelnen Stränge eines gespleißten Seiles. Wir waren Penelopes roter Faden, nachts heimlich aufgetrennt, fürs Publikum schnell zusammengeflickt.

JJ öffnete das Handschuhfach und warf mir eine Flasche Amphetamine in den Schoß. Die Melancholie schmolz zu zeitloser Freude. Er ließ mich in Indiana raus, ich trampte nordwärts. Unter einem Baum am Stadtrand von Scranton, Pennsylvania, kroch ich in meinen Schlafsack. Die Milchstraße spannte sich über den kühlen Himmel, und ich gab es auf, ein Stückeschreiber zu sein. Ich war nicht frei genug, war abhängig vom Regisseur, den Schauspielern, dem Setdesigner, sogar vom Publikum. Ich entschied mich, Poet zu werden. Mein Leben verlief ohnehin in Versen, die, wenn nicht poetisch, zu schrecklich waren, um darüber nachzudenken. Wie beim Trampen gab es auch beim Dichten keine Regeln. Die paar Gedichte, die ich gelesen hatte, scherten sich nicht um Interpunktion, Logik und Reimschemata – alles schwere Einschränkungen meiner Kreativität. Außerdem waren die meisten Gedichte kurz, was sie mir machbarer erscheinen ließ.

Ich zog den Reißverschluß bis oben hin zu und die Beine an. Ich fühlte mich, als würde ich simultan explodieren und implodieren. Als ich aufhörte zu krampfen, kamen die Tränen. Auspuffgase drifteten vom Highway herüber. Der Boden war weich und angenehm.

Dane machte alles ordentlich, traf die korrekten Entscheidungen. Er hatte eine nette Frau, würde irgendwann nette Sachen besitzen und die üblichen Besuche daheim absolvieren. Nichts davon war wichtig. Er würde nie den Betrug einer Familie, die mich immer mehr als ihn geliebt hatte, wettmachen können. Meine Wildheit war ein verlängertes Mühen, dieser Last zu entkommen, ich fragte mich, ob das Gegenteil für Dane zutraf. Wenn, dann hoffte ich, daß er es nicht wußte. Ein Dichter pro Familie war genug.

Meine Rückkehr nach Salem besaß den Pomp einer Auferstehung. Ich war dazu bestimmt, Verse zu leben, zu atmen, zu essen. In einem Anfall von Kreativität klebte ich Fotos großer Dichter auf einen Spiegel und hängte ihn über meinen Tisch. Solange ich dem Spiegel gegenüber saß, war mein Gesicht unter ihren, ich gehörte zu ihnen. Den Großteil meiner Zeit verbrachte ich damit, von der anderen Seite des Zimmers in den Spiegel zu starren, auf Inspiration wartend. Zweimal saß ich an dem Tisch. Innerlich war ich unglaublich angespannt. Im Spiegel war Dichtkunst, aber ich hatte keine Idee, wie ich sie herausbekommen konnte. Die Fotos provozierten mich. Mein Hirn fühlte sich an wie ein alter Ziegel.

Ich ergatterte einen Nachtjob als Tellerwäscher in einer Bar nahe am Wasser. Freies Bier und Essen ergänzten den niedrigen Lohn. Es wurde kalt, und ich verbrachte meine Tage der Wärme wegen in der Bibliothek wie Salems andere Versager. Wir besetzten alle Stühle im Leseraum, taten, als läsen wir, unter dem wachsamen Blick der Bibliothekarin. Wenn einer von uns starb, rückten alle einen Stuhl weiter, näher an die Heizung. Statt Gedichte zu lesen, kritzelte ich Essays über die reine Freude der Dichtkunst, stilisierte Poeten zu den wahren Meistern der Sprache. Einer zu sein, war viel mehr, als Verse aufs Papier zu bannen. Je mehr Seiten ich in meinem Tagebuch füllte, desto mehr kam ich mir wie der geborene Barde vor.

Shadrack zog nach Boston, und ich konnte mir die Miete nicht länger leisten. Ich ließ mich mit einer netten Kellnerin ein, die mich in einer Hängematte in ihrer Küche schlafen ließ. Hin und wieder »besuchten« wir einander. Am Jahresende verließ sie mich für einen Navy-Soldaten, weil, wie sie sagte, »er weiß, was er vom Leben will«. Ich erklärte, daß Dichtkunst genauso wertvoll sei wie das Abschießen feindlicher Schiffe. Sie schoß aus der Hüfte, zielte nicht und nagelte mich in meinem eigenen Netz fest – ich hatte kein einziges Gedicht geschrieben, seit wir uns kennengelernt hatten.

Als sie um Hilfe für den Umzug bat, stimmte ich zu, dachte, sie würde es sich anders überlegen. Nach zwei Tagen intensiver Arbeit gab sie mir ein warmes Sixpack und band die Hängematte ab. Ich schlief auf dem Boden. Boone hatte gesagt, daß kein Indianer, der ein Freund sein sollte, ihn je verraten hatte, aber man könne niemals Neuengländern trauen.

Der Himmel über Iowa ist ein graues Mosaik hinter kahlen Baumstämmen. Rita kann keine bequeme Position mehr finden. In der Enge ihres Bauches macht unser Kind akrobatische Übungen. Ihr Urinieren hat die Besessenheit eines Hobbys angenommen und ist Gegenstand aller Gespräche. Nachts sinken die Temperaturen unter minus sieben Grad, im Wind sind es minus fünfzehn, man kann in nur fünf Minuten zu Tode frieren. In Sekunden ist die Haut mit Eis überzogen.

Im Schlaf umschlingt Rita ihren Bauch mit den Unterarmen, ihr Rücken drückt gegen mich, die Beine sind wie Schwingen gefaltet. Unsere noch gar nicht vorhandene Familie drängt mich bereits beiseite. Ich ziehe mich an und gehe in die Dämmerung. Krähen jagen eine Barteule, die vom Sonnenaufgang überrascht wurde.

Der undurchsichtige Schneefall erinnert mich an einen lautlosen Ventilator. Ich habe angefangen, überall Schwangerschaft zu sehen, die Rundung des Bauches, die Anstrengung des Freigebens. Frauen verleihen der Sprache des Lebens Formen. Ohne sie sind Männer stumm. Wenn Vaterschaft Kompromiß ist, dann ist Mutterschaft Erlösung, reserviert für die Geheiligten, ein heroischer Akt. Aztekenfrauen, die im Kindbett starben, wanderten per Express in denselben Himmelsteil wie Soldaten, die im Kampf fielen.

Im Krieg bekamen Frauen durchschnittlich acht Babies, bevor sie Ritas Alter erreichten, wobei sie ihre Körper ruinierten. Viele starben jung. Es war nicht ungewöhnlich, daß Männer wieder heirateten, nachdem sie ihre erste Frau abgenutzt hatten. Die Vorstellung von Ritas Tod läßt mich fünf Minuten stumm und starr eine Eiche anstarren. Schneestreifen sind in die Ritzen ihrer Rinde gepreßt. Ich weiß nicht, was schlimmer wäre – meine Frau zu verlieren oder ein Kind allein aufzuziehen. Die offensichtliche Angst beschämt mich. Meine Sorge um Ritas Sterblichkeit hat wenig mit ihr zu tun. Ich will, daß sie lebt, um mir mein Leben einfacher zu machen. Ich lasse die Eiche neben dem Fluß stehen, oder vielleicht läßt auch die Eiche mich gehen. Überreste des Blizzards von vor zwei Wochen liegen neben dem Baum. Die Feuchtigkeit der Atemluft schlägt sich als Eis in meinem Bart nieder. Das Feuer kontrollieren zu können, hält uns warm und unterscheidet uns mehr als die Erfindung des Rads von den Tieren. Unser Haus liegt zwischen zwei scharfen Kurven am Fluß. Das Abwasser aus der Stadt läßt diese Biegungen nicht zufrieren, und kahle Adler haben begonnen, im offenen Wasser zu fischen. Sie beobachten den Fluß von hohen Bäumen aus. Das Wasser gurgelt wie ferne Musik unter der Eisschicht des Flusses und blubbert durch die Schlitze.

Die Spur eines Murmeltiers ist leicht zu erkennen an dem Schmutz, der sich mit dem Schnee gemischt hat. Meine Spur ist die auffälligste: gespreizte Stiefelabdrücke. Sie sehen ungeschickt aus neben den eleganten Fuchsabdrücken, der niedlichen Mausspur und der breiten Rinne von einem Biberschwanz. Letzte Woche hat Rita einen kurzen Spaziergang gemacht, und ich habe ihre Spuren betrachtet. Die meisten Menschen setzen Hacke oder Spitze hart auf. Ihre Abdrücke werden ausbalanciert, beide Enden von jedem Fuß tief eingesunken, weil sie ihr Gewicht vor- und zurückwiegte. Sie ist des Hauses müde, des Winters, der Schwangerschaft. Sie sagt, der Lohn sei die Mühen wert. Für sie ist die Geburt ein Ende; für mich der Beginn größerer Verantwortung. Ich bin nicht besser darin, Jobs zu behalten, als ich je war. Ich bin nur besser darin geworden, sie zu finden.

Biberspucke glänzt auf frischen Holzschnipseln, die Luft ist still wie in einer Krypta. Meine Schritte knirschen sehr laut. Die Abwesenheit der Blätter macht es mir möglich, weiter durch den Wald zu sehen als in jeder anderen Jahreszeit. Farmer nennen dieses Wetter einen offenen Winter – kalt und windig, trocken wie in Detroit oder der Bronx, gute Sicht in jede Richtung. Ich kann mein Leben ohne Ablenkung betrachten. Alles führt zu diesem Moment. Ein Adler beobachtet mich aus einer Meile Entfernung. Im Wald gibt es einige besondere Plätze für mich, an jedem ist bei einem früheren Besuch etwas geschehen. Nichts zeichnet sie sonst aus, nur der Geist der Erinnerung. Heute besuche ich diese Plätze, fühle mich dort wohl wie bei einem alten Freund. Ich komme an den Ort, wo ich im letzten Herbst stand und Steine über den Fluß warf. Einer meiner Steine traf einen Fisch, der nach einem Insekt schnappte. Es war pure Geometrie – der fliegende Stein, der blitzende Fisch; die plötzliche Kollision ließ mich schwach werden. Ich fühlte mich von der Logik verlassen. Das Wasser hatte einen Stein zurückgewiesen; die Luft einen Fisch willkommen geheißen.

Die Kälte der letzten Nacht bedeckt Zweige und Stämme mit glitzerndem Eis, verwandelt jeden Baum in tausend Prismen. Schneeflocken, groß wie Nickel, treiben vorbei. Ich spaziere durch eine glitzernde Welt. Der Schnee im Wald ist oben hart gefroren wie alter Lack. Eichhörnchen huschen leicht darüber hinweg, aber meine Stiefel bleiben nur eine Millisekunde obenauf, bevor Gewicht und Schwerkraft die Kruste brechen. Ein Gedankenstrom verlangsamt sich zur Kadenz des Frostes.

Dies sind die Wälder von Poweshieck, Häuptling der Mesquakie, der Red Earth People. Die Hinterbliebenen dieses Stammes leben jetzt nördlich in Tama County. Letztes Jahr nahmen Rita und ich an einem PowWow in der städtischen Mehrzweckhalle teil. Weiße Familien sahen von Tribünen aus zu, wie die Tänzer zwischen Basketballkörben wetteiferten. Sie trugen generationenalte Kostüme. Die Mesquakie schlagen den Rhythmus auf einer einzelnen Trommel und singen die Lieder der Vergangenheit. Kaum war der letzte Schritt getan, begannen die Weißen, die Halle zu verlassen.

Bär und Panther wurden zur Zeit meines Großvaters ausgerottet, Rotluchs und Wolf zur Zeit meines Vaters. Die letzte Wandertaube starb 1914 in Gefangenschaft. Niemand von uns kann je einen Säbelzahntiger sehen. Die Ernten fallen immer schlechter aus, das Land wird impotent. Unserer Spezies schmilzt das Wachs wie Ikarus und sie verliert an Höhe. Die See wird uns trinken. Die Luft wird uns atmen. Die Erde wird uns essen.

Meine Stiefel brechen durch die harte Oberfläche, und der Schnee wird zum pudrigen Strand eines verlorenen Sees im Mittleren Westen. Ein Landstrich wird zum Korallenriff. Statt Vögel treiben sich dort fedrige Fische herum. Ich bin das einzige Lebewesen auf den Hinterbeinen, erstaunt über mein Verständnis. Ich werde mir meines Selbst bewußt, was die Angst vor dem Tod einschließt. Ich trage gekaufte Kleidung, habe nur unzureichende Klauen und Zähne. Meine Nase ist vom Atmen der Stadtluft ruiniert, und ich brauche eine Brille, um richtig zu sehen. Eine Maus kann mich ohne Frühstart weit hinter sich lassen.

Ich sitze auf einer Pappel, neben der ich im letzten Frühjahr einen ziegelgroßen Ochsenfrosch gefunden habe. Seine Haut war ledern schwarz. Er hockte einfach da, seine Beinknochen staken aus dem Rücken hervor. Er roch unangenehm. Ich sagte das einem Biologen, der ihn sehen wollte. Er sagte, im letzten Jahr seien Tausende von Fröschen urplötzlich gestorben, und die Leute machten sich Sorgen. Nach ein paar Tagen rief er an, enttäuscht, daß der Tod meines Frosches erklärbar war. Er war zu Tode gefroren. Ich legte auf und dachte an unsere Vorliebe für überraschende Tode – die Frau, die vom Blitz getroffen wird, der Arbeiter, der in der Brauerei ertrinkt, der Mann, der beim Vögeln einen Herzinfarkt bekommt. Jesus ist auf ungewöhnliche Art gestorben, und wir sind immer noch nicht damit fertig geworden.

Der Spaziergang an diesem Morgen endet an einem Kanal, der den Fluß mit etlichen Teichen verbindet. Das Eis ist bedeckt mit blutgefrorenen Fuchsabdrücken und den öligen Federn einer Ente. Während des Hochwassers im letzten Jahr steuerte ich mein Boot eines Nachts in diesen Kanal und genoß die Reinheit, in der Dunkelheit verloren zu sein, umgeben von den Rufen der Eulen und Frösche. Auch die Fische wandern diesen Wasserweg. Gestrüpp blockiert den Ausgang, und wenn der Wasserspiegel sinkt, sind die Fische in einem Teich gefangen, der langsam austrocknet.

Kurz bevor Rita schwanger wurde, entdeckten wir in der Mitte dieses Kanals einen Hornhecht. Er arbeitete sich durch den Schlamm zum Fluß hin. Eine schnelle Gleitbewegung trieb seinen Körper ein paar Zentimeter vorwärts, dann erholte er sich kurz. Wir starrten einen gestrandeten Fisch an, der sich wie ein verwundeter Soldat in sicheres Gebiet schleppte. Seine bloße Anstrengung war rührend.

Der Hornhecht war uralt, hatte eine Art Panzer und eine scharfzähnige Alligatorenschnauze. Ein Kämpfer. Die Eier eines Hornhechtes sind für andere Fische giftig, so daß er sich in den letzten 65 Millionen Jahren nicht sehr verändern mußte. Rita schlug vor, ich sollte dem Fisch helfen, aber ich lehnte ab, wollte nicht in die Natur eingreifen. Einen Fisch an Land zu beobachten war, wie eine Meerjungfrau zu finden, unglaublich und wundervoll.

Rita ließ sich in den Matsch herunter und stürzte mehrere Male. Der Hornhecht entwischte ihr zweimal. Schließlich erwischte sie ihn kniend, sie grinste mich an, Matschspritzer auf den Zähnen. Der Fluß floß hinter ihr. Sie und der Hornhecht waren mit Schlamm bedeckt. Beide schienen sich gleichzeitig aus der Erde erhoben zu haben. Der Wald um mich herum schien zu verschwinden, ich raste mehrere Millionen Jahre zurück, in eine Vorzeit, in der Erde und Wasser viel enger verbunden waren, in der die Unterschiede zwischen den Bewohnern der Erde noch geringer waren. Alle Kreaturen verlangten nach den wunderbaren Qualitäten der Amphibien.

Heute ist der Matsch hart wie Ton unter Schnee und Eis. Ich werde Vater sein, wenn das Wasser in den Kanal zurückkehrt. Das Baby hat seine Fischzeit längst hinter sich. Die Augen entstehen zuerst an den Seiten seines Kopfes und bewegen sich dann langsam nach vorn. Wir sind Abkommen eines devonischen Fisches, unsere Ankunft an Land ist bedingt durch Versagen im Wasser, nicht durch besondere Fähigkeiten. Dominante Lebensformen entstehen aus den niedersten, den am wenigsten spezialisierten, die sich am schnellsten anpassen. Menschen sind die Unterklasse der Evolution. Jede andere Kreatur war besser ausgerüstet. Die trockenen Blätter einer Eiche rascheln im Wind. Die Sonne ist ein weißes Glühen am Himmel. Während ich gehe, sehe ich einen kahlen Adler seine Schwingen einfalten und wie ein Meteor aus dem Himmel stürzen. In der letzten Sekunde öffnet er seine Flügel. Die Krallen schwingen vor und zurück, durchbrechen die ruhige Oberfläche des Wassers, der Adler steigt mit einem Fisch in den Klauen zurück in den Himmel.

Der Anblick fasziniert mich so, daß ich einen Augenblick vergesse zu atmen. Der aufsteigende Jagdvogel wird zu einem kleinen Flecken, der schließlich in der leuchtenden Sonne verschwindet.

Jahrzehnte DDT haben die Eierschalen der Adler so dünn werden lassen, daß ein Weibchen ihre Jungen beim Ausbrüten versehentlich töten kann. Plötzlich habe ich Angst, daß Rita aus dem Bett fallen und den Fötus zerquetschen wird. Ich eile nach Hause, erinnere mich, daß die Plazenta stabiler und komplexer als ein Raumanzug ist. Sie schützt das Baby, wie die Erde einst alle Menschen schützte.

Rita lächelt, als ich nach Hause komme. Ofenhitze läßt meine Kleider dampfen. Mein Gesicht sticht. Ich starre durch selbstgemachten Nebel, kann ihr nicht sagen, wie froh ich bin, daß sie lebt. Ich erwähne den Hornhecht, und sie nickt, ihre Augen nach innen gekehrt. Wir sehen beide weg. Der Winter unserer Intimität hat uns scheu werden lassen.

Shadrack war der erste Freund, den ich seit Jahren hatte, und ich entschied mich, ihm in Boston Gesellschaft zu leisten. Er weigerte sich, mich bei sich wohnen zu lassen und sagte, ich brauche zuviel psychischen Raum. In Cambridge stellte ich mich bei mehreren Wohnheimen vor, aber meine Persönlichkeit betrog mich: Ich rauchte, aß rotes Fleisch und war eine Jungfrau – schlechte Gesellschaft für die Erleuchteten. Ich wählte die Nummer einer Mitbewohner-Anzeige und wurde um Mitternacht von fünf Schlaflosen in Jamaica Plain, besser bekannt als J. P., begutachtet. Sie akzeptierten mich sofort, eine Tatsache, die mich hätte warnen müssen. J. P. galt als eine von Bostons miesen Gegenden, eingequetscht in eine kleine Lücke zwischen zwei noch mieseren Gegenden. Überall renovierte Häuser, die Kinder der geflohenen Weißen kehrten zurück, um Rache zu nehmen. Ich wohnte in der Nähe der Green Street Station, eine Gegend, vor der ich oft gewarnt wurde. Um mich zu schützen, trug ich eine verschrammte Lederjacke und ein finsteres Gesicht. Eines Nachts auf dem Heimweg beobachtete ich ein Pärchen, das die Straße überquerte, um mir zu entgehen, und einen halben Block später zurückkreuzte. Das war einer der besseren Momente meines Stadtlebens. Ich fühlte mich entschuldigt für mein Benehmen.

Das Wohnheim war ein Vorkriegsbau, der darauf wartete, Stockwerk für Stockwerk renoviert und verkauft zu werden. Ein paar Scherzkekse, die sich selbst »Stadtpioniere« nannten, besaßen das Haus, lebten aber selbst im schicken Back Bay. Eine puertoricanische Familie wohnte im Erdgeschoß. Der Vater Romero hielt Hühner im Hinterhof und war außerdem der Hausmeister. Er konnte uns einfach vor die Tür setzen, eine schreckliche Vorstellung, denn wenn ein Mann in einem Wohnheim lebt, hat er keinen Platz mehr, zu dem er gehen kann.

Sechs von uns teilten sich ein schimmeliges Badezimmer und eine Küche, die fest in der Hand der Ratten war. Ein Typ führte ein bankrottes Bauunternehmen vom Flur aus. Tag und Nacht hingen dort seine Arbeiter herum, junge Israelis und Iren ohne Papiere. Sie warteten im Wohnzimmer auf Jobs, verglichen Kriege und Narben, geeint von Hunger, Kälte und Exil. Ich habe noch nie Juden und Christen besser miteinander auskommen sehen. Ich landete einen Job im Lune Café, als einziger Kellner für den Lunch. Der kleine Raum enthielt neun Tische, Revolutionsposter, und es gab organisches Essen. Der Koch war ein gealterter Hippie, der seine Arme durch elastische Gummibänder steckte, die ihn über dem Boden schweben ließen. Er grunzte seinen Namen, Orion, während er sein inneres Nirvana am Herd genoß. Eine dürre Frau von vierzig kam aus dem Keller. Sie sagte mir, sie mache in Therapie und glaube, alle Psychologen sollten Teller waschen. Das sei besser als Tofu oder der Urschrei.

»Ich hab viel abgewaschen«, sagte ich.

Verblüfft über das dankbare Publikum quasselte sie zwanzig Minuten über die kollektive Heilungskraft der Frauen. Sie sagte mir, das früheste chinesische Zeichen für »männlich« bedeutete auch »selbstsüchtig«. Orion entfaltete sich und wechselte in einen vollen Kopfstand. Sein Shirt gab eine Bauchtätowierung eines aztekischen Sonnensteines frei. Er blieb verkehrt herum bis zum J. P.-Lunch-Rush. Weiße Jungs mit dreadlocks okkupierten zwei Tische. Die Männer trugen Ohrringe; die Frauen rasierten ihre Köpfe. Die Gespräche waren angespannt und dringlich. Ein Mann ohne Hände bestellte einen Salat und aß ihn wie ein Tier, während er im *Daily Worker* las.

Orion faltete zu jeder Bestellung feuchte Papyrusblätter, die das Brot ersetzten. Ein Kunde wollte genau wissen, was in welchem Gericht sei, auch die genaue Menge der Gewürze. Seine Stimme war nasal.

»Eine Prise Thymian oder zwei?« fragte er.

»Ich weiß nicht«, sagte ich. »Sind Sie allergisch?«

»Nein«, sagte er selbstgefällig. »Ich bin Makro.«

Später malte Orion kleine Bilder, um mir die makrobiotische Diät zu erklären. Hitler aß kein Fleisch, aber Vegetarier zögern, ihn als einen der ihren zu akzeptieren. Westpoint legt keinen Wert auf Benedict Arnold, Kentuckianer hassen es, zuzugeben, daß Charly Manson einer der ihren ist. Wohin man auch geht, jeder sagt, er stamme aus dem nächsten County.

Für die nächsten Wochen ernährte ich mich von Rosinen, Humus, Tempeh und Reis. Ich verlor an Gewicht. Meine Nase lief. Mich verlangte nach einem Hamburger, was Orion als eine Falle auf dem Pfad zur Erleuchtung bezeichnete. Die Tellerwäscherin kündigte, um sich einer Kommune von

Frauen anzuschließen, die sich von Männern isolieren wollte. Sie schlug vor, ich sollte als möglicher Spermaspender vorsprechen, denn mein Kundalini sei halbwegs meine Chakras hoch.

Eines Morgens wachte ich mit absoluter Abneigung gegen die Arbeit auf. Um gefeuert zu werden, duschte ich nicht und trug die ganze Schicht lang eine Plastiknase mit Brille. Während des Lunches zog ich Hemd und Hose aus, trug nur noch die Unterhose, eine weiße Schürze und die riesige Nase. Die Leute gaben mir Riesentrinkgelder. Jemand fragte mich, in welcher Band ich spielte. Wütend über mein Versagen, gefeuert zu werden, riß ich ein heiliges Che-Guevara-Poster von der Wand und faltete einen Hut daraus.

Um drei Uhr kündigte ich und ließ eine Gruppe Neo-Anarchisten, die den Spanischen Bürgerkrieg über Zimt-Espressos diskutierten, zurück. Draußen in Sicherheit spürte ich die Erleichterung über meine Haut kriechen. Einen Job zu kündigen war die letzte Möglichkeit, die mir blieb, die Existenz meines freien Willens zu beweisen. Ich begann, meine Rückkehr nach New York City zu planen. Manhattan und Ost-Kentucky lebten beide in einer sozialen Anarchie, die ich leicht und komfortabel ignorieren konnte. Als Gandhi gefragt wurde, was er von der westlichen Zivilisation hielte, sagte er, sie wäre eine gute Idee.

Ich begab mich in die Kriegszone, wo die Bordelle mobil geworden waren. Yankees schoben ihre Arme für einen schnellen Kick in die Autofenster. Luden fuhren Vans mit einer Matratze hinten drin und einer Hure vorne. Sie öffneten die Beifahrertür, um ihre Ware zu präsentieren, und wenn einem Typen der Anblick gefiel, stieg er für eine schnelle Transaktion in den Van, während der Lude in aller Ruhe den Block umkreiste.

Um der Ökonomie willen wählte ich die Bar mit den meisten zerbrochenen Glühbirnen in der Leuchtreklame. Die Tür des Minotaur öffnete sich im dumpfen Geruch von Schweiß und Bier. Ein rotierender Spiegelball blitzte helle Flecken auf eine Bühne, auf der eine mit fettigen Fingerabdrücken verschmierte Jukebox stand. Ich gluckerte ein Bier, als eine Frau die Bühne betrat und sich in den verspiegelten Wänden bewunderte. Innen am Oberschenkel hatte sie eine Narbe. Sie wirkte gelangweilt. Der Barkeeper stritt sich mit einem alten Mann, der einen Regenmantel in seinem spindeligen Schoß hielt. Schließlich zog er den Mantel weg, nicht die Genitalien, sondern einen künstlichen Darmausgang des Mannes freilegend.

Eine Frau quetschte sich neben mich, rieb ihre warmen Brüste an meinen Armen. Eine Python wand sich um Schulter und Arm, ihre winzige Zunge erkundete die Luft. Sie war ein menschlicher Äskulapstab und machte die Männer krank.

»Wie heißt deine Schlange?« brüllte ich durch die laute Musik.

»Boots.«

»Guter Name.«

»Er ist nur so groß wie ein Gürtel, aber er wird wachsen.«

»Das war Caligulas Spitzname als Kind.«

»Wer?«

»Caligula.«

»Ist der oft hier?«

Ich schüttelte den Kopf.

»Wenn irgend jemand Boots aus Boots machen will«, sagte sie, »bringe ich ihn um.«

Action im Hinterzimmer kostete fünfzig Eier plus eine Flasche Champagner zu 25 Dollar, damit der Club auf seine Kosten kam. Sie sagte, ich könnte mit Kreditkarte bezahlen. Ich hatte nur einen 2-Dollar-Dödel und keine andere Wahl, als zu gehen, ich fühlte mich schuldig, als hätte ich ihre Gutwilligkeit mißbraucht. Ich sagte ihr, ich käme später wieder, sie sollte nicht wissen, daß ich pleite war.

Draußen hatte sich die Luft verändert. Ein Wetterum-schwung, einer der unangenehmen Tricks der Küste. Der Himmel war ein graues Flanelltuch, wie ein zu starker Hintergrund aus Wasserfarbe. Der Wind wehte Müll durch den Rinnstein. Der Vollmond sah aus, als könnte man ihn vom Himmel abziehen und ein Loch hinterlassen. Er strahlte hell, ein Mahnmal des Wahnsinns.

Mir fiel ein Mann ein, den ich in New York kennengelernt hatte. Er war in den Fünfzigern am Gehirn operiert worden und dann nach Islip, Long Island, gegangen. Fünfzehn Jahre später wurde er aus der Anstalt entlassen und zog in meine Nachbarschaft. Ich beobachtete ihn einmal, wie er versuchte, eine Kreuzung zu überqueren. Er machte zwei Schritte vorwärts und einen zurück in immer gleichen Bewegungen. Er schwang die Arme, drehte den Kopf, und bei jedem Schritt vorwärts sagte er: »Grünes Licht. Das Licht ist grün.«

Seine Bewegungen waren mechanisch, als würde ein Schauspieler einen Androiden spielen. Ich begriff, daß er einen Kurzschluß im Kopf hatte und in der synaptischen Wiederholung gefangen war wie falsch angeschlossene Leitungen, die jedesmal, wenn man das Licht einschaltet, dieselbe Sicherung durchfliegen lassen. Ich nahm seinen Arm und sagte: »Kommen Sie, gehen wir.«

Augenblicklich war alles in Ordnung.

»Danke«, sagte er. »Ich hole mir Kaffee.«

In Jamaica Plain wohnten allerlei illegale Künstler in Fabriketagen ohne Wasser. Shadrack hatte ein Studio, nur ein paar Blocks von meinem Wohnheim entfernt, und benutzte dienstags oder donnerstags meine Dusche. Er hatte ein paar Dates in der Stadt, alle in einem Taschenkalender vom letzten Jahr eingetragen. Die wirklichen Daten waren nicht wichtig, denn die Wochentage veränderten sich nie. An einem besonders einsamen Tag rief ich ihn mittags an und klingelte ihn aus dem Schlaf. Er grunzte zweimal und jammerte mich voll. Eine seiner Freundinnen könnte schwanger sein, seine Bilder waren schrecklich, seit drei Tagen hatte er nicht geschissen. Ich hielt seine Sorgen für wichtiger als meine, was mich tröstete.

Eine Stunde später kam Shadrack, um zu duschen. Er kritisierte die Stumpfheit meines Rasierers und forderte ein paar Socken. Er war wütend, daß ich das einzige Handtuch, das mir gehörte, nicht gewaschen hatte.

»Schon seit drei Monaten«, sagte er.

»Bring dir dein eigenes mit, Shad.«

»Wie kannst du so leben?«

»Ich werde nicht so dreckig wie du.«

»Gut gekontert«, bemerkte er. »Aber ich muß für die Frauen sauber bleiben.«

»Für die Junge, die Reiche oder die, die vielleicht schwanger ist?«

Er starrte mich verletzt an, seine Korrektur war leise und klar. »Sie sind alle reich.«

Er zog sich an und ging. Shadracks Dates waren unweigerlich weiß und blond. Er machte sich nichts aus ihren Eßstörungen, ihren stechenden Hüften, ihrer Aufmerksamkeit für die Kleidung anderer Frauen. Als ich ihm Abwechslung vorschlug, lehnte er mit der Begründung ab, seine Mutter hätte dunkles Haar und dunkle Augen. Sobald der richtige *trust fund* auftauchte, würde er von einem heizungslosen Fabrikhaus in ein lichtes Studio in Soho katapultiert werden. Bis dahin würde er mit meiner Dusche vorlieb nehmen.

Unter Shadracks Einfluß hatte ich meinen unglaublichsten künstlerischen Einfall – ein Gedicht über ein bestimmtes Objekt zu schreiben und es dann auf das Objekt selbst zu übertragen. Die erste Priorität war, passenden Müll zu finden. Ich wanderte stundenlang durch die Straßen, auf der Suche nach Industrieabfall. Mein Tagebuch füllte sich mit

Eintragungen über eine geplante Ausstellung von »Gefun-
dene-Objekt-Gedichten«. Ich häufte allerlei Kram in meinem
Zimmer an, kam aber nie dazu, ein Gedicht zu schreiben.

Einer der Gäste verließ das Wohnheim, und Shadrack emp-
fahl eine Frau, die in einer Bäckerei arbeitete. Sie würde Essen
mit nach Hause bringen, das ich mit ihm als Finderlohn zu
teilen hätte. Diana war eine dreihundert Pfund schwere
Zahnlose aus Maine, mein Alter und meine Größe, sie sah aus
wie eine Sumo-Ringerin. Sie trug ständig einen angeschlage-
nen Radfahrerhelm mit Rückspiegeln wie Insektenfühler.
Am Tag, als wir uns trafen, fehlten ihr die Vorderzähne. Ein
Fahrrad hing leicht über ihrer immensen Schulter.

»Hey, Chrif. Meine Fähne sind beim Fahnarft. Wo kann if
mein Rad laffen?«

»Irgendwo. Hier ist nichts wichtig.«

»If weif. Defwegen bin if hier. Fhadrack fagt, du bift Poet.«

»Wie hast du deine Zähne verloren?«

»Beim Billard aufgeflogen.«

»Ah, yeah. Fühl dich wie zu Hause, Diana. Ich muß jetzt
was schreiben.«

In der Sicherheit meines Zimmers legte ich mich ins Bett
und trank ein Glas Bourbon, geschmeichelt, daß Shadrack
mich für einen Dichter hielt. Das war ein Zeichen für die
Echtheit unserer Freundschaft, schließlich hatte ich noch immer nichts geschrieben. Wittgenstein hatte behauptet, das
Allerheiligste sei unerreichbar, das Ungesagte wichtiger als
das Gesagte. Als Beweis führte er alle seine Lehren an. Ich
versuchte, noch einen Schritt weiterzugehen, die Reinheit
meiner Bemühungen zu steigern, indem ich mich überhaupt
weigerte zu schreiben, anstatt damit aufzuhören. Jeder
konnte aufhören. Man brauchte echte Courage, um niemals
anzufangen.

Jeden Morgen trottete Diana in einer mitgenommenen
roten Robe, die an den Säumen zerrissen war und viel Fleisch

präsentierte, aus ihrem Zimmer. Sie paffte Zigarette um Zigarette. In ihrer Kindheit, gestand sie mir, hatten die anderen Kinder Rasierklingen in Äpfel gesteckt und sie damit beworfen.

»Diana«, sagte ich schließlich, »setz deine Zähne ein.«

Sie kehrte zurück, um sich eine Tasse Maine Kaffee zu machen. Nachdem sie eine Socke mit Bohnen gefüllt hatte, zerschlug sie sie mit einer Pfanne und legte die Socke in kochendes Wasser. Das Ergebnis war kugelsicherer Kaffee. Das Rezept stammte von ihrem Vater, einem Alkoholiker, der seine Frau, die Kinder und das Vieh schlug, wenn er betrunken war. Er starb an zahllosen Schlangenbissen, nachdem er in einem Nest ohnmächtig geworden war. Diana war vierzehn Jahre alt und wog 140 Kilo. Sie erzählte mir, sie hätte absichtlich zugenommen in der Hoffnung, so häßlich zu werden, daß ihr Vater sie nicht mehr in ihrem Schlafzimmer besuchte.

»Ich habe das noch nie einem Mann erzählt, Chris.«

»Ah, yeah«, sagte ich. »Ich bin froh, daß du mir vertraust.«

Sie packte mich bei den Schultern und begrub mich in einer Umarmung, die die rote Robe weiter zerriß. Ein Ärmel hing wie eine Hängematte von der Schulter zum Handgelenk. Mit diesem Freundschaftsangebot erreichte sie, daß ihre Liebhaberin einziehen konnte.

Jung und attraktiv, machte sich Sophia bei mir vor allem mit ihrem üblichen Frühstück aus gewürfeltem Knoblauch in Joghurt beliebt. Sie erklärte, jede Fäulnis in ihrem Körper fliehe vor dem Knoblauch. Sophia war immer gut gelaunt, nie krank und, soweit ich weiß, völlig unbehelligt von Vampiren. Man konnte riechen, wo sie war. Eines Abends kam ich heim und fand Diana in der Küche kreisend, einen wütenden Ausdruck im Gesicht. Sophia saß auf einem Stuhl.

»Sie ist gefeuert worden«, sagte Sophia.

»Na und«, sagte ich.

»Vorher hat sie ihren Boß k. o. geschlagen.«

»Er hat Witze über mein Gewicht gemacht«, sagte Diana. »Also habe ich ihm eine reingehauen.«

Ich suchte in meinem Zimmer nach einer Flasche Kentukkys Finest und ließ sie rumgehen. Diana kippte einen großen Schluck.

»Danke, Chris. Ich bin geblieben, bis er wieder zu sich kam. Dann hat er mich gefeuert. Ich habe gesagt, es täte mir leid. Es war ihm zu peinlich, um mich zu verklagen.«

Ich lud Diana ein, sich mit einem alten Boß von mir aus Salem zu schlagen, einem fetten Franzosen, der ein paar Runden aushalten könnte. Sie lehnte ab, denn ihr unweigerlicher Triumph würde ihr keine Freude machen.

»Männer können kämpfen und hinterher Kumpel sein«, erklärte sie. »Aber die Frau, die einen Mann schlägt, ist immer die Dumme.«

»Du bist nich' dumm«, lallte Sophia. »Du bist ein so süßes Honigtörtchen.«

Diana schlug mir auf den Rücken.

»Ich hab so ein Schwein. Die glaubt, ich wäre was Besonderes.«

»Sie ist nur betrunken.«

Diana lachte und lachte. Ich gab ihr die Flasche. Sie machte sie leer und ließ ihre Fäuste auf feiste Knie fallen.

»Für einen Mann«, sagte sie, »bist du ein guter *Hombre*.«

Sie verschwanden auf ihrem Zimmer. In jener Nacht und fürderhin ließen Sophia und Diana ihre Schlafzimmertür offen, wenn sie sich liebten. Ihr ausgelassenes Konzert füllte das Haus mit gutturalen Lauten. Die eine stieß hohe Töne aus, die andere grunzte und stöhnte. Das Konzert steigerte sich zu einem Crescendo schriller Schreie und versiegte dann in einem Gurgeln. Das konnte stundenlang so gehen. Nacht um Nacht beneidete ich sie um ihre Ausdauer. Sie schienen sich von dem Verlangen der Männer nicht stören zu lassen. Obwohl ich keine von beiden begehrte, war ich neidisch auf ihr Glück.

Sophia weigerte sich, eine Stelle zu suchen, sie sagte, sie würde sich nicht dem patriarchalischen System unterwerfen. Diana nahm einen Job in einer Autowäscherei an. Eines Nachmittags fragte Sophia, ob ich je eine homosexuelle Erfahrung gemacht hätte. Ich schüttelte den Kopf, erinnerte mich an Männer in New York, die mich mit solcher Vehemenz verfolgt hatten, daß ich begonnen hatte, mich zu fragen, ob sie etwas in mir erkannten, von dem ich nichts wußte. Ein freundlicher alter Mann hatte mir schließlich erklärt, Männer seien einfach aggressiver als Frauen, und ich sollte männliche Aufmerksamkeit als nichts weiter als ein Kompliment betrachten. »Siehst du den Frauen auf der Straße nach?« fragte er.

Ich nickte.

»Tja«, sagte er, »Tunten sehen so nach Männern. Wenn du schwul bist, weißt du das. Aber warte nicht, bis du fünfzig bist, um es auszuleben. Es gibt nichts schlimmeres als eine alte Queen. In meinem Gefängnis gab's keine Ficks.«

Zwei meiner ehemaligen Freundinnen hatten etwas mit Frauen gehabt. Eine weitere hatte gehofft, einmal mit einer Frau zu schlafen, als »erhebende Erfahrung«. Ich erzählte Sophia von ihnen, und sie erklärte mir, daß unsere Gesellschaft ein Dinosaurier sei, der in Richtung Untergang trottet. Wir hatten Mutter Erde verraten, eine bittere alte Frau, die gutgläubig geheiratet hatte. Ich sagte ihr, Appalachians fielen nicht in diese Kategorie.

»Wir haben eine Einheit über Euch gemacht«, sagte sie.

»Was?«

»In der Schule, fortgeschrittene Soziologie. Ihr seid unterdrückt, weißt du.«

»Nein, ich nicht. Ich bin gegangen.«

»Gut für dich. Das ist, als hätte man sein coming out.«

»Nicht ganz.«

»Ich glaube, in dir lebt eine Lesbe, Chris. Für Diana und mich bist du wie eine Schwester.«

»Wie spät ist es? Ich muß mir einen Job suchen.«

»Du glaubst nur, daß du das mußt. Es ist angelernt. Keine Frau sollte für ihren Lebensunterhalt Teller waschen.«

»Ich bin ein Mann.«

»Yeah, ich glaube schon.«

Ich ging, dachte über ihr Gerede nach. Vielleicht hatte sie recht, und der eigenartige Fluß meines Lebens war ein Zeichen dafür, eine Lesbe in einem Männerkörper zu sein. Ich könnte Geld sparen und mich operieren lassen. Dann könnte ich mich dem Narzißmus hingeben, zu lieben, wer ich war – eine Frau.

Als der Frühling kam, öffneten wir die Fenster, ein Fehler, der uns unser idyllisches Leben kostete. Sophias und Dianas amouröses Röhren hallte durch die Nachbarschaft. Direkt nach ihrem Höhepunkt donnerte eines Nachts jemand gegen die Wohnungstür. Ich ging durch die Küche und grüßte Romero in seinen langen Unterhosen.

»Du hast Ärger hier«, sagte er und versuchte, an mir vorbei in die Küche zu spähen.

»Kein Ärger. Alles in Ordnung.«

»Ich höre die ganze Woche, daß eine Frau geschlagen wird. Das ist nicht gut. Nicht jede Nacht.«

»Wirklich, Romero, es ist okay.«

»Wo ist die Dicke?«

»Glaubst du, ich könnte sie schlagen?«

»Und die andere? Lebt sie hier jetzt?«

»Nein. Sie ist eine Freundin.«

»Von wem?«

»Sie ist meine Freundin.«

Romero schloß die Augen, wußte um meine Lüge, verzog das Gesicht schmerzlich vor Enttäuschung.

»Sie muß gehen, beide. Ein Monat.«

Er schüttelte den Kopf und stapfte die schmale Stiege hinunter, ein erfolgreicher Immigrant, verblüfft von Amerika.

Ich sagte es Diana beim Morgenkaffee. Ihr ganzer Kopf wurde rot. Sie ging auf ihr Zimmer und riß stumm die Tür aus den Angeln. Zehn Minuten später ging sie, ließ alles zurück, was ihr gehörte, eine Entscheidung, die ich respektierte.

Genüßlich ohne Job entwickelte ich ein Eß-System, im gnädigen Lune Café. Ich bestellte jeden Tag organischen Haferbrei und gab Orion eine 5-Dollar-Note. Er tat so, als gäbe er mir Wechselgeld, gab mir jedoch den Fünfer und vier Einer. Ich ließ die Einer als Trinkgeld liegen und behielt den Fünfer. Er nannte das »die Unterdrücker täuschen«. Das ganze Frühjahr über bezahlte ich meinen Lunch, oft meine einzige Möglichkeit, mit denselben fünf Mäusen.

Ich kam nach Hause und erfuhr, daß Shadrack geduscht hatte, während ich weg war. Mein Handtuch fehlte. Ich rief an, um ihn danach zu fragen.

»Besorg dir ein neues«, sagte er.

»Ich brauch nur eines.«

»Es ist gesünder, mehrere zu haben.«

»Für wen, dich oder mich?«

»Die Welt, Chris, du mußt an die globale Gesundheit denken.«

»Naja, ich habe ein Handtuch mehr als du.«

»Nicht mehr.«

Er erklärte sich bereit, das Handtuch zurückzugeben, wenn ich ihm ein Bier bezahlte. Wir trafen uns in einer Bar, und die Konversation steuerte geradewegs auf Selbstmord zu. Shadrack glaubte, darüber zu sprechen verhindere sein Eintreten, indem es »die Sache in der Welt und nicht in meinem Kopf hält«.

»Warum soll man die Idee überhaupt am Leben halten?« fragte ich.

»Das ist nicht der Punkt. Selbstmord ist etwas für Leute, die sich ums Leben kümmern. Meins ist nicht wichtig. Zuerst besorge ich mir einen Heißluftballon und binde ihn mit einem Seil am Boden fest. Der Ballon ist aus jeder Richtung gesehen ein Kreis. Das perfekte Mandala. Ich hänge eine Schlinge unten dran und lege meinen Kopf hinein. Dann schneide ich die Ankerleine durch. Der Flug stranguliert mich in der Luft.«

»Was ist mit dem Abschiedsbrief?«

»Den hefte ich an meine Brust. Darauf steht: ›Begrabt mich, wo ich lande.‹«

»Wie der Pfeil Robin Hoods?«

»Nicht schlecht, was? Ich brauche zwei Videokameras, eine am Boden, eine im Ballon. Mein letztes Kunstwerk. Es wird eine Bewegung auslösen. Ich werde berühmt sein.«

»Ist das eine Drohung, weil ich mein Handtuch wiederhaben will?«

»Immer mit der Ruhe. Alle Details zu planen, hält es im Zaum wie ein Glas Pennies, wenn du pleite bist. Weißt du, worüber ich mir Sorgen mache? Daß Selbstmord alles nur vertagt. Man stirbt nicht, man läuft einfach hinter den Lebenden her wie ein tauber Rattenfänger.«

»Das ist Aberglaube.«

»Wie meinst du das?«

»Fegefeuer.«

»Wußtest du, daß das vom Wort ›fegen‹ kommt?«

Während ich mit einem Ohr seiner Lektion über die Etymologie des Todes lauschte, sah ich mich in der mit traurigen Gesichtern über schlaffen Körpern bevölkerten Bar um. Auf dem letzten Stuhl vor der Tür saß eine geduldige Hure und trank süße Drinks. Sie sah nicht schlecht aus.

»Malen ist Verschwendung«, sagte Shadrack. »Ich glaube, ich höre auf und gehe in ein Trappisten-Kloster. Das ist dasselbe wie Selbstmord, nur muß man leben. Weißt du, was ich meine, Chris?«

»Nee.«

»Der Schwur des Schweigens.«

»Würde mich nicht stören, wenn du ihn schwürst.«

»Ich meine es ernst. Ich sollte nach Indien gehen und einen Wagen stehlen, damit sie mir die Hände abhacken. Dann kann ich nichts malen, der Schwur visuellen Schweigens.«

»Warum fängst du nicht mit einem Finger an«, sagte ich.

»Warum schreibst du kein Gedicht!«

»Vielleicht habe ich einen Schwur getan.«

»Ich glaube, du hast Angst.«

»Das einzige, wovor ich Angst habe, sind Schlangen.«

»Sieh mal, Chris, du fängst besser an zu schreiben, oder du endest wie ich.«

Diese Worte waren ohne nachzudenken ausgesprochen worden, und ich sah, wie er begriff, was er gesagt hatte. Shadrack schien zu schrumpfen. Ganz langsam stieß er sein Bierglas vom Tisch. Es zersplitterte auf dem Boden. In dieser Handlung lag eher Verzweiflung als Gewalt; kontrollierte Leidenschaft. Er beugte sich über den Tisch, die Stimme leise.

»Das ist Kunst, mein Freund. So mußt du schreiben.«

Er gab mir das Handtuch, als wäre er ein Meister in Teak-Won-Do, der dem besten Schüler den höchsten Gürtel überreichte.

»Jetzt laß mich allein«, sagte er. »Geh schreiben.«

Der Barkeeper kam herüber, und ich entschuldigte mich, bot an, das Glas zu bezahlen. Shadrack war weg, ich hatte ihn nicht gehen sehen. Wir hatten uns schon früher gestritten, oft heftig, aber diesmal lag etwas Endgültiges in seiner Ruhe. Ich dachte an unsere vergangenen Gespräche, sein Verständnis des Künstlers als Schamane. Er betrachtete das Herstellen von Kunst als heiligen Akt. Shadrack hatte mir die Erlaubnis erteilt, und jetzt war er weg.

In den nächsten neun Wochen starrte ich meine Schreibmaschine an und schrieb kein Wort. Ich zog eine neue Seite in die

Maschine und starrte wie eine Statue fünfzehn Stunden lang darauf. Am Ende des Tages legte ich die leere Seite rechts neben meine Schreibmaschine. Mein Geist war ein Tornado. Ich konnte weder baden noch essen noch mich rasieren. Ich fuhr einfach fort mit Schreiben, ohne zu schreiben.

Mein Gehirn entwickelte ein irres Eigenleben und verschmolz Erinnerungsfetzen zu Dialogen. Dieses innerliche Kreuzfeuer ermutigte mich. An einem besonders leuchtenden Tag pulsierte mein Hirn ekstatisch. Kaum aufgewacht, wollte ich das nutzen, wollte mich der Selbstzufriedenheit ebenso begierig und ziellos hingeben wie dem Trampen. Mein Kopf enterte die leere weiße Seite, um mich zu beobachten: eine dünne Hauthülle über einem Haufen Knochen. Knorpel verband die beweglichen Teile.

Die Post ruinierte meine Disziplin, ich bekam eine Geburtstagskarte von meiner Mutter. Ohne es zu merken, war ich dreißig Jahre alt geworden. Ich kaufte mir eine Flasche Bourbon, trank zu schnell, mir wurde schlecht. Ich war in jenem keuchenden, verschwitzten Stadium, in dem Männer dem Alkohol abschwören und mit Gott handeln. Ich beschloß, mir einen Job zu suchen. Das hatte ich schon oft getan. Obwohl ich kein Scheitern zugab, war ich Profi im Scheitern geworden. Die Zeit war gekommen, meine Sachen zu packen und Boston zu verlassen.

Ich rief das Personalbüro im Grand Canyon an und mußte erfahren, daß die Einstellungen vorbei waren, aber ich sollte mal die Everglades versuchen. Die hatten Spätsaison. Ich rief in Flamingo, Florida, an und bekam einen Mann namens Bucky ans Telefon. Er sagte, sie suchten einen Naturkundler.

»Was ist Ihre Qualifikation?« fragte er.

»Ich bin im Wald aufgewachsen.«

»Naja, wir brauchen einen Tourführer. Unserer hatte einen Unfall. Waren Sie schon mal hier unten?«

»Klar«, log ich.

»Ich hol Sie in Florida City ab. Rufen Sie mich an, wenn Sie da sind. Ich brauche eine Pause von diesem Sumpf.«

Ich kaufte mir ein Buch über Südflorida und verbrachte den Abend damit, mir Fotos vom Paradies anzusehen. Alle Tiere Nordamerikas lebten dort. Die Everglades waren wie Kentucky mit Alligatoren und einem Strand.

In der Nacht, bevor ich ging, nagelte ich mein Handtuch an die Tür von Shadracks Studio, dazu eine Notiz mit meinen Plänen. Ich entschied mich, mit einem Drink in einer von Bostons übelsten Bars zu feiern. Die Acrylstühle waren wie Schwäne geformt. An einer Wand hing eine Schnapsreklame, die »die Kunst des Geistes« pries. Kochen, Krieg und Blumenbinden waren alle in den Status der Kunst erhoben worden, und mir kam der Gedanke, daß die hohen Künste darauf reagiert hatten, indem sie sich selbst zu Handwerk herabsetzten. Ich entschied, daß ich deswegen nicht schrieb.

Ich ging nach Hause und füllte ein Glas mit Bourbon und kaltem Leitungswasser. Der Alkohol vernichtete das Chlor, das die Bakterien vernichtete. Dies war ein guter alter Tag. In New England hatte ich Amerika genausowenig gefunden wie Kolumbus. Er starb obskur, herabgewürdigt und verrückt geworden. Seine Knochen wurden dreimal ausgegraben, schließlich wurden sie in einem Leuchtturm in der Dominikanischen Republik versteckt. An der Spitze Floridas wäre ich ziemlich nahe dran.

Ich fuhr mit dem Nahverkehrszug zur I-95, einer geraden Linie nach Florida. Boston verschwand im Morgensmog – Bunker Hills phallisches Monument, das eine andere Gegend vorgaukelte, der eisige Splitter des Hancock Buildings, der Hafen voll Gift. In meinem Rucksack hatte ich Klamotten und ein leeres Notizbuch mit dem Wort »Poeme« auf dem Deckel. Ponce de León war alt geworden, während er in Florida nach dem Jungbrunnen suchte; vielleicht konnte ich die Quelle des Alters finden.

Ein halbes Dutzend Kissen stützt Ritas geschwollenen Körper auf der Couch. Die Frau, die ich geheiratet habe, ist von einer Brutmaschine mit den Fähigkeiten zu Sprache und Denken ersetzt worden. Ein geifernder Vollidiot imitiert ihren Mann. Unsere einzige Wärmequelle ist ein Holzofen, der die Decke heizt und die Ecken eisig läßt. Eis hat sich innen auf den Fenstern niedergeschlagen. Das Baby ist gesunken. Sein Kopf ist in korrekter Position, in Ritas Beckenöffnung. Ihr Bauch ist vorwärts gerutscht, und sie kann leichter atmen, aber die Veränderung ihres Schwerpunkts macht ihr die Balance noch schwieriger. Sie bewegt sich wie eine Betrunkene. Ich streue Salz von der Tür zum Wagen. Es schmilzt durch den Schnee in hundert kleinen Löchern.

Nachdem wir uns leicht auf einen Mädchennamen, Rebecca Marie, einigen konnten, haben wir gestritten, wie wir einen Jungen nennen sollen. Ich möchte einen gewöhnlichen Namen, einen der Stärke wie Oak oder Thor. Rita findet meine Ideen lächerlich. Ihre Namen sind okay, Ben, Jared, Lucas, aber ich habe nicht zuerst an sie gedacht. Wir machen Listen, schreiben jeden Namen auf eine Karteikarte und gestehen dem anderen ein Vetorecht zu. Als würde man eine Jury auswählen; beide fügen wir unseren Listen schwachsinnige Namen hinzu, die der andere ablehnen kann. Die übrigen sammeln wir in den Stapeln Ja, Nein, Vielleicht. Der Nein-Stapel ist der größte.

Mein Vater und mein Bruder tragen denselben Namen, sie sind der fünfte beziehungsweise sechste. Wenn es ein Junge wird, haben beide mich dringend gebeten, ihm ihren Namen zu geben und eine Tradition, die bis zum Bürgerkrieg zurückreicht, fortzusetzen. Ritas Vater sähe es lieber, wenn wir einen Jungen nach seinem Bruder, der im Zweiten Weltkrieg starb, benennen würden. Sein Name ist Jack, was nicht zu meinem Nachnamen paßt. Wenn ich über den Namen scherze, fängt Rita an zu weinen. Immerhin lache ich über ihren toten Onkel. Ich entschuldige mich und streiche durch das Haus wie ein gefangenes Tier, bis sie mich in den Wald schickt.

Die Morgenschatten fallen blau auf den Schnee. Der Winter ist eine Glocke, ein langes stilles Läuten im Wald. Jede horizontale Fläche ist weiß, und mein schlimmes Knie schmerzt. Der Fluß ist entlang des Ufers zugefroren, eine weiße Umrahmung für das Wasser. Das Eis auf beiden Seiten schmilzt langsam in der Mitte, es vereinigt sich, wie Rita und ich uns bei einem Namen treffen. Es bricht Stück für Stück ein bis zum Ufer; die Eissplitter treiben davon.

Der Wald ist schwarzweiß wie ein altes Foto. Ich kenne die Namen der Bäume, aber es sind nur Worte. Die Sac Indianer sagten, *kaintuck* bedeute »Fluß aus Blut«. Glaubt man ihnen, dann ist Ost-Kentucky mit den Geistern seiner ehemaligen Bewohner angefüllt, eine vergangene Rasse, ausgerottet bis auf das letzte Glied. Die Sac waren erstaunt, daß die Weißen in die Berge ziehen wollten. Der Name allein hielt ihre eigenen Leute davon ab, dort zu leben.

Der älteste Menschenname, über den es Aufzeichnungen gibt, ist En-lil-ti, eingeritzt in ein sumerisches Täfelchen von dreitausenddreihundert vor Christus. »Rita« ist ein Sanskrit-Wort, es bedeutet »tapfer« oder »ehrlich«. Mein Name bedeutet »Träger Christi«, eine mühsame Last. Als ich ein Kind war, wurde St. Christopher entheiligt, und ich dachte, das bedeutete, er wäre schlecht gewesen, und daß seine Unzulänglichkeit auch mich betraf. Ich entschied mich, meinen Namen zu ändern, aber die Familie war nicht einverstanden. Ungebunden durch solche Wünsche wählen die Hindi einen neuen Namen, um deutliche Persönlichkeitsveränderungen klarzumachen. Die Cherokee wechseln ihre Namen sogar mehrere Male, um ihre Persönlichkeit in verschiedenen Stadien des Lebens zu beschreiben. Ich möchte einen Namen für meinen Sohn, der so gut paßt, daß er ihn fürs Leben haben will.

An einer Flußbiegung beginne ich, einer Rentierspur zu folgen. Die Spur kommt auf mich zu, was bedeutet, daß ich dem Rentier nicht folge, im Gegenteil, ich gehe hin, wo es herkommt. Der Schnee in jedem Abdruck ist kompakt, aber locker, eine frische Spur. Ich finde eine Stelle, wo das Tier unter einem niedrigen Ast hindurchgegangen ist. Es hat etwas Schnee heruntergestoßen. Ich ducke mich ebenfalls darunter hindurch. Der Zweig streichelt meinen Rücken, wie er das Rentier gestreichelt hat. Die Spur endet auf einer leichten Anhöhe, vierzig Meter vom Fluß entfernt, an einer Stelle, die windgeschützt ist. Ein ovales Loch bis zum Erdreich im Schnee. Hier hat das Rentier letzte Nacht geschlafen, hat den Schnee unter sich geschmolzen. Den Platz gefunden zu haben, wo es geschlafen hat, gibt mir eine Kraft, so alt wie das Wissen um einen magischen Namen.

Ich kauere mich an den Rand und sammle ein paar verlorene Haare auf. Steife Borsten, drei Zentimeter lang, zwei davon mit weißen Spitzen. Ich schiebe sie in meinen Bart und lege mich in das Bett des Rentiers. Sein schwerer Geruch hängt über der Erde voller Rätselhaftigkeit und Stärke. Im fünften Jahrhundert hat Parmenides gesagt: »Wo Menschen schlafen, gibt es Namen.« Die Stämme der Bäume füllen meinen Blick aus, sie werden in der Ferne zu einem dichten Wall. Ich rolle mich zu einem festen Ball zusammen. Der Grund ist kalt an meinem Gesicht. Ich versuche mir vorzustellen, in der Dunkelheit hier zu schlafen, geborgen in den Geräuschen der Nacht, aufzuwachen im Morgenlicht.

Baumstämme umgeben mich, die Füße im Schnee, der weiß ist wie Milch.

Früher gaben die Frauen, die stillten, den Kindern Namen. Essen war Beweis des Lebens, Leben verlangte nach einem Namen. Da Männer nicht nährten, hatten sie auch nichts mit der Namensgebung zu tun. Französinnen geben Kleinstkindern immer noch einen Milchnamen, eine temporäre Bezeichnung, solange das Kind noch ein Säugling ist. Dieser Name bezeichnet die Seele und wird geheimgehalten. Die Riten der Innuit verlangen drei Tage Wartezeit, bevor ein Neugeborenes einen Namen bekommt. Sie wollen es erst untersuchen, sicherstellen, daß seine Gegenwart für den Stamm akzeptabel ist. Bis das Baby einen Namen hat, gilt es nicht als Mensch.

Mir ist kalt geworden. Mein schlimmes Knie schmerzt, mein schlimmes Ohr ebenfalls. Ich liege hier noch nicht sehr lange und fühle mich schon unwohl. Dieses schlichte Versagen ist schlimmer als meine Ängste, ein lausiger Vater zu sein. Ich richte mich wieder auf und schreite durch den Wald. Wind braust über den Fluß in mein Gesicht. Ich denke an Adam, seinen unglaublichen Druck, jedem Lebewesen einen Namen zu geben. Jedes Wort, das er vor sich hin brabbelte, wurde ein Nomen.

Ein vom Biber gefällter Baum spreizt seine Zweige über das Eis, wo der Fluß das Land berührt. Die Strömung treibt Hunderte kleiner Fische unter der Oberfläche entlang. Die meisten sind tot, nur ein paar wedeln noch mit kleinen Flossen. Ein Dutzend treibt in einer Art Lagune, umschlossen von einem Biberdamm, und ich frage mich, ob sie vom selben Schwarm sind, gemeinsam geboren, gemeinsam sterbend. Ich stelle mir vor, mit meinen Kindern im Wald spazieren zu gehen, und bemerke, daß ich bereits im Plural denke, obwohl noch nicht mal das erste seinen Namen hat. Das Baby, das Rita austrägt, wird einen Verbündeten gegen mich brauchen. Verstärkung hilft gegen das Aussterben. Dieser Bedarf für einen weiteren Namen reduziert den Druck auf unsere jetzige Entscheidung. Wie Adam habe auch ich die Möglichkeit, mich zu irren.

Immer mehr tote Fische treiben vorbei, klein und silbern, geformt wie Speerspitzen. Das Leben wird Zwillinge so sicher trennen wie ein Damm den Fluß. Der Hindu-Gott Bindumati teilte den Ganges, und Isis teilte den Fluß Phaedras. Moses wurde erst spät zu einem Mythos. Er litt an einem Sprachfehler und verließ sich auf die Eloquenz seines Bruders, bis sie in die Wildnis zogen und begannen, sich zu streiten. Ich denke an Aarons magische Angel und hole mit einem gegabelten Stock einen Fisch aus dem Fluß. Er hat einen schwarzen Punkt hinter jedem Auge; eine kleine Kreatur, die plötzliche Temperaturwechsel nicht überlebt. Jedes Jahr sterben Tausende von ihnen, Familien werden ausgelöscht. Unser Kind wird niemals einen großen Bruder oder eine große Schwester haben, niemals abgelegte Kleider tragen. Ich lege den Fisch auf einen Baumstamm, Futter für ein Opossum oder einen Waschbären. Nichts stirbt vor seiner Zeit.

Unter dem Schnee liegen die Blätter des letzten Herbstes, es geht sich darauf wie auf einer Matratze. Überall Spuren und Kot von Rentieren. Ich ziehe meinen Handschuh aus und zerdrücke ein Kügelchen zwischen Daumen und Zeigefinger. Es ist weich und noch warm. Ich bin nah.

Als ich am Rand einer Lichtung stehenbleibe, hebt ein Rentier seinen Kopf und betrachtet mich mit der Neugier eines Waschbärs. Direkter Augenkontakt bedeutet Aggressivität und macht den meisten Tieren Angst, deswegen wende ich meinen Kopf leicht ab und starre die Flanke des Rentiers an. Wir teilen das Geschenk des Wissens. Es wird länger warten als ich, denn im Wald gibt es keine Zeit, nur Leben und Verwesung mit Wetter an den Ecken. Ich hatte nie eine Uhr. Zeit ist ein Rorschach-Test, verkehrt herum in einen Möbius-Streifen hineingefaltet. Zeit ist der Name, den wir dem Leben geben. Die moderne Gesellschaft gibt uns Rassen, Klassen, Ordnung, Art, Familie, Gene und Unterspezies – jeder Organismus hat seinen Platz. Einmal identifiziert, gehört er zu uns, wie mit einem Spitznamen bezeichnet, den nur wenige kennen. Quantenphysik kann das Theoretische benennen, wie man mit einem Namen ein ungeborenes Kind benennt. Es gibt nichts, was keinen Namen hat; wie Töten ist auch das unsere Art, die Welt zu beherrschen.

Das Rentier knabbert an einem Zweig, es hat sich an meinen Anblick zwischen Bäumen und Büschen gewöhnt. Was unbeweglich ist, macht keine Angst. Das Rentier sieht hin und wieder zu mir her, und ich stelle mir vor, daß es seinen Pelz in meinem Bart erkennt. Meine Wange juckt, aber ich kratze mich nicht, um das Rentier nicht zu verscheuchen. Vor vielen Äonen war der Name identisch mit dem Ding selbst. Das Wort *Deer*, Rentier, kommt vom altenglischen *Dior*, was »Biest« bedeutet. Mit der Zeit wandelte sich das Wort vom Allgemeinen zum Spezifischen. Das Biest wurde zum *deer*. Die Gegenwart entblößt die Vergangenheit.

In Sanskrit bedeutet *naman* sowohl »Name« als auch »Seele«. Hunde, Katzen und Pferde erhalten das Geschenk des Namens, weil sie sich uns unterwerfen. Meine Mutter spricht mit ihren Grünpflanzen und gibt ihnen Namen. Die Sprache schützt uns, das mächtige Werkzeug des schwächsten Säugetiers. Zu benennen ist zu wissen, der erste Schritt einer Identität. Ein Kind, ein Name; die Gravur der Seele.

Eine Krähe landet in einem Hickory-Busch und wartet mit aufgesperrtem Schnabel, die Angewohnheit eines jungen Vogels aus dem Nest. Als ich den Kopf drehe, um den Vogel anzusehen, flüchtet das Rentier, den Schwanz erhoben, wie eine weiße Flagge. Seine plötzliche Flucht erstaunt mich. Ich spüre seine Furcht, ein Gefühl, das ich mit meiner eigenen plötzlichen Panik verbinde. Ich eile über die hartgefrorene Erde und bin sicher, daß Rita gerade gebärt.

Ich poltere ins Haus und störe ihr Schläfchen auf der Couch. Sie hat keine Wehen. Das Baby ist gesunken, aber es treibt noch in seinem eigenen Fruchtwasser. Ich bringe Rita einen Saft und setze mich zu ihr, warte wie die Krähe auf die Versorgung durch das Leben. Wir einigen uns auf einen

Namen. Wenn es ein Junge wird, werden wir ihn Sam nennen und uns um die Einzelheiten später kümmern.

Rita streckt die Arme aus, umarmt mich, geschwollene Brüste, seidenes Haar an meinem Gesicht. Der Duft frisch gespaltener weißer Eiche erfüllt das Haus. Wir lümmeln den ganzen Tag auf der Couch herum und beobachten die frühe Dämmerung. Ich drücke meinen Bauch gegen ihren, spüre, wie sich das Baby bewegt. Der Mond ist rund und weiß wie ein frischer Baumstumpf. Ich füttere das Feuer, wohl wissend, daß die Geburt unseres Kindes einen samtenen Keil zwischen uns treiben wird. Wir sind mittlerweile weniger Geliebte als Partner, alte Kumpel, die das Wetter beobachten, die ihren Gewohnheiten nachgehen. Wir haben unsere Schwingen ausgebreitet und uns fürs Leben zusammengeschlossen. Sie hat meinen Namen angenommen.

Zwei Tage, nachdem ich Boston verlassen hatte, schlief ich unter einem Picknicktisch auf einem Rastplatz in Grizzard, Virginia. Mein Körper war steif, aber ich spürte ein adrenalisiertes Wohlgefühl. Die Weite des Nordwestens lag hinter mir. Ich war auf dem Weg zur südlichsten Seite des amerikanischen Kontinents, zu einem gigantischen Sumpf, einem Fluß aus Gras. Ich entschied mich, Alkohol und Droge aufzugeben. Die Everglades würden mein Entgiftungscenter sein, ein Kloster. Ich war sicher, dort würde ich den Rest meines Lebens verbringen.

Ein Trucker hielt, weil er jemanden brauchte, der ihn wachhielt. Zwanzig Stunden später ließ er mich südlich von Jacksonville raus, wo ich Hunderte von Fahrern dabei beobachten durfte, wie sie den I-95 entlang brausten, ohne mich auch nur einmal anzusehen. Ich marschierte ein paar Meilen zur Gabelung der A1A und entdeckte eine Nachricht auf einem Straßenschild. In die Rückseite des glänzenden Metalls, als hätte ein sterbender Mann seinen eigenen Grabstein geschrieben, waren die Worte eingeritzt: »Übelste Stelle in den USA, um als Anhalter mitgenommen zu werden. Drei Tage hier. Fuck Florida. Fritz.«

Darunter stand die Bilanz der Straße:

3 Tage – Will.

27 Stunden – Schmitty.

17 Stunden – Larry.

2½ Tage – Pablo.

32 Stunden – Phil.

1 Tag, 4 Stunden, 18 Minuten – Pete the Tick.

Ganz unten auf dem Schild, mit zitternder Hand geritzt, folgte das Finale: »Du sitzt fest, Bruder. Entspann dich, rauch was, *get high*.«

Noch vor ein paar tausend Jahren war Florida unter Wasser, das macht es zur jüngsten Landmasse der Welt. Als ich das Schild las, wünschte ich mir, es wäre unter Wasser geblieben. Die wunderbare Stadt Flamingo war noch über vierhundert Meilen entfernt. Ich entschied mich, dem Schicksal eins auszuwischen, der Göttin der Vagabunden und des Sumpflandes zu vertrauen und meinen Daumen in den Wind zu halten. Um der Sonne zu entgehen, stand ich im schmalen Schatten des Schildes. Sieben Stunden später stand ich immer noch da, von Käfern angebissen, von der Hitze im Delirium, ich starrte die Rückseite der Freiheit an – die dumpfe Verzweiflung der Bewegungslosigkeit.

Neun Meilen östlich war der Ozean, eine Ewigkeit von Lichtjahren entfernt. Der Rest des Kontinents breitete sich wie ein Fächer über mir aus. Mir wurde klar, daß ich keine Idee hatte, was ich vorhatte, daß ich nie eine gehabt hatte. Zwölf Jahre, nachdem ich Kentucky verlassen hatte, haderte ich immer noch mit dem 20. Jahrhundert, ich war allein und immer noch nicht klüger, nur geschickter, das zu verhehlen.

Der Westen war aufgeteilt, der Everest bestiegen, Afrika ergründet. Selbst durch Tibet reisten Weiße wie eine Plage. Trampen war ein lächerlicher Ersatz für Abenteuer. Als junger Mann hatte ich diese Reiseform ideal gefunden, aber jetzt war ich dreißig, bar der Entschuldigung der Jugend. Zum ersten Mal in meinem Leben kam ich mir alt vor.

Ich überquerte den Highway, wandte mich nach Norden und wurde von einem alten Fischer mitgenommen, der ein dünnes Skiff in einem Pick-up transportierte. Das hintere Drittel des Bootes hing von dem Truck herunter. Er ließ mich im Boot sitzen. Sobald wir den Staat Georgia erreicht hatten, klopfte ich an das Fenster und hopste raus. Er gab mir eine halbe Dose Insektenspray, das nützlichste Geschenk, das ich jemals bekommen habe. Als es dämmerte, war die Dose leer, und ich machte mir nicht mehr die Mühe, die Stiche und Bisse an meinem Körper zu kratzen. Das Fleisch um meine Augen war geschwollen, ich war halb blind. Als ich aus dem Busch taumelte, hielten zwei College-Jungen in ihrem Wagen an. Sie schienen enttäuscht, daß ich nur ein Opfer der Insekten war und nicht das eines mißlungenen Dope-Deals. Aus Mitleid nahmen sie mich nach Florida mit. In Miami stieg ich in den Bus nach Florida City. Der Fahrer sprach kein Englisch, was erklärte, warum so viele New Yorker hierherzogen – sie fühlten sich daheim. Florida City war die letzte Stadt vor den Everglades, und ich fragte mich, wie ich jemals aus Flamingo rauskommen würde, wenn ich einmal dort wäre. Nasse Luft preßte sich gegen mich wie ein Schwamm. Ich marschierte zum Busbahnhof und rief Bucky an, der sagte, er sei auf dem Weg. Ein alter Mann, der Tabak kaute, saß hinter dem Tikket-Schalter. Ich sagte ihm, ich wäre unterwegs zu den Everglades. Er spuckte Tabaksaft gegen eine braune Wand.

»Nein, bist du nicht«, sagte er.

»Ich habe einen Job dort.«

»Du bist nicht dorthin unterwegs.«

»Warum nicht?«

»Du bist schon in den Glades.«

Ich ging raus und wartete auf Bucky. Vom Stadtrand aus reichte die monotone Landschaft mit Säge- und Riedgras in jede Richtung, als gäbe es keine Menschenwelt. Über dem niedrigen Horizont hing blaßgrauer Himmel. Ein Moskito biß mich. Erst langsam, dann immer schneller, begriff ich, daß ich diesen Job auf sehr ungewöhnliche Weise bekommen hatte. Während die Feuchtigkeit meinen Körper umschlang und in meine Klamotten einzog, fragte ich mich, ob es vielleicht ein Irrtum gewesen war, im August nach Florida zu kommen. Ich hatte sechzig Dollar in meiner Socke stecken, genug, irgendwo anders hinzukommen. Ich sah auf meine Karte. Mit Lake Okeechobee als Auge sah Florida aus wie eine Schildkröte, die ihren Kopf aus dem Panzer Amerikas steckte. Aus einer anderen Perspektive erinnerte der Staat an einen narbigen, schlaffen Schwanz, und ich war unterwegs an seine Spitze. Die zerknitterte Karte war mir unangenehm bekannt. Wenn ich ginge, wüßte ich nicht, wohin. Ich hatte bereits in fast allen Staaten gelebt oder sie zumindest durchreist.

Ein kleiner, stämmiger Mann mit Cowboyhut parkte seinen Truck am Rinnstein.

»Gott verflucht«, sagte er. »Zivilisation! Bist du Chris?«

Ich nickte. Er betrachtete mein geschwollenes Gesicht.

»Naja, für einen Naturkundler siehst du nicht mehr sehr natürlich aus.«

Bucky gab mir eine Dose Insektenspray, und wir fuhren dreißig Kilometer eine schwarze Asphaltstraße entlang, die sich durch Mangrovensümpfe und endlose Sägegrasfelder wand. Er zeigte mir Orientierungspunkte, die wenig mehr als Hügel waren – Mahagony Hammock, Long Pine Key, einen ein Meter hohen Aussichtspunkt. Schlangen lagen auf den Straßen und genossen die Wärme des Teers. Große Vögel kreisten über unseren Köpfen.

Die Straße endete am lächerlichsten Ende der Welt seit Ponce de Leóns erstem Camp. Flamingos Hauptgebäude hatte zwei Stockwerke mit Blick auf die Bucht. Dahinter lag das Dock. An der Küste entlang standen ein paar wackelige Baracken, jede in einer anderen Form. Bucky sprühte sich ein, öffnete die Tür und rannte zum nächsten Haus.

Obwohl es Tag war, war niemand zu sehen, keine Autos auf dem Parkplatz. Ein Seil klackerte an einem nackten Fahnenmast. Ich hatte das Gefühl, daß alles sehr unwirklich war: Ich war auf dem Interstate niedergemetzelt worden, und dies war eine besonders merkwürdige Form des Lebens nach dem Tod. Als ich den Truck verließ, entdeckte ein Rudel Moskitos mein Gesicht und meinen Hals. Ich rannte zu der mysteriösen Tür, riß sie auf und taumelte hinein.

»Gottverdammt«, sagte Bucky. »Laß nicht den Sumpf rein.«

Er knallte die Tür zu, und wir verbrachten die nächsten Minuten damit, Moskitos zu erschlagen. Er gab mir das offizielle Hemd der Naturkundler, dessen Kaufpreis er von meinem ersten Lohn abziehen würde. Er wies mir ein Zimmer zu und nannte mir die Eßzeiten für die Angestellten. Kost und Logis würden ebenfalls abgezogen werden. Ich fragte, ob wir in Gutscheinen bezahlt würden, aber er verstand den Witz nicht.

»Du hast das Abendessen verpaßt«, sagte Bucky. »Geh morgen nach dem Frühstück zu Captain Jack.«

»Wo sind alle?«

»Wer?«

»Irgendwer.«

»Heute keine Touristen. Die Angestellten bleiben meistens drinnen.« Er gab mir die Hand. »Willkommen im Sumpf.«

Ich holte meinen Rucksack und rannte auf mein Zimmer; während ich mit dem Schlüssel hantierte, kassierte ich etliche weitere Bisse. Da war ein naßkaltes Badezimmer, zwei Doppelbetten und eine Schiebetür mit Blick auf den Ozean in hundert Meter Entfernung. Feuchte Luft blockierte das Zimmer, Schimmel wuchs in den Ecken. Ich stellte die Klimaanlage an, die lustlos warme Luft hereinpumpte.

Ich packte aus und fing an, in dem Buch über Florida zu lesen, statt nur die Fotos anzugucken, wie ich es in Boston getan hatte. Höhenangaben wurden in Zentimetern gemacht. Die Frucht des Manchineelbaumes war wasserlöslich und so extrem giftig, daß Regen, der durch die Baumkrone fiel, tödlich sein konnte. Ich war freiwillig in die lebensfeindlichste Gegend der Welt gereist. Ponce de León hatte den Großteil seiner Zeit auf der Insel Bimini verbracht, und langsam begriff ich warum.

Eintöniges Hämmern weckte mich im Morgengrauen. Bucky trat ein, er trug einen Bademantel, Cowboyhut und Stiefel.

»Kannst du kochen?« fragte er.

Ich schüttelte den Kopf.

»Weißt du jemanden, der's kann?«

»Ich bin gerade erst angekommen.«

»Ja, ja, der Naturkundler. Vergiß das Frühstück, der Koch hat gekündigt. Das Boot ist kaputt, also hast du heute keine Arbeit. Glücksschwein.«

Die *Heron* war ein Flachboot mit zehn Reihen von Bänken unter einem Plastikplanendach. Im Morgenlicht, das durch den aufsteigenden Nebel aus dem Sumpf drang, sah das Boot so seetüchtig wie ein Ziegelstein aus. Es war dick mit Algen und Muscheln bewachsen, die wie Efeu auf dem Holz klebten. Ich war dreitausend Kilometer gereist, um mein Boot zu lieben; ich hatte geplant, es »Sie« zu nennen und fand diesen stinkigen Schrottkahn. Das beste, was man von der *Heron* sagen konnte, war, daß sie möglicherweise nicht leck war.

Ein Mechaniker namens Dirt sagte, um den Motor zu

reparieren, müßte er ihn ausbauen. Ich bot meine Hilfe an. Wir balancierten den Motor auf die Reling und begannen, ihn auf den Pier zu schieben. Der Druck schob das Boot vom Dock weg. Dirt kreischte, und ich ließ den Motor los, woraufhin er ins dunkelgrüne Wasser der Floridabay fiel. Dirt starrte mich an, sein Gesicht zuckte. Ich trat zurück, und er donnerte seine Faust mehrere Male gegen den Pier.

Die nächsten drei Stunden lang saß Dirt am Heck und starrte an der Stelle, wo der Motor gesunken war, ins Wasser. Jedesmal, wenn ich das Boot verlassen wollte, sah er mich so wütend an, daß ich auf meinen Posten zurückkehrte und gegen die Moskitos kämpfte. Schließlich kam Bucky an und grinste wie ein Frosch.

»Scheiß auf den Motor«, sagte er zu Dirt. »Ich hab schon einen neuen bestellt. Er ist in einer Woche da.«

»Du scheißt vielleicht auf den Motor«, sagte Dirt. »Ich hab ihn geliebt.«

»Verdammt guter Motor, Dirt. Verdammt gut. Hast du Hunger?«

»Ist Rafe zurück?«

»Hat sein Pupsloch aus Miami vergessen und ist zu Slim zurückgekehrt.« Bucky sah mich an. »Sie sind Latino-Homos.«

Als ich nichts sagte, schien ihm das plötzlich peinlich zu sein. »Wollte dich nicht beleidigen, wenn du auch einer bist«, sagte er.

»Bin ich nicht.«

»Ist auch egal. Slim is' nix wert, aber Rafe hat in Havanna kochen gelernt. Wenn man Eier will, muß man auch die Henne behalten.«

Nach dem Lunch entdeckte ich, daß es keinen Strand in Flamingo gab. Weder schien das Land zu enden noch der Ozean zu beginnen, sondern an irgendeinem nicht wahrnehmbaren Punkt wurde das eine zum anderen, nur die Stelle wechselte, abhängig von den Gezeiten. Die Moskitos jagten in großen dunklen Wolken. Das Kleingedruckte auf den Dosen mit Insektengift warnte, das Spray würde Plastik korrodieren und Lack ruinieren und sollte nicht von Menschen getrunken werden. Ich benutzte es nur auf meinen Klamotten und kassierte dafür durchschnittlich 150 Bisse pro Tag. Ziemlich schnell entwickelte ich eine Art Immunität.

Während wir auf den neuen Motor warteten, lernte ich ein paar meiner Arbeitskollegen kennen. Rafe und Slim kamen aus Castros Massenentlassungen von Soziopathen und Regimekritikern. Slim sagte mir, er liebe Kuba dafür, weil es ihn zum Tellerwaschen in einen Sumpf geschickt hatte. Rafe drehte sich Lockenwickler ins Haar, rasierte sich die Beine und trug, wie er sagte, »akzeptable, fast absatzlose« Schuhe in der Küche. Drei- oder viermal in der Woche hatte er jähzornige Anfälle.

Der haitianische Koch war ein lieber Typ, der offen Dope rauchte und schlicht als »Der Haitianer« bekannt war. Dauernd marschierte er an der Wasserlinie entlang und suchte nach dem Traum aller Einwohner Floridas – einer Riesenkiste Marihuana im Wasser.

Der Angestellte, der am längsten hier war, war ein Kellner namens Grimmes, der stets ein weißes Hemd und schwarze Hosen trug. Er hatte soviel Zeit damit verbracht, den Moskitos aus dem Weg zu gehen, daß er auch drinnen nicht mehr stillsitzen konnte. Ich hörte Grimmes nie sprechen, und auch niemand anders hatte ihn je gehört. Von den drei Frauen im Sumpf wurde er oft geärgert. Alle drei hießen Vickie. Sie wurden allgemein als Vickie One, Vickie Dos und Vickie Tres bezeichnet. Eine war die gigantische Urmutter des prähistorischen Sumpfes. Ihre Brüste begannen am Hals, beschrieben eine Parabel und endeten irgendwo unter ihrem Kleid. Ihre ständige Begleiterin war kaum einsfünfzig groß und hielt nie den Mund. Sie trug immer dieselben Jeans, den obersten

Knopf offen. Die dritte war älter, schien kahl zu werden und behauptete, bei einem Überfall angeschossen worden zu sein.

Die drei Vickies verschwanden nachts nach Lust und Laune, bei welchem Mann sie wollten. Für Durchschnittsfrauen führten sie ein ausgesprochen aufregendes Leben. Sie waren die Hohepriesterinnen und hatten die Wahl. Sie hingen viel mit Rafe und Slim rum; gemeinsam strahlten sie eine androgyne Sexualität aus, die es in ihrer Intensität mit der permanenten Feuchtigkeit im Sumpf aufnehmen konnte. Sie rochen alle nach Salz, Sex und Gin.

Buckys Lieutenant war eine blonde Frau mit dem Stammhirn eines Reptils. Rose hatte links ein miserables Glasauge und hinkte auf einem künstlichen linken Bein. Der Haitianer fürchtete sie so sehr, daß er, wenn jemand nur ihren Namen sagte, sich sofort bekreuzigte, seinen Gürtel herauszog und ihn umgekehrt wieder einfädelte.

Schon vor meiner Ankunft hatte ich einen Feind. Mossy war der Naturkundler gewesen, bevor sie einen anderen Dummen für den Job haschen konnten. Er war sehr groß, dünn und besaß an einer Hand sechs Finger. Mossys Gesicht und sein Körperbau schienen das Vorurteil zu bestätigen, daß in jedem Amerikaner die Gene aller Immigranten steckten. Dummerweise waren ihm auch die Eigenschaften der in der Eiszeit zu Fuß eingewanderten Primitivlinge eigen. Vor einer Woche war er über den Tisch im Eßraum gekrochen, hinter einem seltenen Insekt her, das er nicht identifizieren konnte. Die anderen Angestellten räumten stumm ihre Teller weg, um ihm Platz zu machen. Plötzlich erkannte er das Tier, stand auf und verlor seinen Skalp an den Deckenventilator. Zufälligerweise hatte ich am nächsten Tag angerufen und war engagiert worden. Mossy warf mir vor, ich hätte seinen Job usurpiert.

Eine Reihe Mitarbeiter trieb sich im Sumpf herum, so daß ich sie nie kennenlernte. Täglich kamen neue Mitarbeiter. Manche blieben einen ganzen Tag, die meisten zogen nach ein paar Stunden den Schwanz ein. Zwei wurden von der State Police verfolgt und verhaftet. Ich hatte meine Talsohle erreicht.

Der »Windkanal« war eine offene Brücke, die das Hauptgebäude mit dem Büro des Rangers verband. In diesem Büro hing eine große verdreckte Karte, auf der man den Weg der Stürme von Afrika nach Florida markieren konnte. Der Ranger stammte aus der Bronx. Er widmete seine Stunden einem kleinen Radio und verfolgte die Ergebnisse der Mets.

Insgesamt erinnerte das Leben in Flamingo mich an das Wohnheim – hier trafen sich die Außenseiter, die vom Tisch gefallenen Würfel, die Falten im Gesicht Gottes. Nachdem ich eine Woche lang schwere Luft geatmet hatte, sah ich die Sache anders. Wir waren zurückentwickelte Menschen, die wieder zum Beginn ihrer Existenz zurückgekehrt waren; wir lebten weder an Land noch im Wasser, sondern in einer fremden Mischwelt. Diese Zwischenexistenz bewahrte jeden davor, dem anderen nahe zu kommen. Niemand stellte Fragen. Die Tatsache, daß jemand im Sumpf lebte, implizierte eine Vergangenheit, die irgendwie noch schlimmer und deswegen verlassenswert war. Die Glades waren Amerikas Version der französischen Fremdenlegion, der magere Lohn machte Alternativen unmöglich.

Bald verlor ich unter ständiger Zufuhr kubanischen Knastessens an Gewicht. Es gab Stärke mit wehrlos gekochtem Dosengemüse. Rafes größte Sorge war, Essen zu lagern, das die Feuchtigkeit aushalten konnte. Brot schimmelte über Nacht. Dreißig Meilen weit waren keine frischen Produkte zu bekommen. Zum Frühstück gab es Eier mit Mehl und Wasser, gerührt zu einer Masse in der Farbe von Weidenkätzchen. Ich fing an, zu jeder Mahlzeit Früchte zu essen.

Zur Hauptzeit der Moskitos lungerte ich im klimatisierten Büro des Rangers herum und las Flugblätter über den Sumpf. Er konnte keine meiner Fragen beantworten. Er mochte den

Sumpf nicht und mich auch nicht. Ich lieh mir alle seine Bücher und lernte genug, um dusseligen Touristen vorzutäuschen, daß ich die Gegend wie meine Westentasche kannte. Zwei Wochen nach meiner Ankunft baute Dirt den neuen Motor ein. Mein Urlaub war vorbei. Am letzten Tag, bevor ich auf dem Tour-Boot arbeiten sollte, klatschte ich mir eine dicke Schicht Matsch auf Gesicht und Hände und marschierte in die Mangroven.

Sofort verlief ich mich. Die Bäume wuchsen weit hinauf, ihre Stämme bildeten eine düstere Grabkammer. Myriaden von Insekten brummten über den Matsch, krochen mir in Ohren, Mund und Nase. Das Wasser klatschte rätselhaft in alle Richtungen. Obwohl ich noch kein Dutzend Schritte gemacht hatte, konnte ich meine Spur nicht mehr entdecken. Panik flutete wie Kerosin durch meine Adern. Ich wollte rennen und schreien. Ich konnte den Schweiß gegen den Matsch, der meine Poren verstopfte, drücken spüren. Ich sah nichts außer der feuchten Erde. Mein Schuh verhakte sich hinter einer Wurzel unter Wasser und ich stürzte. Der Matsch wurde von meinem Gesicht gewaschen, die Moskitos griffen an. Ich taumelte zum nächsten Baum und fing an zu klettern, die Füße rutschten am Stamm ab, rauhe Blätter schrammten über mein Gesicht. Der Baum war klein, aber er stand dicht neben einem großen, und so konnte ich mich über dem Wasser von Baum zu Baum bewegen. Sonnenstrahlen durchbrachen das Blätterdach. Ich bewegte mich in ihre Richtung, verlor den Halt und fiel in den Sumpf, nur ein paar Meter von der Stelle, an der ich ihn betreten hatte.

Zwei Silhouetten gingen auf mich zu, eine klein, eine riesig.

»Das ist unser Naturkundler«, sagte Bucky. »Ich will verdammt sein, wenn es nicht der engagierteste ist.« Ich schirmte meine Augen ab und starrte in das gefurchte Gesicht von Captain Jack.

»Sind Sie ein ernsthafter Mann?« fragte er.

Ich nickte. Er pflückte ein zehn Zentimeter großes Chamäleon von meiner Schulter. Er hielt es zwischen Daumen und Zeigefinger, drückte seinen Bauch, bis die kleinen Kiefer auseinanderklappten. Er hob die Echse an sein Ohr und ließ los. Das Chamäleon klammerte sich mit dem Mund am Ohrläppchen des Captains fest und zappelte mit den Beinen wild in der Luft. Ich lachte.

»Der ist okay«, sagte der Captain.

Bucky runzelte die Stirn, stützte die Hände in die Hüften und schüttelte den Kopf. Das erste und einzige Mal, daß er nicht in der Lage war, sein Grinsen aufzusetzen.

Captain Jack kletterte leichtfüßig an Bord der *Heron* und sah mich an, als wartete er auf etwas. Sein Haar war kurzgeschnitten und weiß wie Salz. Seine Augen waren Schlitze in einem sonnengedörrten Gesicht. Mit seinem leicht vorgereckten Kinn, der Hakennase und der Zaunpfahlfigur wirkte er wie ein römischer Staatsmann.

»Schon mal auf einem Boot gewesen, Junge?« fragte er.

»Nein, Sir.«

»Du legst ab, ich mach den Rest.«

»Ja, Sir.«

»Hast du gedient?«

»Nein, Sir.«

»Nennst du alle Männer ›Sir‹?«

»Manchmal.«

»Warum?«

»Hat mein Vater mir beigebracht.«

»Hat er gedient?«

»Nein, Sir.«

Er starrte mich beinahe eine Minute lang an. Er sah wirklich hin, nahm mich im wahrsten Sinne des Wortes wahr. Als er sprach, war seine Stimme weicher als zuvor.

»Du mußt mich nicht ›Sir‹ nennen.«

Ich machte die Leinen los, und wir entfernten uns vom

Dock. Flamingos ungleichmäßige Reihe von Baracken sah von See aus noch lächerlicher aus, verwundbar und einsam, als wäre sie nicht von Menschenhand gebaut, sondern von den Gezeiten angespült worden. Wir fuhren durch einen Kanal ins Landesinnere. Die roten Mangroven vergossen Tannin, das dem Wasser die dumpfe Farbe von geronnenem Blut gab. Captain Jack schaltete den Motor runter. Wir schipperten weiter, bis wir von hohen Mangrovenbäumen umgeben waren.

»Was ist mit Ihren Ohren passiert?« fragte ich.

Beide Ohrmuscheln sahen aus wie angeknabbert, rot und fransig.

»Abgeheilter Krebs. Kriegt man von der Sonne, die der Ozean reflektiert.«

Ich starrte in die Schattenwelt am Ufer. »Hier sind wir dann sicher, schätze ich.«

»Ja«, sagte er. »Dies ist einer der dunkelsten Plätze auf der Erde.«

Die düstere Landschaft glitt vorbei. Millionen von Insekten übertönten das Pulsieren des Motors, fressen und gefressen werden, ein Leben in einem Sommer. Captain Jack sah weit voraus, er steuerte die *Heron* intuitiv.

»Achte auf den Baumstamm, Junge.«

Ich folgte seinem Blick, sah nur die endlosen Mangroven und hin und wieder eine Zypresse. Das Kielwasser schäumte hinter uns wie die langen Schwanzfedern eines Truthahns. Ich erwartete, das Geräusch eines Baumstammes zu hören, der gegen den Bug prallte, am Boot entlang rauschte und die Schiffsschraube beschädigte.

»Backbord«, sagte er.

Im trüben Wasser kaum sichtbar, trieb ein Stamm von uns weg, die knubbelige Oberfläche war im Sumpf kaum zu erkennen. Es bumste gegen das matschige Ufer und hob sich weiter hinaus. Das Wasser floß ab, und eine spitze Schnauze kletterte auf das Ufer, gefolgt von zwei Stummelbeinen, einem langen Panzerkörper, noch zwei Beinen und einem Schuppenschwanz, der durch den Schlamm gezogen wurde. Der Alligator trottete parallel zum Boot, den Kopf hoch erhoben, als wäre er stolz. Ich spürte Neid und Angst. 300 Millionen Jahre waren in vierzig Sekunden vergangen. Ich hatte das Leben aus dem Wasser an Land gehen sehen.

»Ein kleiner«, sagte Captain Jack. »Höchstens sechs Taschen.«

Wir erreichten Coot Bay, eine in Licht getauchte Lagune, wo Schmetterlinge zwischen den Zweigen umherflatterten. Während wir hinaus in den Golf tuckerten, griff ein Adler hoch oben am Himmel einen Reiher an. Captain Jack nannte den Adler eine »Luftratte«.

Die nächsten drei Wochen fuhren wir täglich zweimal in den Sumpf. Es gab eine Tour zum Sonnenuntergang in die Bucht, auf der wir die Sonne in den Golf fallen sahen und schöne bunte Streifen am Himmel beobachten konnten. Hin und wieder begleiteten uns Delphine und bliesen Wasserfontänen in die Luft. Klagende Möwenschreie hallten durch die Dämmerung.

Ich stand in der Mitte des Schiffes mit Fernglas und einem tragbaren PA-System, identifizierte Vögel, Bäume, manchmal Seekühe und Alligatoren. Am liebsten erzählte ich von Hurrikans. Sie kamen im Durchschnitt alle sieben Jahre, der letzte wirklich schreckliche war 1926 gewesen. Die Everglades waren mittlerweile fest und sicher. Ein Hurrikan war so etwas wie ein Riesenstaubsauger, befreite den Sumpf von Pflanzendickicht, brachte neue Samen und Erde, blies tropische Vögel von den Inseln zum Festland. Die Natur brauchte Hurrikans. Sie waren so notwendig und wertvoll wie Waldbrände im Nordwesten.

Der Ranger gab mir einen Block Millimeterpapier, damit ich die Bewegungen der Stürme festhalten konnte. Eine Radiostation in Key West gab jede Stunde einen Wetterbericht durch, und Captain Jack lieh mir ein Radio. Von drei tropischen Tiefdruckgebieten wurde nur eins zu einem Sturm, aber der verbrauchte seine Kraft meist auf dem Weg über den Atlantik.

Wenn eine Tour wegen des Wetters ausfallen mußte, unterhielten Captain Jack und ich uns. Vierzig Jahre lang war er bei der Küstenwache gewesen, er hatte drei Männer getötet, nur einer davon tat ihm leid. Das Hauptverbrechen war Schmuggel. Ich fragte ihn, ob er spanisch könnte, und er sagte, genug, um sich auf See zu verständigen.

»Lassen Sie hören«, sagte ich.

»*Cómo se llama? De dónde es? Todo es una mentira. Salga de la barca.*«

»Was bedeutet das?«

»Wie heißen Sie? Woher kommen Sie? Das ist alles gelogen. Verlassen Sie sofort das Boot.«

»Was noch?«

»Nichts. Mehr habe ich nie gebraucht.«

Die meisten unserer Passagiere waren Touristen aus Europa, die ihren ersten Zwischenstop in Amerika machten. Die Franzosen beschwerten sich, daß unser Boot zu weich sei, die Briten faselten von Malaria, die Deutschen haßten unser Bier. Eines Tages belagerten dreißig Franzosen unser Boot. Wir fuhren raus in die Bucht, und ich entdeckte einen Baumstamm, der am Ufer entlang trieb. Captain Jacks zweisprachigem Beispiel folgend, kratzte ich mein bestes Französisch zusammen: »*Adroit, adroit! Alligator adroit!*«

Die ganze Bande reagierte, als hätte ich gesagt, der neue Beaujolais schmecke ganz wundervoll. Sie bahnten sich ihren Weg zur Reling, machten Fotos und grunzten höflich. Das Boot neigte sich nach Steuerbord. Ein vier Jahre alter Junge lehnte sich hinaus, den Körper zwischen den Stangen der Reling hindurchgereckt. Langsam hoben sich seine Füße in die Luft, und ich beobachtete, wie seine kleinen Beine über Bord gingen. Gedankenschnell sprang ich über die eiserne Reling und platschte in das ekelhafte Wasser, meine Füße knallten auf den Boden. Ich packte den Jungen am Haar. Etwas knallte auf meinen Kopf, und ich ließ ihn los. Neben mir schwamm der Rettungsring an einer Leine. Der Junge trat lässig Wasser, er war ein besserer Schwimmer als sein Retter. Ich packte den Rettungsring und schwamm zurück zu dem Jungen, der seine Zunge rausstreckte und eine Grimasse schnitt. Ich spritzte ihm Wasser in die Augen und packte ihn am Hals.

Vier Männer zogen die Leine zurück zum Boot. Captain Jack stand mit einer Hand auf dem Ruder, in der anderen hielt er eine Pistole, von der ich bisher nichts gewußt hatte. Mein Kopf bumste gegen die Bordwand. Ich hob den Jungen hoch, und er trat mir ins Gesicht. Als ich ins Boot gezogen worden war, war mein Hemd rot vom Nasenbluten. Der Junge lag in den Armen seiner Mutter.

Captain Jack steuerte die *Heron* ins Dock; ich taumelte an Land. Ich dachte an den Jungen, der in New York von seinem Pferd gefallen war, und fragte mich, ob dieses Kind zu retten mir nun Frieden mit dem Kosmos eingebracht hatte. Als die Passagiere das Boot verließen, küßte mich jeder zum Abschied auf die Wange. Captain Jack sah sehr traurig aus.

»Was hatten Sie vor?« fragte ich. »Mich erschießen, wenn ich ihn nicht rette?«

»Nein«, sagte er. »Wegen der Haie.«

»Was?«

»Sie sind hier gefangen, wenn Ebbe ist. Sie kommen nicht am Riff vorbei. Du bist ins Wasser der Haie gesprungen, Junge. Ziemlich dumme Sache.«

Ich wollte mich setzen und verfehlte die Bank.

»Steh auf, Junge«, sagte er. »Du bist schon okay. Meine Frau würde sich über Gesellschaft beim Abendessen freuen.«

Ich zog mich um, und er fuhr uns durch den Sumpf nach Homestead. Manchmal sah er mich an und schüttelte seinen Kopf. Mrs. Jack war sehr groß und behandelte mich, als wäre ich ein Sohn, der vom College nach Hause gekommen war. Sie servierte Fischstew mit Gemüse, mein erstes richtiges Essen seit Monaten. Captain Jack nickte, als sie von ihrem Tag erzählte – die anstrengende Gartenarbeit; ein Bridgespiel, bei dem sie mit einer Frau zusammenspielen mußte, die sie nicht mochte; der Salatpreis. Sie schienen eine Art Pakt über die Gesprächsthemen abgeschlossen zu haben, vielleicht das Resultat ihres Lebens, das sie damit verbrachte, sich zu fragen, ob er lebend heimkam. Ich lobte das Essen und fragte, was es war.

»Hai«, sagte sie. »Das Lieblingsessen des Captain.«

Er lachte stumm, dann nahm er mich mit zu einer Hintertür mit Fliegengitter, wo er eine Pfeife rauchte. Er hielt den Pfeifenkopf nach unten, eine Angewohnheit aus seiner Zeit auf See. Wir unterhielten uns nicht, obwohl ich das Gefühl hatte, daß er es gewollt hätte. Im Landesinnern zu sein, veränderte etwas zwischen uns, eine kleine tektonische Verschiebung, die wir nicht überbrücken konnten. Um zehn Uhr sagte er, es wäre Zeit, zu Bett zu gehen.

Er brachte mich auf mein Zimmer mit einem lebensgroßen Poster von John Wayne an der Wand. Auf einem Regal waren Modellautos neben einem staubigen Baseballhandschuh aufgereiht. Auf dem Schreibtisch stand das gerahmte Foto eines jungen, stoischen Gesichts in einer Marineuniform. Daneben lag eine kleine Schachtel. Captain Jack nickte dem Foto zu.

»Mein Junge ist gestorben, als er drei Männer rettete. Ziemlich dumme Sache.«

Er öffnete die Schachtel, in der auf ausgeblichenem Samt ein Bronzestern lag. »Der hat ihm was gebracht«, murmelte er. »Oder seiner Mutter.« Er klappte die Schachtel zu, stellte sie auf exakt dieselbe Stelle auf den Schreibtisch und ging hinaus in die Dunkelheit des Flurs. »Ziemlich dumm«, sagte er wieder.

Ich schaltete das Licht aus und stand ziemlich lange neben dem Bett. Ich zog mich aus, rollte meine Klamotten zusammen, schob sie als Kissen in mein Hemd und schlief auf dem Boden.

Am nächsten Tag war der Haitianer nicht mehr da. Die Polizei hatte ihn wegen illegalen Drogenbesitzes festgenommen, während ich beim Captain zu Besuch gewesen war, und der Schuldige war schnell gefunden – ich hatte gepetzt. Niemand leistete mir mehr beim Essen Gesellschaft. Wenn ich mich zu den anderen setzte, standen sie auf und suchten sich andere Plätze. Selbst Bucky wurde formeller, distanziert, als gäbe er mir lange Leine. Captain Jack und ich arbeiteten weiter gut an Bord der *Heron* zusammen, sprachen aber weniger. Er war barsch und ungeduldig. Sein Sohn war auf eine Weise, die ich nie verstand, zwischen uns getreten. Captain Jack schien mir mein Wissen über ihn übelzunehmen, so wie ein Mann wütend auf einen Freund ist, der ihm das Leben gerettet hat.

Mein offizielles Gedichtbuch füllte sich schnell mit Tagebucheinträgen. Ohne Freunde gestrandet, wurde das Tagebuch ein verlängerter Schrei hinaus in den Sumpf, das ständige Schnattern eines mit sich selbst sprechenden Mannes. Es war meine produktivste Periode.

Heiße Luft aus Afrika hatte ein Tiefdruckgebiet mit kalter Luft gefunden. Hitze und Kälte wirbelten zu einem tropischen Tiefdruckgebiet, das sich über den Atlantik bewegte, an Kraft gewann und den traditionellen Pfaden der Stürme folgte. Ich war begeistert, als es zum Sturm wuchs und den Namen Jacob bekam. Mehrere Male am Tag gab der Radiosender in Key West seine Position durch, die ich auf meiner kleinen Karte eintrug. Als der Sturm sich nicht auflöste, entwickelte ich mehr und mehr Hoffnung, blieb auf meinem

Zimmer und lauschte dem Radio. Der Ansager sprach furchtbar langsam. Er hatte die Angewohnheit, zwischen den Sätzen lange zu schweigen, so daß ich eine Frage stellen konnte in der Ahnung, was er sagen würde. Wenn ich recht hatte, war es, als würde er die Frage beantworten, als würde ich mich mit jemandem unterhalten.

»Von wo sendest du, Joe?« fragte ich.

»Dies ist Joesep Grady in Key West...«

»Worüber redest du?«

»... mit neuen Informationen über den Tropensturm Jacob...«

»Okay, wo ist der?«

»... vierhundert Meilen vor der Küste mit einer Windstärke von 75 Meilen pro Stunde. Der National Weather Service bezeichnet ihn jetzt als Hurrikan...«

Ich hörte ein Geräusch vor meinem Fenster. Halb erwartete ich eine Flutwelle mit Jacob im Rücken. Ich riß die Vorhänge beiseite. Dirt stand vor dem Glas. »Spitzel!« schnarrte er und zeigte mir seine beiden Mittelfinger. »Scheiß Funk-Spitzel!« Er verschwand nach den Moskitos schlagend in der Dunkelheit.

Zwei Tage später war Jacob 60 Meilen vor der Küste. Das Leben im Park hatte sich nicht verändert, außer daß die Feindschaft mir gegenüber offener geworden war, nachdem Dirt mein Radio entdeckt hatte. Ich ignorierte alle und konzentrierte mich auf den Hurrikan. Im Büro des Rangers verglich ich meine kleine Karte mit der großen an der Wand. Die Nummern paßten, aber die Nadeln auf der Karte steckten anders. Auf meiner Route kam Jacob direkt auf uns zu, aber an der Wand verpaßte der Hurrikan Flamingo um 200 Meilen. Ich kopierte die offiziellen Nummern in eine neue Zeichnung, errechnete den Weg abermals und verglich ihn mit dem an der Wand. Statt meines Irrtums entdeckte ich den des Rangers.

Ich klopfte an die Bürotür. Der Ranger hing vor seinem Radio, verschwitzt und angespannt. Ich erwartete Joesep Gradys Stimme, hörte aber nur statisches Rauschen. Der Ranger donnerte seine Faust auf den Tisch und stöhnte.

»Du Hurensohn«, sagte er. »Sie haben ihn abgeführt!«

Ich zeigte ihm die Diskrepanz, und sein Gesicht wurde blaß wie Milch. Er schluckte zweimal.

»Das muß ich dem Ober-Ranger mitteilen«, flüsterte er.

Die Touristen wurden evakuiert. Der Ranger packte seine Sachen und verschwand in der Dämmerung. Bucky entschied, noch 48 Stunden zu warten, um das Geld dafür zu sparen, die Angestellten in Hotels in Miami unterzubringen. Jacob kam dreißig Meilen näher. Joe Grady warnte, der Verkehr von den Keys sei sehr dicht, die Fahrer sollten vorsichtig sein. Der Himmel war dunkelgrau, das Wetter unglaublich ruhig. Das Wasser stieg den ganzen Tag.

Am nächsten Morgen strudelte Jacob wie ein Monster über den Horizont. Am Mittag brausten die Vorläufer des Hurrikans in Form von Wind und Regen über den Sumpf. Merkwürdige nasse Blätter klatschten auf jede Oberfläche. Das Wasser war fast zwei Meter gestiegen, aber es schien, als wäre das Land gesunken. Die Angestellten hatten einen Konvoi geformt, mich aber nicht gefragt, ob ich mich anschließen wollte. Dirt führte die Prozession in die Mangroven.

Ich ging auf mein Zimmer und schrieb ein Testament, vermachte alles meinem Bruder. Ich versuchte, ein Gedicht zu schreiben, kam aber nicht weiter als bis zum Titel »Blue Flamingo«. Ich verpackte mein Tagebuch in eine Plastikmülltüte, zog meinen Poncho an und trug das Päckchen raus. Ich war nie so ruhig gewesen. Jacob war näher gekommen. Ich kletterte die Stangen des Windkanals hoch auf sein Dach. Die Bucht war aufgewühlt weiß und voller Holz. Ich band mein Päckchen hinter einen Stahlträger, auf der der See abgewandten Seite in Richtung des restlichen Amerika.

Vor Jahren hatte ich Kentucky verlassen und ein wirres Lebensmuster in Gang gesetzt, an dessen Ende ich jetzt in einem schnell sinkenden Sumpf festsaß. Ich war in die Welt gegangen, um ein Mann zu werden, und nun kümmerte mich eigentlich sehr wenig. Der Großteil meines Lebens hatte aus einer Aneinanderreihung halbherziger Versuche der Selbstzerstörung bestanden. Irgendwie war ich immer davongestolpert – mich kriegt ihr nicht. Nun erwartete ich einen Heldentot, einen ehrenhaften Tod im Angesicht des Sturmgottes. Ich fühlte mich, als hätte ich den Hurrikan gemacht, wie ein Farmer, der um Wolken bittet, oder ein Medizinmann, der Regen macht. Jacob kam, mich zu holen, und ich würde ihn freiwillig treffen. *Hoka hey.*

In einem kurzen, stillen Moment hörte ich Dirts große Harley auf dem Parkplatz. Hinter ihm kamen die Autos. Ich kletterte die Leiter hinunter und fragte, warum sie zurückgekommen waren.

»Die Straße steht bis zu meiner Hüfte unter Wasser«, sagte Dirt. Ich starrte Jacob an, 25 Meilen weit weg. Er hatte unseren Grund in eine Insel verwandelt. Ein Regenarm klatschte in mein Gesicht. Alle rannten in Deckung, und ich fing an zu lachen. Niemand hatte Regenzeug außer mir.

Ich blieb bis zum Einbruch der Dunkelheit im Windkanal und sah Dirt und Slim in die Bar einbrechen. Sie gingen dreimal hinein, trugen Bier und Schnaps kistenweise raus und kicherten die ganze Zeit wie verrückt. Die Nacht war dunkel wie im Bauch einer Kuh. Gelangweilt von meiner Todessehnsucht und erschöpft vom Stemmen gegen den Sturm verließ ich den Windkanal. Durch eine offene Tür konnte ich mehrere nackte Leute sehen, jeder hielt eine Schnapsflasche.

Ich ging auf mein Zimmer und erwachte mit dem Meer sechs Meter vor meiner Haustür. Joe Grady sagte, der Hurrikan hätte 16 Meilen vor der Spitze Floridas angehalten. Ich zog mich an und schlüpfte in meinen Poncho. Draußen übergab sich Rafe stumm, er trug nichts außer einem BH. Im Eßzimmer aßen zwei Leute Pfirsiche aus der Dose und tranken dazu Bier. Ich machte mir ein Sandwich und ging zum Ufer.

Das Auge des Hurrikans ist groß genug, daß darin Flugzeuge fliegen können. Um diese zentrale Achse drehen sich Dutzende von Spiralarmen aus Wind und Regen. Je weiter sie vom Zentrum entfernt sind, desto eher vermischen sie sich miteinander. Jacobs Auge war so nah, daß jeder Arm von den anderen getrennt war. Während der Hurrikan sich drehte, traf ein Arm nach dem anderen die Küste wie die Speichen eines Wagenrades. Drei Minuten unglaublichen Windes brachte horizontalen Regen mit kieselsteingroßen Tropfen. Der Regen stoppte abrupt, ihm folgten drei Minuten absolute Stille. Dann ging alles von vorn los.

Ich saß einen Meter vom Ozean entfernt und sah den Horizont auf der linken Seite dunkel werden, rechts war er hell. Während der Hurrikan sich drehte, wechselten die Farben die Seiten. Der Himmel schien sich zu drehen, schwarz und weiß. Die Zeit bewegte sich in einem hypnotischen Kreis aus Wind, Regen, Ruhe, Wind, Regen, Ruhe. Die Augenblicke absoluter Ruhe waren am beängstigendsten, eine Täuschung, bevor Jacob einen weiteren Beweis seiner Gewalt lieferte.

Ein großer Pelikan versuchte, gegen den Wind zu fliegen. Obwohl er nur ein paar Meter von mir entfernt war, konnte ich das Geräusch seiner schweren Schwingen nicht hören. Der Vogel schien mitten in der Luft stillzustehen, er kam nicht vorwärts, wie sehr er sich auch anstrengte. Ein plötzlicher Windstoß donnerte ihn mit tödlicher Kraft zu Boden.

Es wurde früh dunkel, und ich kehrte ins Eßzimmer zurück. Die Scherben zerbrochener Whiskyflaschen glitzerten am Boden. Auf dem halbgegessenen Essen, das auf dem Tisch und dem Boden lag, wuchs bereits der Schimmel. Jemand schlief in einer Ecke. Dirt saß wie der verlorene König eines wahnsinnigen Königreiches auf einem Klappstuhl, die Beine breit, damit Vickie Uno vor ihm knien konnte. Ihr Kopf bewegte sich auf und ab. Rafe kniete neben ihr. »Nicht schlecht«, sagte er. »Benutz deinen Hals, nicht deine Schultern.«

Ich machte mir ein Sandwich, fand ein paar Karotten und kehrte zurück zum Windkanal. Der Schatten meines eingepackten Tagebuchs hing an dem Stahlträger wie ein Kokon. Es war ruhig geworden, eine warme Tropennacht. Von der Bucht herauf hallte das Geräusch der *Heron*, die regelmäßig gegen das Dock schlug. Die Mangroven und der Ozean vermischten sich mit dem Himmel zu unermeßlicher Dunkelheit, als wäre die Welt umgestülpt worden, um eine Höhle zu bilden. Der Regen knallte auf meinen Poncho wie Schrot. Wasser strudelte den Windkanal entlang.

Ich hob meine Hände hoch in die Luft. Wind aus jeder Richtung wickelte den Poncho um mein Gesicht. Ein irrer Windstoß hob mich in die Luft. Mein Körper kippte herüber zur Bucht, wurde vom Wind an das Geländer gedrückt, meine Beine wanderten hinter mir in die Höhe. Sekundenlang hing ich in der Luft, wartete auf den allerletzten Windstoß, der mich zerschmettern würde wie den Pelikan. Ich schrie in den Hurrikan, konnte ihn kaum erwarten, fluchte nach Erlösung.

Die Windstrudel veränderten sich, und meine Beine stürzten herunter, die Knie donnerten auf den Beton. Ein neuer Windstoß knallte mich ans Geländer. Ich schrie vor Schmerzen, konnte mich selbst aber nicht hören. Die Windstärke nahm ab, Jacobs Tentakel flogen auf seinem spiralenen Weg davon. In dem plötzlich einsetzenden Regen begriff ich, daß ich weinte, unglaublich frustriert von meiner Unfähigkeit, ausgelöscht zu werden. Ich ging auf mein Zimmer und duschte zum erstenmal seit drei Tagen. Meine Augen schmerzten vom Wind. Ich stellte das Radio aus und lag zitternd im Bett, enttäuscht, im Leben festzustecken.

Am Morgen war Jacob verschwunden.

Sonnenlicht glitzerte auf dem Wasser unter einem ursprünglichen Himmel. Der Hurrikan hatte alle Wolken in seine Innereien aufgesogen, die Luft war klar wie in der Wüste. Das Wasser war bereits ein paar Zentimeter gesunken, hinterließ Matsch, wo Gras gewesen war, überall lagen Trümmer herum. Die Plane über den Sitzbänken der *Heron* war fort. Das Boot stand tief unter Wasser. Eine lange Schlange schwamm darin vom Bug zum Heck und suchte nach einem Ausweg. Tote Fische lagen an Land. Als ich die Stufen zum Windkanal hinaufstieg, watschelte ein Alligator über den Parkplatz, sein Schwanz kratzte über den Teer, er hatte einen Silberreiher im Maul.

Die Bucht war ruhig und voller Bäume und Planken; eine tote Seekuh trieb darin. Ich kletterte hinauf zu meinem Tagebuch. Es war feucht, aber noch da. Im Eßzimmer schliefen Bucky und Dirt auf dem Boden. Bucky wachte auf und grinste mich an.

»Ich wußte, alles wird gut«, sagte er.

»Schnauze«, brummte Dirt. »Hab Kopfschmerzen.«

Rafe quietschte in der Küche, Edelstahltöpfe knallten auf den Boden. Eine andere Stimme fing auf spanisch an zu schreien.

»Schnapp dir einen Besen«, sagte Bucky zu mir.

»Ich kündige.«

»Jetzt ist die beste Zeit«, sagte er. »Keine Insekten, keine Touristen, keine Luftfeuchtigkeit.«

»Du schuldest mir sechs Tage.«

»Der Hurrikan zählt nicht.«

Ich trat so nah an ihn heran, daß ihm der Besen nichts nützte.

»Er zählt«, sagte ich.

Bucky versuchte zu grinsen, dann sah er zu Dirt, der mich ansah. Beide rochen schlecht und hätten eine Rasur vertragen. Ihre Klamotten waren so dreckig wie meine.

»Die Kohle für sechs Tage«, sagte Bucky. »Was bleibt da nach Kost und Logis? Sechzig Dollar?«

Ich nickte.

»Ich zahl dir das anderthalbfache, wenn du beim Aufräumen hilfst. Wir sitzen hier echt in der Scheiße.«

Ich schüttelte meinen Kopf. Rose kam durch die Schwingtür zur Küche. Ihre Augenklappe war feucht.

»Du kommst hier nicht weg«, sagte sie. »Wenn du nicht hier arbeitest, bist du nichts als ein Tourist. Du mußt ein Zimmer mieten.«

»Wie teuer ist ein Zimmer?«

»Ungefähr sechzig Dollar.«

Dirt beobachtete mich. Ich betrachtete den Saustall im Eßzimmer, ich wußte, daß der Park schon heute abend nach den verrottenden Tieren stinken würde. Nichts davon hatte etwas mit mir zu tun.

»Okay«, sagte ich.

»Okay, was?« fragte Rose.

»Yeah«, sagte Dirt. »Okay, was?«

Auf seinem Gesicht mischte sich bodenloses Erstaunen mit Wut. Ich sah ihn an, während ich ganz normal sprach. Wenn überhaupt, würde er Ärger machen. Es war mir ziemlich egal, aber ich hatte keine Lust, mich zu schlagen.

»Alles, was ich will, ist mein Lohn.«

»Wie du willst«, sagte die Frau. »Zahl ihn aus, Bucky. Ich hoffe, er ist bis mittag verschwunden.«

»Wird er«, sagte Dirt. »Mit mir. Ich will auch mein Geld. Ich hasse diese Gegend.«

»Wenn du gehst, schnapp ich mir ein Telefon«, sagte sie. »Die Bullen werden auf dich warten.«

»Dann komm ich einfach wieder her«, sagte Dirt. »Ich bin

schneller als jeder Wagen, den die haben, und ich werd mit meinem Bike über dein anderes Bein knattern. Wenn du mich verpfeifst, wirst du sehen, was du davon hast.«

Sie machte einen Schritt rückwärts und stieß gegen die Küchentür; die schwang zurück, schwang vor und knallte gegen sie. Rose stolperte auf ihrem falschen Bein.

»Bucky«, sagte sie. »Schmeiß sie raus.«

»Naja, tut mir leid, aber sie haben schon gekündigt.«

Er kicherte, Dirt fing an zu lachen. Ich lachte mit, und wir verließen gemeinsam das Eßzimmer. Bucky bezahlte uns bar und schüttelte uns die Hände.

»Es wird sie nicht lange einschüchtern«, sagte er zu Dirt. »Ihr macht euch besser auf die Socken.«

»Wenn sie mich erwischen«, sagte Dirt, »laß ich dich raus. Aber sag ihr, sie hätte Beihilfe geleistet, und das nicht zu knapp.«

Dirt schnürte meinen Rucksack mit einem verchromten Spinnennetz auf den Gepäckträger des Motorrades. Er sprang aufs Bike und trat auf den Starter, ich kletterte hinten drauf. Er riß das Vorderrad hoch, und wir fuhren in die Mangroven.

Zweimal mußten wir wegen Schlangen anhalten, und dreimal wegen Hochwasser. Vögel lagen tot in den Kronen der Bäume. Ohne die Feuchtigkeit in der Luft beleuchtete die Sonne alles mit ebenso beängstigender wie wunderbarer Intensität. Wir passierten drei Regenbogen, die irgendwo im Sumpf endeten. Als wir um eine scharfe Kurve brausten, trafen wir auf eine Alligatorenmutter, die ihre Jungen über die Straße scheuchte. Dirt bremste und wich nach links aus. Als wir vorbeischossen, drehte eines der Babys seinen Kopf. Für den winzigen Bruchteil einer Sekunde starrten wir einander direkt in die Augen. Der kleine Alligator schien ebenso überrascht zu sein wie ich.

Ein paar Meilen später hielten wir an, weil eine riesige

Schildkröte langsam die Straße überquerte. Dirt brach einen Zweig ab und schob die Schildkröte ins Wasser. Sie hinterließ eine Schleimspur auf dem Teer.

»Hat sich verlaufen«, sagte Dirt.

»Warum nimmst du mich mit?«

»Ich weiß nicht. Ich hab's satt, daß sie sich über mich erhebt.«

»Das war kein Funkgerät in meinem Zimmer.«

»Ich weiß. Ich bin am nächsten Tag eingestiegen. Du bist ein kranker Idiot, der mit dem Radio redet.«

»Niemand sonst hat mit mir geredet.«

»Wenn du ein Spitzel wärst, wärst du mit dem Ranger abgehauen. Fahren wir weiter. Ich muß untertauchen. Ich laß dich in der Stadt raus.«

Wir donnerten nach Florida City und hielten an einer Tankstelle. Die Stadt sah noch genauso aus wie vor dem Sturm. Dirt schnürte meinen Rucksack los und warf ihn auf den Asphalt.

»Gib mir deinen Führerschein«, sagte er. »Wir tauschen.«

Ich runzelte die Stirn, fragte mich, ob das das Abschiedsritual der Biker sei. Aber da ich kein Auto hatte, brauchte ich ihn sowieso nicht.

»Wenn sie mich verpfeift«, sagte er, »komme ich mit deinem Wisch noch 'ne Weile durch. Du bist nicht auf der Flucht, oder?«

»Nicht vor dem Gesetz.«

Ich gab ihm meinen Lappen. Er war aus Kentucky, der letzte Beweis meiner Herkunft. Alles andere in meinem Portemonnaie bezeichnete mich schlicht als Amerikaner. Dirt sprang aufs Bike und zwinkerte mir zu.

»Laß nichts anschimmeln«, sagte er.

Ich sah dem Beweis meiner Existenz nach: Er fuhr auf die Straße, bog ab und verschwand. Ich guckte mir seinen Führerschein an, um meinen neuen Namen zu lernen. Oh Gott, dachte ich, kein Wunder, daß er Dirt genannt wird. Plötzlich fiel mir ein, daß ich gar nicht wußte, wo ich hinwollte. Chris Offutt fuhr auf einem Motorrad davon. Jemand anders stand in einer Geisterstadt in Florida mit der schrecklichen Bürde der Freiheit auf den Schultern.

Der alte Mann auf dem Busbahnhof ignorierte mich, als hätte er sich schon gewöhnt an die Flüchtlinge aus dem Sumpf. Er spuckte knapp am Mülleimer vorbei.

»Wissen Sie, wer ich bin?« fragte ich ihn.

Er schüttelte den Kopf. Ich grinste und meldete ein R-Gespräch zu Shadrack an. Als der Operator fragte, wen er anmelden sollte, sah ich nochmal in den Führerschein.

»Clarence«, sagte ich.

Shadrack wollte nicht, aber ich unterbrach, rief: »Ich bin's, ich bin's«, und Shadrack nahm das Gespräch an.

»Hast du Platz für mich?« fragte ich.

»Wann?«

»Vielleicht in drei Tagen. Ich komme mit dem Bus.«

»Du kannst zwölf Stunden in meiner Höhle bleiben.«

»Länger könnte ich diesen Müll, den du malst, auch nicht ertragen.«

»Ich mal nicht mehr, Chris. Ich hab aufgehört, um meine Memoiren zu schreiben. Du wirst ein Schlüsselcharakter sein. Ich hab keine Zeit für dich.«

»Okay, bye.«

»Warte, Chris. Noch was.«

»Was?«

Er legte auf, der älteste Witz zwischen uns.

Der Bus nach Norden war ein rumpelnder, grauer Sarg, Symbol meines Versagens, wie eine gezähmte, verkrüppelte Echse. Wir kamen an einem Tramper vorbei, ich duckte mich, wollte nicht die Enttäuschung auf seinem Gesicht sehen. Nach Boston zurückzukehren war das erstemal, daß ich überhaupt irgendwohin zurückkehrte. Eine Dekade lang hatte mein Motto gelautet: »Immer vorwärts«, aber das hatte mich in einen Sumpf geführt und auf einen Bus reduziert. Vorwärts war zu rückwärts geworden.

Ich hatte sechs Dollar, als Shadrack mich in Boston traf. Er erinnerte sich noch an das Geld, das er sich früher von mir geliehen hatte, genug, mich mit Zigaretten und Essen zu versorgen. Er erklärte sich auch bereit, mit mir das Handtuch zu teilen, das ich ihm hinterlassen hatte. Ich fand Arbeit in einem Ein-Stunden-Entwicklungs-Service. Da ich der einzige Mann und der einzige Weiße war, nahmen die Kunden an, ich wäre der Chef. Ich kündigte, ich war es müde, daß die Leute Lügen über mich glaubten. Ich war kein Schauspieler, Maler, Stückeschreiber oder Dichter. Ich war einfach nur eine undefinierbare Person auf diesem Planeten. Ponce de León starb mit sechzig an einem Seminole-Pfeil; er versuchte immer noch, das Leben der Jungen zu leben. Ich würde seinen Fehler nicht wiederholen. Ich zog in ein besseres Wohnheim und schrieb ein paar Gedichte.

Ein paar Monate vergingen, und ich traf eine Frau. Rita war Psychologin und Musikerin. Sie war auf eine ehrliche Weise attraktiv, keine Anhäufung von Make-up, Diät-Limo und Designerjeans. Ihr Körper war einfach ihr Körper, von keinem Nautilus in eine menschliche Skulptur verwandelt. Ihre riesigen Augen waren ständig in Bewegung. Sie war viel intelligenter als ich. Sie war Calliope, die sich mit einem Sterblichen einließ.

Rita sagte, ich solle sie aus der Stadt herausholen, und obwohl ich jahrelang in Boston gelebt hatte, war Salem der einzige Platz, von dem ich sicher war, daß ich ihn finden könnte. Das Haus der sieben Giebel hat einen Geheimgang, durch den sich Touristen gegen eine geringe Gebühr führen lassen können. Wir hielten Händchen in der Enge zwischen den zwei Welten der Vergangenheit und Gegenwart. Ich wollte sie küssen, aber der Führer war in Eile.

Später zeigte ich ihr meine Gedichte, und sie sagte mir, daß es gar keine waren, sondern nur so aussahen. Unser erster Streit endete, als sie vorschlug, ich solle Prosa schreiben. Ich brachte ihr bei, Auto zu fahren, Poker und Billard zu spielen. Rita brachte mich zu den Menschen zurück, schützte und leitete mich. Ich aß und schlief wieder regelmäßig. Ich nahm zu.

In zwei Jahren zogen wir dreimal um, zuerst in ihre Heimat Manhattan, wo wir heirateten. Rita hatte keinen Bruder, ihre Eltern nahmen mich als Sohn an. Wir sparten Geld und zogen nach Ost-Kentucky. Meine Familie begrüßte Rita wie eine Königin. Sie waren sicher, mit ihr würde ich nicht im Knast oder tot enden.

Nach einem Jahr in den Bergen hatten wir unser Gespartes durchgebracht mit dem vergeblichen Versuch, ein kleines Haus zu renovieren; wir hatten es nur geschafft, ein Badezimmer anzubauen. Keiner von uns hatte Arbeit gefunden. Das Tagebuch war sinnlos geworden, eine offensichtliche Last. Mit nichts als dem Familiären um mich, wechselte ich zur Fiktion.

Rita drängte mich schon seit langem, Schreibunterricht zu nehmen, aber ich lehnte ab, denn ich hatte Angst zu erfahren, daß ich kein Talent hätte. Von all meinen eingebildeten künstlerischen Fähigkeiten hatte ich mich nur im Schreiben wirklich versucht zu beweisen. In Kentucky auf meinem Heimatberg hatte ich drei Stories geschrieben.

Pleite und verschuldet bewarb ich mich um mehrere Stipendien; die Universitäten wählte ich nach ihrer geographischen Lage aus. Rita favorisierte die Wüste von Arizona, ich die Berge von Montana. Ein Lehrer am örtlichen College schlug vor, ich sollte mich in Iowa bewerben, was ich tat, obwohl die Vorstellung, dort zu leben, mich nicht sonderlich begeisterte. Iowa antwortete zuerst, sie nahmen mich an.

Einen Monat später liehen wir uns noch mehr Geld und

mieteten einen Laster. Ich verließ erneut meine Heimat, verließ die Berge. Ich hatte nie meinen Platz in der Außenwelt gefunden, war aber zu lange weggewesen, um noch daheim sein zu können. Wir fuhren zwölf Stunden, ich hielt meine Stories in einem Umschlag im Schoß. Je näher wir Iowa kamen, desto schlechter erschienen mir die Stories. Ich hatte zurück in die Berge gehen müssen, um schreiben zu können, und ich fragte mich, wie ich auf dem flachen Land fortfahren sollte.

Wir campten am Coralville Reservoir, bis wir ein Appartement in einem billigen Haus neben dem Gefängnis fanden. Das erste Jahr war hart, und ich wollte am liebsten abhauen, das alte Muster. Rita überzeugte mich vom Gegenteil. Wir zogen in ein Haus am Fluß, wo ich mir ein kleines Schreibzimmer einrichtete. Ich hatte meine Göttin. Ich hatte meinen Tempel. Die Prärie breitete sich in alle Richtungen aus.

Das Baby ist zwei Wochen überfällig, ein Zeichen von Intelligenz. Es zieht die Sicherheit der Filterung einer Erforschung der Welt voller Licht und Luft, Leid und Freude vor. In letzter Zeit war es ruhig, es ist jetzt zu groß, hat keinen Platz mehr. Ritas Bauch ist ein riesiger Vollmond, ihr Nabel ein herausgedrückter Knopf. Ihre wunderbaren Brüste ruhen hoch auf ihrem Bauch. Sie kann kaum gehen.

Dies ist der letzte Tag des Wartens. Ich habe nur drei Stunden geschlafen, betäubt von einer Flasche Bourbon. Heute morgen habe ich keinen Kater, nur panische Angst vor einer Totgeburt. Es gibt keinen Grund, so zu denken; Rita geht es gut. Sie hat weder Koffein noch Alkohol oder Nikotin zu sich genommen. Ich habe ein schlechtes Gewissen, sie jeden Morgen zu verlassen, aber sie scheucht mich aus dem Haus. Sie kann sich nur wirklich erholen, wenn ich weg bin.

Feiner Schnee fällt vom Himmel. Der Nebel in den Bäumen ist in Wahrheit Rauch aus den Schornsteinen, vom drückenden Wetter auf der Erde gehalten.

Das Flußufer ist ein zusammengekauertes Stachelschwein; Baumstämme pieksen in den Himmel. Eine dürre Eiche ist, vom Blitz getroffen, im rechten Winkel abgeknickt. Ich krieche unter die herabhängenden Äste wie ein flötenloser Rattenfänger, wie Adam von Lilith, wie ein Druide, der keine bestimmte Eiche braucht. Schneeflocken machen es sich in den Falten meiner Jackenärmel gemütlich. Die Wildnis akzeptiert mich als ihre Verlängerung, wie ein Arm, der seine Hand kennt. Ich werde so alt und kalt wie die Bäume am Fluß und warte auf Schnee.

Wenn die Wehen heute nicht einsetzen, wird morgen im Krankenhaus die Geburt eingeleitet. So ein Zeitplan wird normalerweise für Jobs und Sportveranstaltungen aufgestellt. Nur Krieg und Geburt brechen von allein aus.

Wind auf der Oberfläche läßt den Fluß aussehen, als fließe er rückwärts. Ich schließe meine Hände um den Mund zusammen und imitiere den verhaltenen Eulenschrei. Eine antwortet, und ich entgegne nichts, zufrieden, die Dämmerung mit ihr zu teilen. Der Countdown hat begonnen. Wir sind wie ein Wachteam, das seine Distanz aufgibt, um das Baby in flagranti zu erwischen.

Ich fürchte den Verlust der Unabhängigkeit, obwohl es mir allein gar nicht so gut ging. Was wie Abenteuer aussah, war Verzweiflung, meine Courage nur die Unfähigkeit, die Angst zuzulassen. Dieses sichere Arrangement endet morgen. Ich werde das Vokabular eines Vaters lernen – wenn du älter bist, vielleicht später, frag deine Mutter.

Unter der Eiche liegt das Gewölle und der graue Kot einer Eule. Nachdem sie ihre Beute ganz heruntergeschlungen hat, würgt die Eule Knochen und Pelz in einem säuberlichen Päckchen aus. Dieses hier ist sehr hart, es ist alt. Ich breche es auf und finde den flachen Schädel einer kleinen Schlange. Als Kind hatte ich Angst vor Schlangen, und ich habe vor, meinem Kind das Gegenteil beizubringen. Kinder fürchten nur, was ihre Eltern fürchten, und die Eltern selbst.

Neben mir fließt der Fluß nach Süden, wo er sich mit dem Cedar vereinigt, der zum Mississippi fließt, der wiederum in den Golf fließt. Alles fließt in den Golf. Rita fühlt sich leichter. Der Babykopf ist hinunter ins Becken gerutscht. Morgen wird das Baby die Erde als kleines Bächlein bereichern. Wir haben vor vier Wochen alles vorbereitet, falls das Baby früher käme. Schon jetzt hat es uns reingelegt. Ich verlasse den Wald und gehe über unser Grundstück, um das Boot zu überprüfen. Vor Monaten habe ich es in den Garten gezogen, um es vor Treibeis zu schützen. An Land sieht das Boot größer aus als im Wasser. Ich setzte mich auf den mittleren Sitz. Rauch sinkt nach unten und umweht mich, das Vorzeichen eines kommenden Sturms. Der rauhe Schrei einer Krähe tötet die Stille. Ein Adler steht einbeinig auf einem Baum, in der anderen Klaue hält er einen blutigen Fisch und zielt mit dem Schnabel auf den Schuppenbauch. Krähen landen in nahen Büschen, als wollten sie einen besseren Jäger ehren. Sie erinnern mich an Kinder, die zu lernen versuchen. Ich habe den Eindruck, daß Väter immer eine andere Spezies zu sein scheinen.

Ich bleibe, solange ich es in der Kälte aushalte. Die Zweige biegen sich unter der Last des Schnees zur Erde. Jede Sekunde bringt mich näher zur Vaterschaft. Ich warte in einem Boot an Land, umgeben von Rauch, der nicht aufsteigt. Der Fluß fließt flußaufwärts.

Der Wecker summte im Morgengrauen. Ich kämpfte gegen die Müdigkeit, bis der Grund für die frühe Stunde genug Adrenalin losschießen ließ, um Trockeneis zu schmelzen. Draußen war es dunkel und dunstig. Ritas Augen leuchteten, erwarteten Erlösung. Mutterschaft und Vaterschaft sind die extrem unterschiedlichen Sichtweisen eines Medizinmannes und eines Fernsehpredigers, eines Protons und eines Elektrons, eines Quarterbacks und des Footballs selbst. Keiner von uns konnte frühstücken. Dunst vom Fluß stieg auf, vermischte sich mit dem Schnee, Himmel und Erde vereinten sich in der Luft.

Ich hielt Ritas Arm, als wir zum Wagen gingen. Die Sonne stieg auf, der Mond hing noch im Westen. Ich stand zwischen den zwei Begleitern unseres Planeten, spürte die Anziehungskraft und die Mythen der beiden. Die Erde war der Makler des Lebens, während der Mond die Zeit vergehen ließ. Ich fuhr langsam und vorsichtig. Wir sprachen nicht. Im Krankenhaus schob ein Pfleger Rita im Rollstuhl davon, ihr Bauch wies den Weg. Fünfzehn Minuten später tippte eine Krankenschwester mir auf die Schulter.

»Sind Sie der Vertretungsvater für Mrs. Offutts Kind?«

»Der Ehemann.«

Sie runzelte ihren Notizblock an. »Hier entlang«, sagte sie.

»Was meinen Sie mit Vertretungsvater?«

»Geburtsbetreuer.«

Ich folgte ihr durch ein ausgefeiltes Sicherheitssystem in den Kreißsaal, wo Rita lag, angeschlossen an Bündel von Kabeln, ein Blutdruckmeßgerät an ihrem linken Arm. Sie trug einen Gürtel, der den Zustand des Fötus mittels Elektroden, die an ihrem Körper befestigt waren, meldete. Eine Maschine nahm die Kontraktionen auf wie ein Seismograph. Sie bekam intravenös Pitocin verabreicht, ein Hormon, das die Wehen einleiten würde.

Ich fragte die Krankenschwester nach Alternativen.

»Stimulation der Nippel hilft manchmal, aber leider ist es zwei Wochen zu spät.«

»Leider?« sagte ich.

Von draußen hallte ein wütendes Jaulen herein. Die Krankenschwester eilte davon, und ich stellte mir vor, wie unsere Nachbarin gerade den zweiköpfigen Freak, der aus ihrem Körper gebrochen war, gesehen hatte. Ich holte das Kartenspiel aus unserem Koffer und ließ Rita abheben. Wir spielten Gin-Rommee, ich gewann leicht. Rita versuchte zu dösen. Ich ging umher und entdeckte eine Herde nervöser Männer, die auf ihre Lippen und Nägel bissen. Ein Mann zuckte unkontrolliert; ein anderer kratzte seinen Unterarm mit der methodischen Ausdauer eines Wahnsinnigen. Die Konversation bestand aus Grunzen und Schlucken. Dann wurden wir alle von einem verschwitzten Idioten vertrieben, der einen Monolog über die drei Babys hielt, die seine Frau verloren hatte. Wenn dieses nichts würde, wollte er sich scheiden lassen.

Ich besuchte die Kinderstation, wo acht Babys, eingepackt wie Mumien, in transparenten Krippen lagen. Ein winziges Mädchen lag unter Wärmelampen, und ich erinnerte mich an einen Klassenausflug zu einem Kinderheim. Zimmer um Zimmer voller nackter Idioten. In der Pubertät mußte man ihnen beibringen zu masturbieren, sonst besprangen sie Möbel und kleinere Kinder. Das schlimmste war ein neun Monate altes Baby mit einem wagenradgroßen Kopf, der an beiden Seiten vom vielen Liegen platt war. Man konnte die vier Schädelknochen unter der Haut erkennen, als trieben sie auf dem Meer des Gehirns umher.

Ich entfernte mich schnell. Die Krankenschwestern erzählten sich Witze hinter einer niedrigen Wand, die mich an die Bar eines Strip-Clubs erinnerte. Ich wollte einen Drink. Ich setzte mich zu Rita und begann, Gedichte zu lesen, konnte mich aber nicht konzentrieren. Als sie schlief, wanderte ich wieder in dem Labyrinth umher und warf einen Blick in den

Raum für Kaiserschnitte, eine prächtige Kammer mit der Atmosphäre einer geschrubbten Krypta. Er war leer, abgesehen von einem glänzenden Metalltisch unter einer Lampenreihe. Im Wartezimmer fand ich einen Agentenroman und las mich fest. Vier Stunden später nahmen Ritas Wehen zu, und ich war sehr hungrig. Die Sandwiches, die wir vor einem Monat in den Koffer gepackt hatten, waren verschimmelt. Während ich versuchte, ihr bei den Wehen beizustehen, kam ich mir eher wie ein Cheerleader als wie ein Betreuer vor. Vor allem wollte ich, daß die Dreißig-Sekunden-Kontraktionen endeten, damit ich zehn Minuten hatte, um in meinem Thriller zu lesen. Ein hochangesehener Beamter wurde verdächtigt, ein Maulwurf zu sein, und der Protagonist hatte eine Schußwunde in der Hüfte. Rita stöhnte. Alle halbe Stunde überprüfte eine Krankenschwester ihren Muttermund.

Rita begann mit der zweiten Stufe, und ich konnte meine Karten mit den Anweisungen nicht finden. Sie stöhnte vor Schmerzen. Ich war machtlos und frustriert, konnte nur ihre Hand halten und bis fünf zählen, während sie stöhnend die Luft aus den Lungen preßte. Ich rief einen Freund an und bat um Essen. Eine Stunde später brachte eine Krankenschwester eine Tüte mit einem Vollkorn-Thunfisch-Sandwich und einer kleinen Flasche Whisky. Zwischen zwei Kontraktionen aß ich das Sandwich, kotzte prompt in die Tüte und versuchte, es Rita nicht merken zu lassen. Meine Sensibilität war unnötig. Sie merkte nichts.

Die zweite Stufe dauerte lange, und unsere Ärztin kam vorbei, um die Dosis von einem Tropfen pro Minute auf zwei zu erhöhen. Sie fragte, wie es mir ginge, dann streichelte sie mir den Kopf. Eine Krankenschwester führte eine Elektrode in Ritas Vagina ein und befestigte sie am Schädel des Babys. Rita lehnte Betäubungsmittel ab. Sie wollte ihr Baby sofort nach der Geburt angemessen betreuen können. Sie atmete und grunzte, hatte mehr Energie als ein Sumo-Ringer. Sie hielt die Augen geschlossen. Ich tupfte Schweiß von ihrem Gesicht und fütterte sie mit Eissplittern, die ich in Saft getaucht hatte. Die Zeit verging in einminütigen Zyklen, die mich an den Hurrikan erinnerten – Atmen, Pressen, Pause, Atmen, Pressen, Pause. Der Computergraph schlug aus und legte Zeugnis ab von Ritas Arbeit. Der Raum schien zu verschwinden, nur wir beide blieben noch übrig, verbunden an unseren Handflächen. Später erfuhr ich, daß die Wehen sechs Stunden gedauert hatten.

Plötzlich füllte sich das Zimmer mit medizinischem Personal, zusammengerufen von einer Maschine in der Krankenschwesternstation. Der Monitor zeigte Gefahr für das Baby – jede Kontraktion ließ den fötalen Herzschlag absinken. Eine Krankenschwester rempelte mich beiseite und ließ eine verborgene Falltür im Bett zwischen Ritas Beinen herunter. Jemand stellte eine Art Wanne darunter. Mein Mund war trocken. Der Muttermund war auf das Maximum von zehn Zentimetern gedehnt, voll geöffnet, weich wie Teig. Eine Krankenschwester brachte ein riesiges glitzerndes Salatbesteck auf einem Stahltablett. Die Ärztin führte erst eines ein, dann das andere, preßte sie zusammen und fing an, sie nach Gefühl und Erinnerung zu bewegen. Alle Brauen waren naß. Ich konnte nichts tun, außer Ritas Gesicht abzuwischen und ihre Hand zu halten.

Die Ärztin rief nach einem Spezialisten, ein lustiger Typ mit dicken Unterarmen. Er führte eine Zange ein und zog daran, bis seine Knöchel weiß wurden, drehte dann seinen Körper ein wenig und zog das schleimige Instrument heraus. Er nickte unserer Ärztin zu und ging wieder. Ich stellte mir ein Baby mit einem sanduhrförmigen Kopf vor. Plötzlich fingen alle an zu reden. Die Ärztin kniete sich zwischen Ritas Beine und schrie: »Drück es raus, drück es raus!«

Flüssigkeit klatschte in die Metallwanne.

»Kommt«, sagte eine Krankenschwester. »Es kommt.«

»Herzschlag sinkt«, sagte eine andere.

»Fötaler Streß.«

»Nabelschnur um den Hals, Nabelschnur um den Hals.«

Ich sah hinunter und sah etwas Dunkles, Rotes, Rundes aus Ritas Bauch kommen. Sie schrie. Ich wandte den Kopf ab.

»Es ist weg, es ist weg.«

Ich sah wieder hin, und was der Babykopf gewesen war, war tatsächlich verschwunden, zurückgesogen. Alle schrien Anweisungen. Ich beugte mich zu Ritas Ohr und brabbelte windelweiche Worte.

»Da kommt es«, sagte die Ärztin. »Es kommt, es kommt.«

Wieder sah ich, wie der Kopf hervorkam wie ein Schildkrötenkopf aus dem Panzer, dann verschwand er.

»Erstickungsgefahr.«

»Kaiserschnitt vorbereiten.«

»Es kommt wieder.«

»Dammschnitt vorbereiten.«

»Pressen! Pressen! Pressen!«

Trotz der Angst und der Intensität des Augenblicks empfand ich einen merkwürdigen Respekt für den Fötus. Nachdem er für einen kurzen Blick durch einen engen Tunnel gepreßt worden war, hatte er die Rückkehr gewählt, wollte die Sicherheit von Dunkelheit und Nahrung verlängern. Ganz sicher mein Kind.

»Dammschnitt, schnell, schnell.«

»Es reißt, es reißt.«

»Pressen, pressen, pressen. Da kommt es.«

»Gut gut gut gut gut gut.«

Das Gesicht erschien im Profil zwischen Ritas Beinen. Wie eine Schlange war eine blasse Kordel um seinen Hals gewickelt. Die Ärztin schnitt die Nabelschnur durch, die zurück in Ritas Bauch schoß, als wäre sie lebendig und zöge sich in ihre zusammenfallende Höhle zurück. Aus Ritas Becken schien ein leises Winseln zu ertönen.

»Da ist es!«

»Es ist draußen! Es ist draußen!«

Die Ärztin klatschte ein nasses Bündel auf Ritas Bauch, nah bei ihren Brüsten. Das Baby sah nicht so aus, wie die Bücher es beschrieben hatten. Es gab keine Käseschmiere, und der Kopf war nicht langgezogen. Das Ding war grau und zerknittert wie altes Fleisch. Es rührte sich nicht. In diesem Augenblick war ich sicher, daß es tot war.

»Mein Baby«, sagte Rita. »Mein Baby, mein Baby.«

Ein dünner Arm kam unter dem Kopf hervor und reckte sich in die Luft, er knickte am Ellenbogen ein, winzige Finger bewegten sich durch die Luft. Genauso schnell verschwand der Arm wieder. Ich beugte mich näher – kein Schwänzchen, der Kopf voll dunklem, blutigem Haar. Es sah aus wie ein Alliierter nach einem gräßlichen Straßenkampf, mit geschwollenen Augen und abgegriffenen Wangen. Die Hände waren zu Fäusten geballt.

»Junge«, sagte eine Krankenschwester. »Es ist ein Junge.«

Sie schob ihn vorwärts und führte seinen Mund an Ritas Nippel.

»Nähzeug«, sagte die Ärztin, »schnell.«

Eine Krankenschwester nahm das Baby und ging mit ihm ans andere Ende des Zimmers. Sie wog ihn, maß seine Länge wie bei einem Fisch und steckte ihre Finger in seinen Mund.

»Gaumen in Ordnung«, rief sie. »Alle zehn Finger und Zehen. Neun auf Apgar.« Sie wandte sich zu mir um. »Sehen Sie.«

Sie hielt ihn unter den Armen und senkte ihn langsam, bis seine Füße die Oberfläche des sterilen Tisches berührten. Ein Bein hob sich sofort, der erste Schritt.

»Nur Menschen tun das nach der Geburt«, sagte sie. »Das ist mein Lieblingsmoment.«

Sie legte ihn auf den Tisch, rollte ihn wie ein Burrito in ein Laken und hielt ihn mir hin.

»Er kann nicht bei seiner Mutter sein, während sie genäht wird«, sagte sie. »Das wäre nicht sicher.«

Ich nahm ihn vorsichtig, und wir starrten einander an. Seine Augen waren tiefblau, die Hände riesig. Eine Kluft in seinem Kinn erstaunte mich. Ich identifizierte mich und hieß ihn willkommen. Er war rot angelaufen, blieb aber stumm, sein Blick in meinen verkrallt. Wahrscheinlich wußte er Mysterien. Ich konnte seine Aufmerksamkeit sehen, die ebenso aufregend wie beängstigend war. Ich wollte, daß er sprach, daß er mir alles erzählte. Was er gerade erfahren hatte, war noch frisch in seiner Erinnerung, bald würde es begraben sein und in Alpträumen hervorbrechen. Wir starrten uns lange an, tauschten unbekannte Informationen aus durch die Röhre seines Blickes. Ich weinte und sang ihm etwas vor. Neun Monate Angst spiralten davon. Seine Geburt war meine Wiedergeburt. Elternangst war schlichte Ignoranz. Das Baby wußte alles, was es zu wissen gab.

Plötzlich hörte ich ein hohes, andauerndes Quietschen. Die Ärztin saß auf einem Hocker zwischen Ritas Beinen. Rita rollte auf dem Rücken hin und her, ihr Kopf schwang von einer Seite zur anderen, ihr Haar war eine einzige dunkle Bewegung. Zwei Schwestern hielten ihre Arme. Eine Stunde quälte sie sich, 94 Stiche lang. Im letzten Augenblick der Geburt hatte unser Baby die Schulter gesenkt und sich seinen Weg in die fremde Welt von Licht und Raum gewaltsam erkämpft.

Ich trug ihn zu seiner Mutter, aber Rita war in einer ganz eigenen Welt von Schmerz und Freude. Die Schwester scheuchte mich davon. Ich machte den Fehler, der Ärztin über die Schulter zu schauen. Ihr Kittel war leuchtendrot, die Naht endlich vollendet. Die Ärztin tauchte ihre Hände in die Wanne und hob etwas heraus, das wie eine Folie aus der Trockenreinigung aussah. Sie drehte es um und betrachtete es sorgfältig. Ich dachte an ein Omen, an den heidnischen Glauben an die Kraft des Fruchtwassers. Zufrieden ließ die Ärztin es wieder fallen, und rotes Wasser platschte zu Boden. Meine Knie zitterten und ich hatte große Angst, das Baby fallenzulassen. Ich stellte mir vor, meine Arme seien Eisenträger.

Eine Schwester nahm das Baby und hielt es Rita hin. Sie käute wieder wie ein Tier. Ich wühlte in meiner Tüte und holte die winzige Flasche Notfall-Whisky heraus. Ich saß in einem Stuhl und starrte das lebende Symbol des Lebens an, Isis und Ra, Mutter und Kind.

Die Ärztin kam in frischen Klamotten zurück. Eine Schwester wusch Rita und zog ihr ein sauberes Krankenhemd an. Alle lächelten. Eine andere Schwester fragte mich nach seinem Namen. Durch all die Gespräche war plötzlich der Schrei des Babys zu hören. Es hatte Ritas Nippel verloren. Sie rückte ihn zurecht, und alle hörten dem schnellen Atem des Babys zu, dem Geräusch des Saugens, dem winzigen Schmatzen des Lebens.

Epilog

Mein Sohn ist drei Monate alt und sitzt in einem roten Gestell auf meinem Rücken. Heute ist der erste Frühlingstag, sein erster Ausflug in den Wald. Seine festen Beine baumeln gegen meinen Rücken. 17 Jahre sind vergangen seit der letzten Heuschreckenplage, und der Waldboden ist übersät mit fingergroßen Löchern. Die Erde hat die Insekten ins Licht gespien. Ihr Dröhnen schwillt an und tönt um uns herum wie entfernte Kettensägen. Rita ist daheim, dankbar für etwas Zeit allein. Unser Sohn schläft zwischen uns im Bett, nachts lege ich mich so, daß ich seine Hand halten kann.

Stare paaren sich am Ufer. Die Büsche treiben schon, das Hartholz wartet. Meine Familie und ich telefonieren jetzt viel öfter. Dad will alles wissen über den »Sohn meines Sohnes«. Ich frage ihn, wie er von dem Kind genannt werden will. »Großvater«, sagte er. »Dann weiß er immer, daß es jemand größeren als seinen Vater gibt.«

Meine Mutter will wissen, wem er ähnelt, ich sage ihr, daß er wie er selbst aussieht, erst später begreife ich, daß man mit derselben Phrase eine Leiche beschreibt. Wir leben weit weg von ihnen. Ich bin aufgewachsen, ohne meine Großeltern zu sehen, und habe diesen Verlust immer bedauert. Jetzt scheint sich das Muster zu wiederholen. Die Last auf meinem Rücken wiegt nichts und alles. Ich halte an und rücke ihn zurecht. Dann spüre ich etwas an meinem Bein, an meinem Stiefel. Es ist eine kleine Vipernatter. Hinter ihrem Kopf ist ein gelber Streifen, breit wie ein Trauring. Ich nehme sie vorsichtig hoch, weiß, daß Kinder sie versehentlich töten können, wenn sie sie grob anfassen. Ich wende meinen Kopf zu meinem Sohn um und halte die Schlange über meine Schulter. Seine kleinen Finger schießen darauf zu und zucken zurück.

Der Fluß führt viel Wasser wegen einer Flut im Norden. Rita und ich sind immer müde. Sechs Wochen nach der Geburt hat unsere Ärztin uns die Liebe wieder erlaubt, aber unser Sohn hat uns die ersten paar Male unterbrochen. Das schien irgendwie passend, und mir machte es nichts aus. Ich hatte Angst, daß Rita sich anders anfühlen würde, daß die Geburt ihren Körper verändert hätte. Ihre Brüste erfüllen ihren Zweck, kümmern sich nicht um Ästhetik. Eine Jungfer zu lieben ist eine Sache, eine Mutter eine ganz andere. Als unser Sohn schlief, kuschelten Rita und ich uns zusammen, preßten soviel Fleisch gegeneinander wie möglich. Meine Ängste verschwanden wie Herbstblätter im Regen. Nichts hatte sich verändert, nur alles.

Ich erreiche einen umgestürzten Baum und nehme die Rückentrage mit meinem Sohn ab. Die Trage hat einen Aluminiumbügel, den man ausklappen kann, damit sie steht. Sie ist größer als er, und er kippt darin zur Seite wie auf einem Schiff. Ich richte ihn auf, er gleitet zur anderen Seite. Was ich auch versuche, er kann nicht aufrecht sitzen, aber seine Augen, die die Farbe meiner haben, verlassen nie mein Gesicht. Ich sitze im Schneidersitz vor ihm. Der Wald ist um uns herum. Die Tagundnachtgleiche signalisiert den Neubeginn des Lebens, läßt Vögel Nester bauen und Tiere sich paaren. Ich möchte alles erklären. Ich möchte ihm sagen, was zu tun ist, und noch wichtiger, was nicht. Ich gebe ihm ein Blatt, das er stumm in den Mund steckt. Er kann nicht aus meinen Fehlern lernen, nur aus seinen eigenen.

Ich denke an all die Dinge, die ich ihm sagen will, und sage nichts. Glaubt man meinem Vater, stamme ich einer langen Reihe schlechter Väter ab, jede Generation schlimmer als die zuvor. Die Geburt meines Sohnes hat mich zum Mittelsmann gemacht, näher an Tod und Leben, näher an meinem Vater. Mit Courage und Arbeit wird mein Sohn eines Tages erwachsen werden. Zwischen den Bäumen und Vögeln begreife ich, daß ich trotz der Hindernisse, die ich mir selbst in den Weg gelegt habe, irgendwie ich selbst geworden bin.

Ich lehne meine Stirn an die Stirn meines Sohnes. Seine winzigen Brauen sind warm. Ich kann seine Fontanelle vor Leben pulsieren sehen. Daddy liebt dich, ist alles, was mir zu sagen einfällt. Wie alle Söhne zuvor sagt er nichts. Der Wald umgibt uns wie ein Zelt. Der Fluß fließt vorbei, und ihn zu berühren bedeutet, die See zu berühren.